PLUS JAMAIS

Né à New York en 1947, James Patterson publie son premier roman en 1976. En 1977, il obtient l'Edgar Award du roman policier. Il est aujourd'hui l'auteur le plus lu au monde. Plusieurs de ses thrillers ont été adaptés à l'écran.

Candice Fox enseigne l'écriture à l'université Notre-Dame de Sydney. Ses deux premiers romans, *Hadès* et sa suite *Eden*, ont obtenu le Ned Kelly Award, le plus grand prix récompensant les polars en Australie. Elle compte désormais parmi les nouvelles reines du thriller.

Paru au Livre de Poche :

BIKINI
BONS BAISERS DU TUEUR
CRISE D'OTAGES
DANS LE PIRE DES CAS
DERNIÈRE ESCALE
GARDE RAPPROCHÉE
LES GRIFFES DU MENSONGE
INVISIBLE
JEU DE MASSACRES
LETTRES DE SANG
LUNE DE MIEL
LUNE POURPRE
MENACE SUR RIO
LA MAISON AU BORD DU LAC
MOI, MICHAEL BENNETT
ŒIL POUR ŒIL
ON T'AURA PRÉVENUE
PRIVATE LOS ANGELES
PROMESSE DE SANG
LE SANG DE MON ENNEMI
TAPIS ROUGE
UN SI BEAU SOLEIL POUR MOURIR
UNE NUIT DE TROP
UNE OMBRE SUR LA VILLE
LA VILLA ROUGE
ZOO
WEEK-END EN ENFER

Les enquêtes d'Alex Cross
ALEX CROSS (*Majuscules*)
COURS, ALEX CROSS !
CROSS, CŒUR DE CIBLE
DERNIÈRE CHANCE POUR ALEX CROSS
DES NOUVELLES DE MARY
EN VOTRE HONNEUR
GRAND MÉCHANT LOUP
LA LAME DU BOUCHER
LE MASQUE DE L'ARAIGNÉE
MOI, ALEX CROSS
LA PISTE DU TIGRE
SUR LE PONT DU LOUP
TIRS CROISÉS
TUER ALEX CROSS

Les enquêtes du Women's Murder club
2e CHANCE
TERREUR AU 3e DEGRÉ
4 FERS AU FEU
LE 5e ANGE DE LA MORT
LA 6e CIBLE
LE 7e CIEL
LA 8e CONFESSION
LE 9e JUGEMENT
10e ANNIVERSAIRE
LA 11e ET DERNIÈRE HEURE
12 COUPS POUR RIEN
13e MALÉDICTION
14e PÉCHÉ MORTEL
15e AFFAIRE
LA 16e SÉDUCTION

JAMES PATTERSON
et CANDICE FOX

Plus jamais

TRADUIT DE L'ANGLAIS (ÉTATS-UNIS) PAR SEBASTIAN DANCHIN

L'ARCHIPEL

Titre original :
NEVER, NEVER
par Little, Brown and Company, New York, 2016.

ISBN : 978-2-253-24151-5

1

— Si tu rejoins le camp avant moi, je te laisse la vie sauve.

Le Soldat laissait toujours une chance à ses adversaires, en dépit de leurs crimes.

Le jeune type pleurnichait à ses pieds, à plat ventre sur le sable. Le Soldat avait toujours détesté les larmes, il n'y voyait qu'un moyen d'expression pitoyable, une preuve physique de faiblesse psychologique. Il releva la tête et son regard se perdit dans l'immensité sombre du Never-Never, du côté des lumières du camp. Une explosion d'étoiles illuminait le firmament que tachait çà et là un banc nuageux. Il inspira longuement l'air glacé du désert.

— Pourquoi ? gémit Danny.

Le Soldat alla verrouiller la portière de la camionnette, passa autour de son cou la lanière de ses jumelles de vision nocturne et se dirigea vers un gros rocher, passant à côté du traître qui se tortillait par terre. Il escalada le roc et tendit le bras en direction du nord-est.

— J'ai déposé ton arme à 1 620 mètres d'ici, au cap 047 ! tonna-t-il.

Il pivota sur lui-même et pointa cette fois du doigt le nord-ouest.

— Mon arme m'attend au cap 315, à 1 650 mètres. Le camp se trouve plein nord.

— Je ne comprends pas, se lamenta le traître. Je t'en supplie, ne fais pas ça.

Le Soldat sauta de son piédestal, ajusta sa ceinture et enfonça sa casquette sur son front. Le jeune traître se releva péniblement et se planta près de la camionnette, tout tremblant, bras frêles serrés autour de sa poitrine. *Le juste a le devoir de juger*, pensa le Soldat. *Sans se soucier de miséricorde. La colère a toute sa place face au déshonneur.*

Il sentit monter en lui une détermination froide. Les muscles de ses épaules se tendirent et, prêt à remplir sa mission, il afficha un rictus méprisant.

— On a le feu vert, ordonna-t-il à son prisonnier. Vas-y !

2

Danny regarda le Soldat s'enfoncer dans l'obscurité jusqu'à ce que la lune se cache derrière les nuages et la nuit se referme sur lui. Il se rua sur la portière de la camionnette, côté conducteur, la secoua inutilement. Il tenta vainement d'enfoncer la vitre arrière que traversait une longue fêlure, puis il contourna le véhicule avec fébrilité et s'escrima sur la portière du passager. Il sentit un vent de panique l'envahir. À quoi bon ? Quand bien même il aurait trouvé le moyen de monter dans la camionnette, il n'avait pas la clé de contact. Il fit volte-face et s'enfonça dans le noir en direction du nord-est. Comment diable allait-il bien pouvoir retrouver quoi que ce soit dans ces conditions ?

Un rayon de lune s'échappa des nuages, éclairant brièvement l'immensité de sable et de roche qui s'étendait à perte de vue. Il trébucha et dévala une dune escarpée, sentant le sable s'accrocher à ses paumes et ses joues couvertes de sueur. Sa poitrine se soulevait au rythme hoquetant de sa respiration saccadée.

— Mon Dieu, je vous en prie ! hurla-t-il. Ayez pitié de moi !

Il s'élança au hasard dans l'obscurité en agitant les bras, se prenant ici ou là les pieds dans des buissons d'épineux. Parvenu au sommet d'un escarpement rocheux, il découvrit les lumières du camp dans le lointain, sans pouvoir déterminer la distance qui le séparait de son objectif. Quel était le mieux ? Rallier le camp tout de suite ? Il cria longuement, dans l'espoir d'être entendu par une patrouille.

Danny reprit sa course, les yeux rivés au sol, croyant reconnaître la forme d'une arme dans le moindre repli de sable, le moindre coin d'ombre. Il se précipita vers ce qu'il croyait être un fusil avant de comprendre qu'il s'agissait d'une branche morte, tomba à genoux et frappa furieusement le sable, la poitrine secouée de sanglots. C'était une mission impossible.

Wooof. Un sifflement plus aigu que celui du vent le fit sursauter. Un claquement mat ponctua le *wooof* suivant et il se retrouva plaqué au sol, sur le dos, avant d'avoir pu comprendre ce qui lui arrivait.

Un éclair de douleur le traversa. Le jeune homme agrippa son coude arraché, le cœur au bord des lèvres, réalisant qu'il ne sentait plus son avant-bras ni sa main. Le visage de sa mère passa fugitivement devant ses yeux enfiévrés. Il roula sur lui-même et s'obligea à se relever.

Il refusait de mourir ainsi. Il refusait de mourir dans le noir.

3

Le Soldat, qui observait le jeune type à travers la lunette de son fusil, le vit trébucher en serrant de sa main valide le moignon de son bras arraché. Le Soldat avait vu des tireurs armés du même Barrett M82 sectionner net la tête d'une cible dans la bande de Gaza. L'arme ne l'avait jamais déçu, chaque fois qu'il s'en était servi dans le désert australien. Couché à plat ventre au sommet d'une crête, il arma l'énorme fusil noir et colla son œil à la lunette. Il retint sa respiration, appuya sur la détente et vit sa cible se laisser tomber dans le sable en entendant siffler la balle tout près de son oreille. Le Soldat avait uniquement souhaité l'effrayer.

Que viser à présent? Une jambe? Une oreille? Le Soldat était le premier surpris de sa propre cruauté. Il avait conscience de ne pas respecter les principes les plus élémentaires de la justice militaire en jouant ainsi avec ce traître au moment d'appliquer la sentence, mais il bouillait de rage intérieurement.

Tu aurais fini par nous lâcher, pensa-t-il, emporté par sa fureur, en suivant des yeux la course de sa proie dans le noir. *Tu nous aurais tous sacrifiés.*

Il n'y avait pire créature à ses yeux qu'un menteur doublé d'un tricheur et d'un traître. Éliminer un frère d'armes n'était jamais facile. *Regarde à quoi tu me pousses*, songea le Soldat en entendant le jeune type hurler dans la nuit. Le Soldat le laissa s'égosiller. Le vent soufflait en direction du sud, il entraînerait son cri loin du camp.

Le cri d'un traître. Il s'en souviendrait le jour où il serait tenté de céder à la faiblesse.

Le Soldat se cala confortablement dans le sable, visa la tête dans sa lunette et suivit Danny alors qu'il se relevait une dernière fois.

— Cible en vue, murmura le Soldat en vidant lentement ses poumons.

Il appuya sur la détente et sourit tristement en voyant le type s'effacer dans le viseur. Il se redressa, replia les deux tiges du pied le long du canon de l'arme et la passa en bandoulière.

— Mission accomplie.

Sur ces mots, il redescendit la dune dans l'obscurité.

4

J'ai été appelée dans la salle d'interrogatoire par Morris, mon chef. Je l'ai trouvé sur l'une des chaises réservées aux enquêteurs et il m'a fait signe de prendre place face à lui, sur le siège traditionnellement affecté au suspect.

— De quoi s'agit-il ? J'ai du boulot.

Le Vieux affichait une mine grave. Je ne lui avais pas vu un air aussi sérieux depuis la fois où j'avais envoyé mon poing à la figure de Nigel, mon collègue de la Criminelle, un jour où il m'avait piqué ma place de parking. Le Vieux s'était vu contraint de m'adresser une réprimande officielle, et je sais que ça lui avait coûté.

— Assieds-toi.

Putain de merde. Voilà qui n'augure rien de bon.

J'ai tout de suite compris que j'étais dans la mouise.

Il faut bien reconnaître qu'on se croise rarement, dans les couloirs de l'hôtel de police de Surry Hills, à Sydney.

J'avais vingt et un ans quand j'ai intégré le service des délits sexuels. C'était mon tout premier poste d'enquêtrice après deux années en uniforme, et je n'étais pas très sûre de moi. On m'avait bien précisé que j'étais la première fille à intégrer les délits sexuels depuis cinq ans. J'étais censée montrer à tous ces mecs comment gérer les femmes victimes de maltraitance. Le service était en piteux état, on m'avait demandé d'y mettre bon ordre, et vite. Au cours des premières semaines de ma mission, le Vieux s'était contenté de grommeler un bonjour démoralisant les rares fois où il me croisait devant la machine à café, sans plus. J'avais passé plus d'une nuit blanche à m'interroger sur sa méfiance à mon égard, à me demander comment j'allais pouvoir lui prouver qu'il avait tort.

Au terme d'un premier mois marqué par quelques affaires de viol particulièrement sordides et trois ou quatre agressions caractérisées, je m'étais inscrite dans un club de boxe près de chez moi. Après ce que j'avais vu, je me disais qu'il ne serait pas inutile pour une femme d'être capable d'envoyer un uppercut. Le premier soir, en patientant devant le bureau à l'entrée de la salle, j'étais persuadée que l'entraîneuse était cette fille musclée qui enroulait une bande autour de ses phalanges, près des casiers.

J'ai été d'autant plus surprise de voir débarquer mon chef, débardeur gris dégoulinant de transpiration sur le dos. Il m'a tapé sur l'épaule et poussée sur le ring sans autre forme de procès.

Au club de boxe, il m'appelait par mon nom, Blue. Dans le service, il se contentait de grognements.

Ce jour-là, la salle d'interrogatoire s'est confondue avec le ring.

Le Vieux a posé sur moi un regard glacial et j'ai senti monter en moi l'angoisse qui m'étreignait les premiers temps, à mon arrivée dans le service.

— Que se passe-t-il ?

Il a poussé dans ma direction le bloc et le stylo posés devant lui.

— Fais la liste des affaires dont tu as besoin. Tu ne vas pas pouvoir retourner chez toi pendant plusieurs semaines. Des affaires de toilette et des vêtements, ce genre de trucs.

— Où est-ce que vous m'envoyez ?

— Le plus loin possible, a-t-il soupiré.

— Je ne comprends pas. Pourquoi je ne peux pas aller chercher mes affaires moi-même, si je dois partir ?

— Parce qu'à l'heure qu'il est ton appartement grouille de types de la police scientifique. On a même confisqué ta voiture. Tu ne peux plus rentrer chez toi.

5

Je lui ai éclaté de rire au nez.

— Bravo, chef ! J'ai bien failli marcher.

Je me suis levée. Les pieds de ma chaise ont fait crier le carrelage.

— J'aime bien plaisanter, mais j'ai du travail par-dessus la tête en ce moment.

— Ce n'est pas une plaisanterie, Harriet. Rassieds-toi.

J'ai ri de plus belle. C'est un réflexe chez moi, lorsque je suis nerveuse.

— Les équipes de l'identité judiciaire sont en train de passer au peigne fin ton appartement et ta voiture dans le cadre du triple assassinat de la Georges River, a insisté le Vieux en posant brutalement sur la table une grosse enveloppe de papier kraft débordant de documents et de photos, de procès-verbaux et de rapports établis par le labo.

Je connaissais bien le dossier, pour avoir vu circuler cette bible de l'horreur à la Criminelle. Trois étudiantes, toutes de jolies brunes, découvertes sans vie le long des rives boueuses de la Georges River. Des meurtres perpétrés très précisément à trente jours d'intervalle, avec une violence inouïe. Des crimes à donner des cauchemars à n'importe quelle mère de famille. À me donner des cauchemars, moi la première. J'aurais aimé qu'on me confie cette enquête, du fait des violences sexuelles dont ces trois filles avaient été victimes, mais l'affaire avait finalement été confiée à l'inspecteur en chef, Nigel Spader, et son équipe. Spader, le collègue avec qui j'avais eu une altercation sur le parking. J'avais mis des semaines à m'en remettre, piaffant derrière mon bureau pendant que Nigel et les gars de la Criminelle travaillaient, à l'abri des regards.

Je suis retombée sur ma chaise.

— Quel rapport avec moi ?

— Simple vérification de routine, Blue, m'a répondu le Vieux d'une voix douce en posant sa main sur la mienne. Ils veulent s'assurer que tu n'étais au courant de rien.

— Mais de quoi aurais-je pu être au courant ?

— On a identifié le tueur de la Georges River, a répliqué le Vieux en me regardant droit dans les yeux. Il s'agit de ton frère. Le coupable n'est autre que Sam.

6

Je suis sortie en trombe de la salle d'interrogatoire sous les regards de tous mes collègues. J'ai ouvert la porte du grand bureau de la Criminelle d'un geste brusque et découvert ce pourri de Nigel Spader devant un immense tableau de liège sur lequel étaient punaisés des dizaines de croquis, de photos, de documents. Il a reculé machinalement, persuadé que j'allais le frapper, mais j'ai conservé suffisamment de sang-froid pour passer mes nerfs sur le classeur qu'il tenait à la main, dont le contenu a volé en l'air.

Je l'ai menacé de l'index, à le toucher.

— Sale petit... trou du cul de geignard !

J'étais dans un tel état de rage que j'en perdais mes mots. J'étais au bord de l'asphyxie, la gorge en feu. Incapable de me retenir plus longtemps, j'ai attrapé Nigel par sa chemise, empoignant dans mon élan plusieurs touffes des poils roux qui ornent son torse, et je l'ai tiré à travers la pièce. Quelqu'un a immobilisé mon poing avant que je puisse le frapper et il n'a pas fallu moins de deux autres collègues pour m'obliger à le lâcher. Dans la bagarre, la table sur laquelle étaient posés les cafés et une assiette de muffins a basculé. Tout est tombé par terre dans un grand vacarme.

— Comment peut-on se tromper à ce point ?

Je hurlais littéralement.

— Comment peut-on être bête à ce point ? Espèce de sale petit…

— Assez ! m'a arrêtée le Vieux en se frayant un chemin jusqu'à nous. Calme-toi immédiatement ou on te sort de force.

Bras ballants, tempes bourdonnantes, j'ai cru que j'allais m'écrouler.

C'est alors que j'ai vu.

Les trois filles, les photos prises lors de leur autopsie, à côté des portraits souriants fournis par les familles. La trace d'une main sur la gorge d'une victime. Une photo de la main de mon frère. Un plan de Sydney, parsemé d'épingles indiquant les adresses des victimes, celles de leurs proches, celle de mon frère, les endroits précis où l'on avait découvert les corps. Des photos prises dans l'appartement de mon frère, où les enquêteurs avaient trouvé dans les tiroirs et les placards des tonnes de magazines, de DVD et de photos pornographiques. Une corde. Un couteau. Un tee-shirt maculé de sang. Des clichés de badauds sur les scènes de crime, le visage de mon frère dissimulé au milieu de la foule.

Et, au centre du tableau, une photo de Sam pliée en deux. Je l'ai décrochée sans ménagement afin d'en découvrir la moitié cachée. J'ai reconnu mon visage. Nous étions tous les deux plein cadre, le flash allumait des reflets dans les yeux bleus de mon frère.

On aurait dit des jumeaux. L'inspecteur Harry Blue et le tueur de la Georges River.

7

J'avais fumé deux cigarettes en dix ans. Toutes les deux devant le funérarium où reposait la dépouille de l'un de mes collègues mort en service commandé. Ce jour-là, j'ai fumé la troisième dans la ruelle qui longe l'arrière de l'hôtel de police, avant d'allumer goulûment la quatrième et de recracher la fumée dans l'air glacé du matin. Ma chemise me collait à la peau malgré le froid. J'avais essayé d'appeler mon frère à trois reprises, sans succès.

Le Vieux est sorti à son tour par l'issue de secours et m'a rejointe. Je l'ai arrêté d'un geste. Ce n'était pas le moment de me parler, je ne sais d'ailleurs pas si j'aurais été capable de prononcer une parole. Le pauvre s'est contenté de me regarder fumer. Mes mains tremblaient.

— Ce… cette saloperie, ce rebut de l'humanité de Nigel Spader le paiera, quand bien même j'y laisserais ma peau. Je veillerai à ce qu'il…

— J'ai supervisé moi-même l'enquête, m'a arrêtée le Vieux. Je ne pouvais pas me permettre de t'en parler, de peur que tu alertes Sam. On t'a laissée travailler comme si de rien n'était. Nigel et son équipe ont fait un boulot remarquable. Cela fait près de trois semaines qu'ils surveillent ton frère.

J'ai croisé le regard de mon chef. Mon ami. Celui qui m'a tout appris.

J'ai laissé échapper un ricanement.

— Je me disais bien que vous aviez l'air fatigué. Vous avez du mal à dormir en ce moment, chef ?

— Oui, a-t-il avoué. Je n'ai pas fermé l'œil depuis le matin où les gars de la Criminelle m'ont fait part de leurs soupçons. Je m'en voulais de te mentir, Blue.

Il a écrasé machinalement d'un coup de talon un bloc de goudron qui se trouvait dans le caniveau. Éclairé par les lumières des tours qui nous encerclaient, il paraissait vieux comme le monde.

— Où se trouve Sam ?

— Ils l'ont cueilli ce matin. Les Fédéraux sont en train de l'interroger dans leurs locaux de Parramatta.

— Je veux y aller.

— Personne ne t'autorisera à l'approcher à ce stade.

Le chef m'a attrapée par les épaules avant que je puisse m'engouffrer dans l'hôtel de police.

— À moins que Sam se montre coopératif, ils risquent fort de lui interdire toute visite pendant une semaine. Peut-être même deux.

— Il est impossible que Sam soit coupable. Vous vous trompez. Nigel se trompe forcément. Je dois impérativement rattraper le coup.

— Il n'en est pas question. Tu récupères tes affaires comme je te l'ai demandé et tu débarrasses le plancher.

— En l'abandonnant comme un malpropre ?

— Harry, Sam est l'un des pervers sexuels les plus sadiques qu'on ait connus depuis le tueur des routards au tournant des années 1990. Que tu le croies innocent ou pas, tu es devenue de fait l'ennemie public numéro deux. Si jamais les journalistes parviennent à te coincer, ils ne feront de toi qu'une bouchée.

J'ai sorti une nouvelle cigarette du paquet raflé en passant sur le bureau de Nigel. Les pensées se bousculaient dans ma tête.

— Tu ne te feras aucun bien si tu t'amuses à hurler devant les caméras comme tu l'as fait il y a un instant dans le bureau de la Criminelle, a poursuivi le Vieux. Les gens vont te prendre pour une hystérique.

— Je me fous éperdument de ce que peuvent penser les gens !

— Tu as tort, a rétorqué Morris. Tu peux être certaine que le pays tout entier sera rivé devant son poste de télé à l'heure du JT. Les gens sont en colère. À défaut de pouvoir s'en prendre à Sam, ils se rabattront sur toi. Tu ferais bien d'y réfléchir à deux fois. La sœur du tueur, une femme flic colérique réputée pour ses accès de violence, et qui s'exprime comme une charretière ? C'est du pain bénit pour eux. Sans oublier qu'en sa qualité de spécialiste des délits sexuels, l'intéressée a curieusement omis de s'apercevoir qu'elle côtoyait un prédateur lors des réunions de famille.

Il a sorti de la poche de poitrine de sa veste un papier qu'il m'a tendu. Des horaires de vol. Il m'a ensuite mis entre les mains le dossier qu'il tenait sous le bras. J'ai soulevé le rabat et constaté qu'il s'agissait d'un résumé d'enquête.

— De quoi s'agit-il ?

— Une mort inexpliquée près d'une mine en plein désert, dans la région de Kalgoorlie.

— Je vous rappelle que je m'occupe de délits sexuels, chef. Je ne suis pas la voiture-balai.

— Je me fiche bien de ce que tu es ou pas. Tu vas là-bas, un point c'est tout. J'ai fait des pieds et des mains auprès de vieux copains à Perth pour t'obtenir cette enquête. J'ai bien conscience que cette histoire n'a aucun intérêt, mais ce trou isolé est la planque idéale.

— Qu'est-ce que vous voulez que j'aille foutre à Kalgoorlie ?

— Tu n'as pas le choix, Blue. Contrairement à toi, je sais ce qui est bien pour toi, à l'heure actuelle. Considère ça comme un ordre de ton supérieur. Si tu refuses d'obtempérer, je te boucle aux fins d'interrogatoire. Je dirai au juge que j'ai besoin de savoir jusqu'à quel point tu étais au courant des crimes de ton frère, et je te retire du circuit le temps que passe l'orage. C'est ce que tu veux ?

J'ai fait mine de m'éloigner. Le chef m'a retenue par le bras.

— Regarde-moi.

J'ai refusé de croiser son regard.

— Tu ne peux rien pour ton frère, Blue, a insisté le Vieux. C'est fini pour lui.

8

Je ne connais pas l'identité du petit génie de la police de Sydney qui s'est chargé de réunir mes affaires, mais il n'a pas été fichu de dénicher les valises dans le placard de mon minuscule appartement de Woolloomooloo. Toujours est-il qu'en quittant la zone de récupération des bagages de l'aéroport de Kalgoorlie, j'étais armée de trois sacs-poubelle noirs. Un bref coup d'œil m'a montré qu'il me manquait la moitié de l'essentiel. En revanche, j'ai aperçu la télécommande de ma télévision, couverte de poudre à empreintes.

Une sensation d'hébétude s'était abattue sur moi une fois vidé le premier verre de vin blanc pendant le vol, et ça ne s'était pas amélioré depuis. J'étais accoudée au comptoir de l'agence de location de voitures, perdue dans mes pensées, quand l'employé a claqué des doigts devant mes yeux pour que je redescende sur terre.

— Mademoiselle ? Holà, mademoiselle !

Le front barré d'un pli, j'ai fait tomber la boîte de stylos posée sur le comptoir en voulant tendre la main. Les stylos se sont éparpillés sur le clavier du type, qui s'est empressé de les ramasser.

— Heureux de voir que vous êtes réveillée, a-t-il réagi en laissant échapper un grand soupir.

— Oui, je suis réveillée.

— À quel nom avez-vous effectué une réservation ?

— Blue.

Il s'est escrimé sur son clavier et un formulaire d'une longueur désespérante a jailli de son imprimante, qu'il m'a fallu remplir avant de récupérer un jeu de clés de voiture.

— Blue et Whittacker. Je vous ai mis un monospace rouge.

— Whittacker ? Qui est Whittacker ?

— C'est moi, s'est élevée une voix dans mon dos.

En me retournant d'un bloc, j'ai vu un grand type large d'épaules poser délicatement à ses pieds deux valises Armani en cuir. Il m'a tendu une main aux doigts interminables.

— Edward. J'imagine que tu es Harriet ?

— Harry. Et toi mon chauffeur ?

— À vrai dire, je suis ton équipier, a-t-il souri.

9

Une fois installée à l'arrière du monospace, j'ai commencé par appeler le Vieux afin de lui demander s'il avait du nouveau au sujet de Sam, mais il n'avait rien appris de plus. J'ai ensuite téléphoné à l'un de mes contacts au sein de la police fédérale, sans résultat, avant de me rabattre sur des journalistes en qui j'ai confiance, au cas où ils auraient eu des tuyaux. Une chape de silence s'était abattue sur l'affaire. Le temps de discuter avec plusieurs des amis et voisins de Sam, aussi horrifiés que moi par ce qu'ils avaient appris, Whittacker nous avait fait quitter la ville et rejoindre la grand route.

— Tout va bien ? s'est-il enquis.

— Contente-toi de conduire et laisse-moi en paix, Whitt.

— À vrai dire, je préfère Edward, si ça ne te dérange pas.

— Encore « à vrai dire » ? C'est un tic, chez toi.

Je l'ai vu froncer les sourcils dans le rétroviseur. La tempe collée contre la portière, je regardais distraitement le désert dérouler son immensité monotone de l'autre côté de la vitre. Quand j'en ai eu assez de ruminer des idées noires, je me suis glissée entre les sièges avant et installée à côté de Whitt. Un exemplaire du dossier consacré à l'enquête gisait à mes pieds.

— J'aimerais comprendre pourquoi on m'a collé un équipier. Je n'en ai jamais demandé un.

— Je me suis fait mal au dos il y a un mois, un disque écrasé au niveau des lombaires, si bien qu'on m'a confié une mission de tout repos. Je travaille au sein de la brigade des Stups en temps ordinaire, je ne t'apprendrai rien en te disant que c'est un job assez physique.

Nouveau sourire.

— Je veux bien que tu me donnes les grandes lignes de l'enquête, Whitt. Où allons-nous, tout d'abord ?

— Dans la banlieue de nulle part.

D'un mouvement du pouce, je lui ai montré le hameau perdu dans le sable que nous venions de laisser derrière nous.

— J'aurais cru qu'on venait d'y passer.

— Ne te fais pas d'illusions, tu vas connaître bien pire. On approche actuellement du grand désert de Victoria. Il s'étend sur une surface équivalente à celle de la Californie et il est essentiellement inhabité. La mine d'uranium de Bandya se trouve pile en son centre. Avant d'y arriver, il nous faudra encore cinq heures de route au milieu de ça, a-t-il précisé en embrassant d'un geste le paysage désertique.

— Cinq heures ? Seigneur !

Je me suis enfoncée dans mon siège.

— Nous enquêtons sur un certain Daniel Stanton, âgé de vingt et un ans.

En ouvrant le dossier, je suis tombée sur la photo d'un jeune type au teint hâlé, le visage surmonté d'une tignasse blonde, un grand sourire aux lèvres. Il avait un bras passé autour du cou d'un labrador noir.

— Beau gosse. Que lui reproche-t-on, au juste ?

— D'être mort.

J'ai poussé un soupir.

— Il faut bien reconnaître que c'est pas très malin de sa part.

— Son responsable à Bandya a signalé sa disparition il y a une dizaine de jours, m'a expliqué Whitt. Personne ne s'est inquiété dans un premier temps, son chef me dit que ses hommes s'évanouissent régulièrement dans la nature.

— C'est le cas ?

— Oui, à ceci près qu'ils finissent invariablement par réapparaître. Cette mine est loin de tout, elle emploie des ouvriers venus d'un peu partout dans le pays. Les mineurs font des vacations de trois semaines et repartent chez eux une semaine avant de recommencer. Essentiellement de jeunes gars qui acceptent parce qu'ils sont incroyablement bien payés.

— Incroyablement à quel point ?

— Je ne suis pas certain que tu aies envie de le savoir.

— Vous serez gentil de m'en laisser juge, inspecteur Whittacker.

— Les salaires les plus bas à la mine sont trois fois supérieurs à notre traitement.

Je me suis tournée vers lui, bouche bée. J'en restais sans voix.

— Comme tu dis, a-t-il ri.

— Dans ce cas-là, comment expliquer qu'ils s'évaporent dans la nature ?

— Il ne faut pas croire qu'on les paye aussi grassement pour rien. La vie dans la mine est dure, le travail périlleux, et ils sont coincés en plein désert trois semaines par mois, loin des leurs. La plupart sont jeunes et impatients. Quand ils en ont marre, ils oublient de revenir de permission. Ou alors ils abandonnent leurs outils sur place, font du stop jusqu'à la bourgade voisine et rentrent chez eux. J'ai cru comprendre qu'ils finissaient tous par craquer, même les plus résistants.

— Qu'est-il arrivé à ce Danny Stanton ? Il n'est pas parti comme les autres ?

— Si, mais dans la mauvaise direction, m'a répondu Whitt. Il s'est enfoncé dans le désert.

10

— Regarde un peu les photos suivantes, m'a conseillé Whitt.

En suivant ses recommandations, je suis tombée sur un cliché d'un pied en état de décomposition, pris par les équipes du labo.

— Il ne faut jamais partir en vadrouille sans ses deux pieds, sinon on risque de ne pas aller bien loin.

— Ce pied a été retrouvé à l'intérieur du camp, m'a expliqué Whitt. Danny avait disparu depuis trois jours quand des mineurs ont remarqué le manège d'un dingo. L'animal s'escrimait sur une botte de sécurité dont il essayait d'extraire le contenu. Comme il n'est pas rare que ces chiens sauvages franchissent la clôture pour fouiller les poubelles, personne ne s'est inquiété outre mesure, jusqu'à ce qu'un mineur découvre un pied à l'intérieur de la botte. Le pied de Danny, en l'occurrence. Ce qui avait été son pied, plus précisément.

J'ai longuement examiné le cliché. Le pied avait été sectionné au niveau de la cheville. En gros plan, on distinguait des filaments blancs restés collés à la peau couverte de poils : des fils de chaussette.

— Les équipes de l'identité judiciaire de Perth affirment que le pied de Danny a été déchiqueté après sa mort.

— Si je comprends bien, ce type était déjà mort quand les dingos l'ont taillé en pièces.

— Exactement.

— Je vois mal un dingo traîner une botte de sécurité sur des kilomètres. On peut en déduire que le corps ne se trouvait pas très loin du camp. Je me trompe ?

— Oui, m'a contredit Whitt, et c'est là que ça devient intéressant. On n'a jamais retrouvé le corps. Les propriétaires de la mine et la police de Perth ont envoyé des équipes aériennes et terrestres sur place, sans résultat.

— C'est absurde.

Whitt a haussé les épaules d'un air détaché.

— Tu ne te mouilles pas, Whitt. J'ai besoin de réponses.

— Sauf que je n'en ai pas. Je te ferai remarquer que nous ne sommes même pas encore arrivés au camp.

Je me suis concentrée sur la photo. Quelle raison pouvait bien avoir ce gamin de s'enfoncer dans le désert, si tout ce qu'il souhaitait était de retourner chez lui ? Pourquoi ne pas profiter d'un véhicule en partance pour le patelin le plus proche ? Quand bien même il se serait perdu et serait mort de déshydratation en tentant de retrouver son chemin, on aurait retrouvé son pied couvert d'ampoules.

Je suis restée hypnotisée par cette vision sinistre, au point de finir par m'endormir, la tête contre la vitre. Le soleil couchant caressait mes paupières d'une tiède chaleur. Le chef avait raison : à mon grand soulagement, l'arrestation de mon frère le matin même avait cédé la place à un autre mystère.

11

— C’est quoi, ce binz ? a grommelé Whitt en freinant.

Le ton de sa voix m’a réveillée en sursaut.

Une voiture était arrêtée sur le bord de la route, capot ouvert et habitacle éclairé. Un inconnu à la silhouette dégingandée agitait les bras dans notre direction.

— Où sommes-nous ?

— On vient de passer Bandya, m’a répondu Whitt. Ce type m’a tout l’air d’être en panne.

À mesure que nous approchions, les phares de notre monospace ont éclairé le bas du visage de l’inconnu. Une casquette sombre lui dissimulait les yeux. Il a passé la tête à travers ma portière et une odeur de tabac a flotté jusqu’à mes narines.

— Vous avez un problème ? s’est enquis Whitt.

— Aucun problème, mec, a répliqué le type en lui adressant un sourire un peu trop étincelant. Je te conseille juste de descendre de voiture.

Plusieurs types ont surgi de la nuit, qui ont immédiatement entouré notre véhicule. Leur chef a brutalement ouvert ma portière et s’est empressé de détacher ma ceinture.

— Hé là !

Il ne m'a fallu qu'une poignée de secondes pour retrouver mes réflexes. Le Vieux m'avait suffisamment arrosée de coups sur le ring pour aiguiser mon instinct combatif. *« Allez, la tigresse, réveille-toi ! »*, me hurlait-il à tout bout de champ.

Le grand type avait eu le tort de tirer la tigresse de sa léthargie.

J'ai profité du moment où il me sortait de force de l'auto pour lui donner un coup de boule. Il a titubé sous le choc et j'en ai profité pour passer une jambe derrière son genou tout en lui enfonçant la poitrine des deux mains. Nous avons roulé par terre tous les deux, à la consternation amusée de ceux qui nous entouraient. Quelqu'un m'a tirée en arrière, mais j'ai tout de même eu le temps d'expédier un crochet à l'oreille de mon adversaire.

— Ça va, Richie ? s'est enquis un de ses hommes.

— Va te faire foutre ! a grondé le dénommé Richie en se relevant, la lèvre en sang. Je ne l'ai pas vue venir, celle-là !

Ses copains ont éclaté de rire. On m'a poussée sans ménagement contre la carrosserie de la voiture, à côté de Whitt. Une main calleuse s'est abattue sur mon visage en m'immobilisant contre la tôle encore chaude. Whitt observait la scène d'un air qui trahissait sa curiosité davantage que la panique. Pouvait-il s'agir des types qui avaient tué Danny ? Auquel cas nous aurions obtenu une réponse aux questions que nous nous posions avant même d'atteindre le camp. J'allais crier à nos adversaires qu'on était flics, quand l'expression de Whitt m'a fait changer d'avis. Le mieux était encore de se taire si nous voulions en savoir davantage sur ces abrutis.

— Où allez-vous, tous les deux ? a demandé Richie en prenant ma tête entre ses mains afin de m'obliger à le regarder. Tu t'appelles comment, ma jolie ?

— Harriet Blue, de Sydney, a répondu à ma place l'un des types.

Ils avaient récupéré mon portefeuille. Un froissement plastique m'a indiqué qu'ils fouillaient mes sacs-poubelle après les avoir sortis de la voiture.

— T'es pas tout près de chez toi, mon bel oiseau, a ricané Richie en s'adossant contre la carrosserie à côté de moi, les bras croisés. Qu'est-ce que tu fabriques dans le coin ? Ce rigolo est ton petit ami ?

J'ai serré les dents.

— Dégage, espèce de *loser*.

— C'est qu'elle est pas gentille, a souri Richie.

J'en ai rajouté une couche.

— Si j'avais su qu'il y avait autant de porcs en liberté dans le coin, j'aurais pensé à prendre mon arc et mes flèches.

— Mais tu m'as déjà percé le cœur avec une flèche, ma chérie, a répliqué Richie en se tenant la poitrine.

Le geste a beaucoup amusé ses copains.

— Un bel oiseau de Sydney avec son petit ami nippé comme un milord. Un vrai cadeau du ciel.

— À vrai dire, je suis originaire de Perth, a rectifié Whitt.

— Peut-être bien, mais les taxes routières concernent tout le monde, dans le coin. Les routes de la région nous appartiennent, et elles sont à péage.

Les hommes de Richie ont sorti du coffre les valises.

— Je peux dire à mes gars de se servir, a poursuivi Richie en passant la langue sur sa lèvre tuméfiée. Ou bien alors on trouve un arrangement ensemble.

— Beurk ! s'est écrié l'un des types occupés à fouiller la voiture. Ils ont des photos dégueulasses de pieds humains !

L'un des sbires de Richie s'est approché avec le dossier de l'enquête contenant les clichés fournis par l'identité judiciaire.

— Regardez ce que j'ai trouvé !

Un autre type a brandi mon arme de service et mon badge de police.

— Oh-oh, a réagi Richie.

Je me suis empressée de le repousser.

— Oh-oh en effet, pauvre connard.

Je lui aurais volontiers envoyé mon poing dans la figure, mais je me suis retenue, consciente que procéder à l'arrestation de ces abrutis ne nous aiderait pas à découvrir qui avait tué Danny Stanton. Le mieux était encore de les observer dans leur milieu naturel, avec l'espoir de découvrir la vérité. Whitt a pris mon arme des mains de la petite frappe qui l'avait trouvée. Les autres membres du groupe ont aussitôt battu en retraite vers leur véhicule.

Je me suis plantée devant Richie, qui continuait de m'observer de son air goguenard.

— J'ai pas bien compris cette histoire de péage.

— Écoute, ma belle. Vous bénéficiez exceptionnellement d'une réduction gouvernementale. Accès libre.

— Comme c'est aimable de ta part.

— Je suis un vrai gentleman, tu sais.

— Grouille-toi de monter dans ta bagnole. Allez, bande de *losers.* Cassez-vous.

J'ai ponctué ma phrase en claquant le capot de leur voiture.

Nous les avons regardés repartir dans l'autre sens en laissant derrière eux nos affaires éparpillées sur la route dans l'obscurité.

— On peut dire qu'on est servis par la chance, a joyeusement commenté Whitt. Nous tenons nos premiers suspects avant même d'être arrivés à bon port.

Pendant que la voiture des voyous s'éloignait, Richie s'est penché à la fenêtre et a longuement braqué vers moi l'index et le majeur, les trois autres doigts repliés.

12

Le camp des mineurs ressemblait à un monstre métallique posé sur le plateau rocheux : un amas de machines impressionnantes, alignées sous des projecteurs à vapeur de sodium dont le ciel bas renvoyait l'éclat. Il était presque minuit, mais le lieu grouillait d'ouvriers en combinaison orange et bleu marine, armés pour certains de gobelets en carton remplis de café fumant. Des engins de forage surmontés d'un gyrophare roulaient au ralenti au milieu d'un dédale de baraques de chantier identifiées par des pancartes en carton.

Une bande de filles en tenue de ville sont passées à côté du monospace, étouffant des rires.

J'ai posé sur Whitt un regard étonné.

— Qui sont ces filles ?

— Des Bilbis. Des êtres de sexe féminin particulièrement recherchés dans les déserts australiens.

— Des prostituées ? Ici ?

— Certains types sont incapables de tenir trois semaines, a poursuivi Whitt. Quant aux filles, elles gagnent mieux leur vie ici qu'en ville.

Je n'ai pas insisté, peu soucieuse de savoir combien de plus que moi se faisaient les filles du camp. Whitt a stoppé la voiture près d'un baraquement.

— Voici notre donga, a-t-il précisé en examinant le plan qu'on nous avait fourni à l'entrée du camp.

— Des Bilbis, des dongas… Dans quel monde suis-je tombée ?

Je m'apprêtais à pousser la porte quand un grand type velu enroulé dans un drap de bain est sorti du baraquement. L'intérieur était divisé en trois pièces délimitées par des cloisons de liège montées sur roulettes.

— C'est à gauche, s'est élevée la voix de Whitt derrière moi.

Le box qui devait nous servir de chambre, meublé de deux lits de camp séparés par trente centimètres à peine, était plus exigu que la plupart des cellules de prison.

— Tu veux dire qu'on va devoir se partager ce réduit ? Tous les deux ?

— Je suppose, a réagi Whitt, coincé contre moi dans l'étroit couloir dessiné par les cloisons. En plus d'être équipiers, on sera colocataires.

J'en étais malade. Moi qui espérais disposer d'un minimum de tranquillité pour pleurer en pensant à Sam, j'étais comblée. Quand je pleure, c'est-à-dire une fois par an, à peu près, ça dure rarement plus d'une minute, mais je fais ça dans la plus stricte intimité, et j'attendais ce moment de solitude avec impatience.

J'ai fouillé mes sacs-poubelle à la recherche de cigarettes. De l'autre côté de la cloison, quelqu'un s'est retourné dans son lit et le panneau de liège s'est ébroué sur ses jambes frêles.

J'ai fait le tour du camp, histoire de me vider la tête. Je me suis arrêtée en chemin au bloc de douches le plus proche et j'ai coulé un regard à l'intérieur. Les nuages de vapeur étaient traversés de chants masculins. Un peu plus loin, des Bilbis en minijupe et des ouvriers de la mine aux mains baladeuses fumaient au pied d'un donga. En passant devant un enclos dans lequel étaient rangés des engins de forage, j'ai remarqué le manège d'un mineur aux cheveux longs, assis dans l'habitacle de l'un de ces monstres. Armé d'un petit tube en plastique contenant de la poudre blanche, il en a étalé l'équivalent d'une ligne sur le dos de sa main avant de sniffer le tout. Il a battu des paupières et redressé son casque de chantier avant de mettre le contact et de s'éloigner au volant de la machine.

Le temps d'achever mon inspection du site, j'en étais à ma troisième cigarette. En dépit de l'heure tardive, des notes de musique flottaient autour de la plupart des dongas, dans un mélange de rires et de sonneries de téléphone, au milieu de nuages de marijuana. Les regards masculins qui s'attardaient sur moi étaient sombres, endurcis par la fatigue et les nuits solitaires dans ce lieu désertique. Je me suis promis d'en apprendre davantage sur le compte de Richie et de sa bande dès le lendemain matin. Quand bien même la piste tournerait court, il ne faisait guère de doute que ce n'étaient pas les combines louches qui manquaient dans ce lieu de perdition.

13

Ceux qui pratiquent l'art de la guerre savent que la préparation mentale est aussi importante que la préparation physique. Le Soldat en était particulièrement conscient, pour avoir vu les faibles tomber comme des mouches au combat, leur psychisme attaqué par le fardeau de leur mission. Un cerveau d'acier est seul capable de museler la faim et la souffrance.

La peur et la colère sont les pires ennemies du combattant. En Afghanistan, un soir où il parcourait les petits villages de la province de Nangarhar, son chef lui avait donné l'ordre de s'emparer d'une jeune femme dans un bourg, de l'entraîner dans le désert et de la relâcher pieds nus, les vêtements déchirés, avant de la laisser rentrer chez elle afin qu'elle ameute son village par ses cris. Dans leur jargon, ils appelaient ça « plumer les poules ». Il n'était pas question de violer ces filles, aucun des membres de son unité n'aurait pris le risque de toucher de près ou de loin ces autochtones crasseuses. Non, il suffisait de les laisser pleurer. Leur enlèvement provoquait la fureur des hommes du village comme de ceux des alentours. Or, on le sait, un soldat en colère est un piètre combattant. Il prend des risques inutiles sous le coup de l'émotion.

Le Soldat avait tout de suite compris que la femme flic arrivée la veille avait un mental d'acier, ce qui faisait d'elle un adversaire digne de respect. Restait à voir jusqu'à quel point. La peur est toujours un bon indicateur, et de l'instant où il avait posé les yeux sur elle, il avait voulu tester la sienne.

Il était 4 h 12 lorsque le Soldat la vit se lever. De l'autre côté de la clôture du camp, l'horizon virait au gris à l'approche de l'aube. Il la suivit des yeux alors qu'elle se dirigeait vers les douches en tongs, le corps ceint d'une serviette, une trousse de toilette serrée contre sa poitrine.

Le baraquement des douches était vide lorsqu'elle y pénétra. Le Soldat attendit qu'un nuage de vapeur envahisse les lieux, puis il s'y glissa à son tour. La cloison de la stalle qu'elle occupait dissimulait à peine ses petits seins. Le visage tourné vers la pomme de douche, elle resta longtemps sous le jet d'eau, le visage grave. On aurait pu la croire sur le point de pleurer. Peut-être même *s'efforçait-elle* de pleurer, sans y parvenir. Le Soldat connaissait bien cette sensation, pour avoir pris l'habitude de ne jamais tomber le masque en public, de peur d'afficher sa faiblesse. Il se demanda ce qui pouvait bien perturber à ce point la jeune femme. Sachant combien les secrets peuvent être utiles, il y vit un moyen de la déstabiliser.

Il s'approcha silencieusement des affaires qu'elle avait laissées sur un banc et s'accroupit. Il examina tout d'abord le contenu de son téléphone, en commençant par les sites web qu'elle avait visités, avant de s'intéresser à ses photos, déçu d'en trouver aussi peu. Il procéda ensuite à l'inventaire de sa trousse à pharmacie : des vitamines, ainsi qu'une boîte de Diclofénac. La notice lui indiqua qu'il s'agissait d'un anti-inflammatoire. Il glissa la boîte dans la poche de son blouson.

Du shampooing plein ses cheveux noirs, coupés court, elle se massait le cuir chevelu sans le voir, les yeux fermés. Il s'attarda sur l'expression de son visage, sur son corps nu, le savon qui s'écoulait le long de son ventre musclé, de ses jambes puissantes.

Elle se tourna et il glissa un doigt le long de sa nuque, à la naissance de ses cheveux détrempés.

Elle eut un haut-le-corps et il disparut derrière une cloison. Il l'entendit se rincer les yeux et recracher de l'eau avant de constater qu'elle était seule. Tous les muscles du Soldat étaient tendus à craquer, sous l'effet de l'excitation. À travers un interstice de la cabine de douche, il vit la main de la jeune femme saisir un flacon d'après-shampooing. Il en profita pour se relever, sachant qu'elle serait à nouveau aveuglée par le produit, et frappa du poing la porte de la douche.

— Putain ! s'écria-t-elle en se retournant d'un bloc.

Le temps qu'elle passe le nez dans le couloir, il avait battu en retraite dans l'obscurité du camp. Il reconnut le bruit d'un robinet que l'on ferme, vit la porte du baraquement s'écarter et la jeune femme descendre précipitamment les marches, ses pieds mouillés instantanément couverts de sable.

— Qui est là ? tonna-t-elle. Montre-toi, espèce de tas de merde !

Cette fille-là ne mâchait visiblement pas ses mots.

Le Soldat, accroupi dans le noir, détailla les muscles de ses épaules, la finesse de son cou. Il se demanda un instant si elle ne tremblait pas.

Il décida alors que cette fille ferait une excellente adversaire. Il comptait bien lui apprendre à mourir correctement.

14

La nuit n'a pas été calme, entre les ronflements et les quintes de toux des dormeurs, de l'autre côté de la cloison en liège, et la musique qui s'échappait des dongas voisins. J'entretenais l'espoir qu'une bonne douche m'aide à trouver le sommeil, mais la présence d'un intrus invisible m'avait mis les nerfs à fleur de peau. J'étais furieuse contre l'abruti qui s'était amusé à mes dépens. De retour dans le donga, j'ai observé la course des premières lueurs du jour sur le plafond, où une araignée de la taille de ma main se tenait immobile, à la verticale de mon lit. Whitt dormait sur sa couchette, me tournant le dos. Seul le col de son pyjama bleu roi dépassait de sa couverture.

Il était sept heures du matin quand j'ai roulé hors de mon lit, vêtue en tout et pour tout d'une culotte. Whitt s'est aussitôt couvert les yeux. J'ai bien cru qu'il allait s'étouffer.

— Et alors ? Tu n'as jamais vu de nichons ? Il va falloir que tu t'y habitues, si tu veux qu'on soit colocataires.

Quand nous avons rejoint la cantine où nous étions censés retrouver notre contact, Whitt a soigneusement évité de m'adresser la parole. Même à l'aune de mon caractère naturellement irritable, je m'étais montrée très désagréable avec lui, mais il faut bien reconnaître que les événements de Sydney prenaient le pas sur le reste. Le simple fait de parler me coûtait. J'avais passé le début de matinée, allongée sur mon lit en silence, à écumer les sites d'information à la recherche d'informations sur Sam pendant que Whitt repassait les chemises que Richie et sa bande de connards s'étaient appliqués à saloper.

Par le Net, j'avais appris que deux filles avaient contacté les enquêteurs, accusant Sam de s'en être pris à elles sur des pistes cyclables. Pas dans les environs immédiats de la Georges River, mais pas très loin. L'une des filles, une gamine de seize ans, affirmait que Sam l'avait fait tomber en coinçant un bâton dans sa roue de vélo avant de l'entraîner dans les fourrés, malgré ses cris. Elle s'était décidée à témoigner en apprenant que son attaquant avait été arrêté.

Whitt a tenté sa chance alors que nous nous dirigions vers la cantine.

— J'ai cru comprendre que tu vivais une situation compliquée en t'entendant téléphoner hier. Si jamais je peux t'aider…

— Non.

— Sam est un ami, ou alors… ?

Je me suis arrêtée net. Pour la première fois, je me suis demandé si Whitt n'était pas un mouchard, envoyé par Nigel et ses sbires pour me surveiller et savoir si j'étais au courant depuis le début des crimes qu'ils attribuaient à Sam. Comment une spécialiste des prédateurs sexuels telle que moi aurait-elle pu ne pas être au courant ? Sans compter que j'avais la réputation de fréquenter des types étranges. Peut-être espéraient-ils qu'à force de travailler en binôme avec Whitt je finirais par avouer.

Whitt s'est immobilisé à son tour. Il m'observait avec une telle prévenance et une telle bienveillance que j'aurais pu me laisser piéger.

— Où es-tu en poste, déjà ? Avec qui fais-tu équipe, en temps ordinaire ?

— Je suis basé à Perth.

— Le nom de ton équipier ?

— Ismaël… Carmody.

— À quel service appartenais-tu auparavant ? Qui est ton chef ?

— C'est bon, j'ai compris, a-t-il soupiré. J'étais curieux, rien de plus.

— Dorénavant, tu seras gentil de mettre un mouchoir sur ta curiosité, Whitt. D'accord ?

— Pas de souci, a-t-il répliqué en se mettant au garde-à-vous avant de repartir vers la cantine.

Je lui ai emboîté le pas, les yeux rivés sur ses chaussures, qui soulevaient la poussière. Il ne faisait aucun doute à mes yeux que sa bonne humeur était une ruse. Edward Whittacker avait beau se comporter en parfait gentleman, il était hors de question de lui accorder ma confiance.

15

Le bâtiment faisant office de cantine était constitué de trois grandes baraques de chantier réunies. Dans l'immense salle s'alignaient des tables pliantes équipées de chaises de camping. Les mineurs étaient attablés par petits groupes, devant leurs plateaux en plastique. J'ai attrapé au vol une poignée de sachets de café dont j'ai déversé le contenu dans un grand gobelet avec de l'eau chaude et beaucoup de sucre. Un bon coup de fouet ne me ferait pas de mal.

J'ouvrais une capsule de lait lorsque j'ai senti une présence derrière moi. Du coin de l'œil, j'ai vu un petit type tout sec avec un visage dur et de petits yeux plissés à force de se protéger contre la morsure du soleil. Il a repoussé brutalement la coupe de sachets de café d'une main burinée.

— On n'a droit qu'à deux sachets de café par jour ! a-t-il grommelé.

— Je vous demande pardon ?

Une plaque épinglée à sa poche de poitrine m'a indiqué son nom : Levacher. Il portait un uniforme impeccable et une chemise blanche soigneusement repassée, sa tenue tranchait curieusement avec les combinaisons poussiéreuses des mineurs équipés de chaussures de sécurité. J'ai pensé qu'il s'agissait d'un agent de sécurité quelconque.

— Le café est rationné à deux sachets par jour, a-t-il répété en articulant lentement, comme s'il s'adressait à une gamine attardée. C'est pourtant pas compliqué à comprendre.

— Non, mais…

— Le personnel de la mine a droit à deux sachets de café, deux de sucre et deux dosettes de lait par jour. En tant que *visiteuse*, vous n'êtes même pas comptabilisée. Votre consommation vient déjà en déduction de celle des autres. Le camp est uniquement approvisionné tous les mois. Si tout le monde s'amusait à se servir comme ça l'arrange, on serait à sec en un rien de temps. C'est ça que vous voulez ?

— C'est exactement ce que je veux, oui. J'ai envie qu'on crève tous de faim.

— Essayez pas de jouer à la maligne.

— Écoutez, mon vieux. On n'est pas encore sur Mars. Il suffit d'aller à Bandya s'il n'y a plus de café.

— C'est pas le problème !

J'ai mis un terme à la discussion en constatant que les veines de ses tempes étaient gonflées à craquer. Si ce type-là faisait une attaque à cause de moi, je n'étais pas certaine que le camp dispose des équipements médicaux nécessaires pour le soigner. J'ai bruyamment avalé une grande lampée de café, avant de l'abandonner à son aigreur.

Le petit déjeuner était digne d'une prison. J'avais suffisamment vu les œufs en poudre et les tranches de pain squelettiques servis aux détenus lors de mes visites au centre de détention de Long Bay, en quête de pistes sur des viols.

Les tomates grillées de la mine nageaient dans un bain d'eau tiède et l'on apercevait derrière le buffet des piles de boîtes de fayots aussi ventrues que des fûts de bière. J'ai remarqué que Levacher me surveillait de près tandis que j'hésitais sur la punition culinaire que j'allais m'infliger, mon triste plateau en plastique à la main.

Whitt s'était déjà installé à une table près d'une fenêtre. Il retirait d'un geste méticuleux le film de protection d'un appétissant muesli aux figues quand je l'ai rejoint. Ce type-là était la prévoyance incarnée, il avait même pensé à apporter du lait longue conservation dans un récipient en plastique.

— Tu sais quoi, Whitt ? Tu es un drôle d'oiseau.

— On n'est jamais trop bien préparé, m'a-t-il répondu.

— Je ne serais pas surprise que cette devise soit tatouée sur ton postérieur.

Un mineur s'est approché de la grande table où nous étions installés. Il a posé devant nous le quotidien de Perth. Quelqu'un avait dû en rapporter une pile de la ville voisine. Une photo de Sam, prise lors d'une fête de Noël à son boulot, s'étalait à la une. Il affichait le sourire timide que je lui connaissais bien. Deux mots en caractères gras couvraient toute la largeur de la première page : LE MONSTRE.

Whitt a tambouriné des doigts sur le plateau de la table. Avant que j'aie pu comprendre ce qui le mettait aussi mal à l'aise, un mastodonte barbu en tenue de mineur s'est arrêté à ma hauteur.

— Harriet et Edward ?

— En personne.

Je me suis levée, la main tendue. Il affichait un large sourire, plein de bonhomie. Il avait la petite quarantaine, avec cette prestance terrienne que peuvent avoir les agriculteurs ou les habitués du désert.

— Gabe Carter, s'est-il présenté. Si j'ai bien compris, vous recherchez mon gamin.

— Votre gamin ? s'est étonné Whitt.

— C'est le sentiment que j'ai parfois, a répondu Gabe en prenant place à côté de moi.

Il a posé son casque de chantier sur la table.

— J'étais le responsable de Danny Stanton. J'ai une vingtaine de jeunes gars sous mes ordres, à la mine. Comme ils travaillent pour moi, c'est moi qu'ils viennent trouver quand ils ont des soucis personnels ou autres. En cas de problème, je leur sers d'interlocuteur. Et ce sera comme ça pour vous deux tout au long de votre séjour.

J'ai froncé les sourcils.

— Pourquoi aurait-on des problèmes ?

Ma question l'a fait rire, puis il a posé sur moi un regard grave.

— C'est simple. Personne n'a envie de vous voir ici.

16

— Les patrons de la mine essaient de limiter les dégâts, nous a expliqué Gabe. Il y a deux mois de ça, l'émission *60 Minutes* a diffusé un reportage très négatif sur les AR et les conditions de vie dans ce camp, avec des témoignages d'anciens mineurs.

— Les AR ?

— Dans notre jargon, les AR sont les allers-retours des mineurs : trois semaines sur place, une semaine à la maison. Il n'y a quasiment aucun permanent dans le camp. Ça coûte moins cher de faire venir des mineurs en avion des principales villes du pays que de construire une cité minière susceptible d'accueillir les familles. Ici, tout est provisoire. Quand un filon se tarit, on plie bagage et on installe le camp un peu plus loin.

— En quoi ce reportage était-il négatif ? s'est enquis Whitt.

— *60 Minutes* s'est essentiellement intéressé aux aspects les moins reluisants du monde de la mine. La drogue, les Bilbis, les suicides. Je ne vais pas prétendre que tout est rose. Vous avez déjà pu vous en apercevoir si vous avez effectué un petit tour dans le camp. Nos patrons n'ont pas envie qu'on leur fasse encore de la mauvaise publicité, et ils sont persuadés que c'est ce qui les attend avec vous, que vous découvriez ou non ce qui est arrivé à Danny.

Constatant que Whitt avait sorti un carnet et prenait des notes, je suis entrée dans le vif du sujet.

— Que lui est-il arrivé, à votre avis ?

— Je n'en ai pas la moindre idée. Pas mal de gens voudraient me convaincre qu'il s'est suicidé, mais je n'y crois pas.

Il a haussé les épaules avant de poursuivre :

— C'était un gamin plutôt joyeux.

— Il y a beaucoup de suicides, dans le camp ?

— La vie des mineurs s'y prête, a reconnu Gabe. L'isolement, la solitude. Plusieurs de mes gars m'ont avoué qu'avec le temps, ils avaient l'impression d'entrer dans une spirale sans fin. Ils gagnent beaucoup d'argent, ils ont la sécurité de l'emploi, et ils peuvent très bien ne rien dépenser quand ils sont ici s'ils le souhaitent. Ils sont logés, nourris, blanchis gratuitement. Beaucoup de mineurs n'ont aucune compétence professionnelle. La plupart ont quitté l'école en cours de route.

Un regard autour de moi a suffi à confirmer ses dires. La majorité des types qui nous entouraient avaient encore de l'acné. Un jeune mineur assis un peu plus loin portait même des bagues dentaires.

— Certains de nos gars ont des enfants en bas âge. La première fois qu'ils voient exploser leur compte en banque, ça les rend fous. Ils achètent une grande maison, une grosse voiture, leurs copines s'embourgeoisent et font des gosses. Au bout de quelques mois de ce régime, les gars commencent à fatiguer.

Ils voudraient bien arrêter, mais on a besoin d'eux à la maison. Ils ont des remboursements insensés à honorer pour la maison et la voiture. Dans le même temps, leurs parents sont fiers de leur réussite. Et s'il leur prend l'envie de quitter la mine, il leur faudra travailler deux fois plus pour gagner trois fois moins.

J'ai hoché la tête.

— Ils ont la pression.

— À un point que vous ne pouvez même pas imaginer, a acquiescé Gabe. Sans compter qu'ils ne peuvent en parler à personne, de peur de passer pour des petites natures. Alors le vase déborde.

Whitt a déplié le journal et s'est arrêté sur les pages sportives pendant que Gabe poursuivait ses explications. En dépit de sa nonchalance apparente, la manœuvre ne m'a pas échappé.

— Les responsables de la mine ne souhaitaient pas d'enquête après la mort de Danny, a enchaîné Gabe. Je leur ai fait part de mes inquiétudes à plusieurs reprises, mais ils voulaient absolument se persuader qu'il avait abandonné son poste. À en croire la thèse officielle, il a pété les plombs et s'est enfoncé dans le désert. Il faut bien reconnaître qu'il arrive à certains de nos gars de perdre la boule. Il suffit qu'ils ne rentrent pas chez eux assez souvent pour choper la fièvre du désert. L'isolement finit par les détraquer.

— C'était déjà arrivé à Danny? Il lui était arrivé de ne pas rentrer chez lui? a voulu savoir Whitt.

— Non.

— Vous avait-il donné le sentiment d'être perturbé par l'isolement?

— Non, a répété Gabe. J'ai toujours pensé que c'était un gamin joyeux et normal. Je suis comme un père pour tous ces jeunots. Je sens tout de suite quand ça ne va pas. J'ai insisté auprès des patrons pour qu'on réclame une enquête. Sans succès.

— Qu'est-ce qui les a fait changer d'avis ?

— La disparition de deux autres mineurs, a laissé tomber Gabe.

17

Nous avons quitté la cantine en compagnie de Gabe. Le soleil du matin nous attendait dehors. Le camp ressemblait à une ruche, les mineurs se dirigeaient en masse vers l'entrée principale où était organisée une réunion consacrée aux consignes de sécurité.

— Hon Lu s'est volatilisé il y a deux mois, nous a expliqué Gabe. Il a disparu un soir sans laisser de traces, comme Danny, mais je ne l'ai appris que tout récemment.

Il m'a tendu la photocopie d'un cliché d'un jeune Asiate installé à la terrasse de ce qui devait être un café. Il affichait un sourire timide sous une casquette de couleur vive ornée du drapeau australien, comme en distribuent gratuitement les journaux le jour de la fête nationale.

— D'où vient ce portrait ? Vous avez l'original ?

— C'est une copie d'une photo que j'ai trouvée punaisée au mur de sa chambre, m'a répondu Gabe. J'ai préféré ne toucher à rien en vous attendant. Au cas où… où il s'agirait d'un… euh…

Il n'a pas conclu sa phrase, manifestement mal à l'aise. Whitt l'a fait à sa place.

— Au cas où il s'agirait d'un crime.

— Mouais, a grommelé Gabe en détournant le regard.

— Comment se fait-il qu'il vous ait fallu deux mois pour découvrir sa disparition ? s'est étonné Whitt. C'était l'un de vos gars ?

— Oui. Je m'occupe essentiellement de mineurs, mais j'ai également quelques types de l'intendance sous mes ordres. Hon s'occupait de l'approvisionnement du camp. Un matin où il aurait dû reprendre son poste, j'ai interrogé ses copains et ils m'ont expliqué qu'il était parti.

— Pourquoi une telle affirmation ? a insisté Whitt.

— Les rumeurs se propagent vite, dans le camp. Il suffit que l'un des gars ait estimé que Hon s'était fait la malle pour que tout le monde pense de même.

— Le jour où il ne s'est pas présenté à son poste, je suppose que vous avez tout de même vérifié les dires des autres ?

— J'ai lancé une alerte à l'intérieur du camp. Il y a des haut-parleurs partout, même dans les galeries de mine. Il arrive que l'un ou l'autre boive ou fume un peu trop dans le donga d'un copain et s'endorme dans un coin. J'ai pensé qu'il cuvait peut-être quelque part.

— C'était son genre ? Avait-il l'habitude de ce genre de comportement ?

— Non, mais il y a toujours une première fois.

— Qu'a donné l'alerte ?

— Rien. Il n'a pas donné signe de vie. Quelqu'un a prétendu l'avoir vu se rendre en ville la veille. C'est courant le soir, les gars font du stop pour aller boire un coup à Bandya avant de rentrer dans la nuit.

— Avez-vous pensé à demander à l'hôtel du patelin s'il avait pris une chambre ? a suggéré Whitt.

— Bien sûr. Personne ne l'avait vu.

J'ai pris le relais.

— Et ensuite ?

— Ensuite, je n'y ai plus pensé. Je sais que c'est idiot, mais c'est tellement courant par ici.

Gabe, les mains dans les poches, contemplait le désert rouge qui nous entourait.

— Des jeunots passent plusieurs semaines ou plusieurs mois dans le camp, jusqu'au jour où ils s'évanouissent dans la nature.

— Vous n'avez aucun moyen de savoir ce qu'ils deviennent ?

— Comme dans n'importe quel boulot, la mine est responsable de ses ouvriers tant qu'ils restent sur place. Les patrons me le répètent suffisamment : du jour où ils ne sont plus chez nous, ça ne nous regarde pas.

J'ai secoué la tête.

— Décidément, vos patrons sont des gens particulièrement attentionnés.

— J'imagine qu'ils sont surtout soucieux d'économiser du temps et de l'argent, comme tous les patrons, a répliqué Gabe en haussant les épaules. On perd un temps infini à courir après les mineurs. Ils ne répondent jamais quand on les appelle, on leur laisse des mails, on téléphone à leurs femmes ou leurs copines, qui ne sont généralement au courant de rien. On finit par paniquer, on prend contact avec la police, avec leurs parents, leurs amis. Et après s'être remué le cul pendant deux jours, on apprend qu'ils sont à Darwin, à Fremantle ou je ne sais où. *Fallait pas vous inquiéter, patron. Ce boulot me fait trop suer. Je suis pas fait pour ça. Je suis tombé sur des copains à Fremantle, on a bu des coups, je vais pas tarder à rentrer chez moi.* Et je ne vous parle même pas des filles qui travaillent à la mine, elles sont pires.

— Comment ça ? s'est enquis Whitt.

— Les gars trompent leur solitude en buvant. Les filles préfèrent se raccrocher à quelqu'un sur place, et quand elles se séparent du type qu'elles ont trouvé au camp, elles rentrent chez elles sans prévenir personne.

J'ai voulu recentrer le débat.

— Quand avez-vous fini par comprendre que Hon manquait bel et bien à l'appel ?

— Au départ, mes gars affirmaient qu'il était rentré chez lui parce qu'il en avait assez, et je les ai crus. Je n'ai pas pris soin de vérifier, je me suis contenté de rayer son nom de l'équipe et de recruter quelqu'un d'autre pour occuper son poste et son lit. Deux mois s'écoulent, et voilà que je reçois un coup de fil de ses parents. Ils s'étonnent de ne pas recevoir de ses nouvelles alors qu'il leur téléphone régulièrement tous les mois. J'appelle Hon, et je m'aperçois que son numéro n'est plus attribué.

— Tout à l'heure, vous nous avez parlé d'un troisième disparu.

— Oui, m'a répondu Gabe en me tendant la photo d'une petite rousse flamboyante au visage couvert de taches de rousseur. Tori King, dix-neuf ans. Sa sœur

Amy travaille toujours ici, elle n'arrête pas de harceler son responsable depuis trois jours au sujet de Tori. Elle prétend que jamais sa sœur ne serait partie sans la prévenir. Le responsable de Tori a procédé comme moi le matin où elle n'est pas venue bosser. Il a commencé par la chercher partout, et puis il n'y a plus pensé. Je n'ai appris sa disparition qu'en commençant à me renseigner auprès de mes collègues.

— Que sait-on de cette fille ? a demandé Whitt en examinant le portrait de Tori à l'ombre d'un donga.

— Elle a disparu, c'est tout ce que je sais. Elle s'était rendue en ville, elle est rentrée puisqu'on l'a aperçue au camp à quatre heures de l'après-midi, mais aucune des caméras de surveillance installées au niveau des entrées ne l'a filmée en train de quitter les lieux.

— Où a-t-elle été vue précisément pour la dernière fois ?

— Dans la salle de loisirs. Elle a annoncé à ceux qui se trouvaient là qu'elle allait se coucher et elle est repartie dans la nuit. Et puis plus rien, plus personne n'a reçu de ses nouvelles.

18

Gabe nous a laissés devant le donga de Danny Stanton et s'est éloigné au volant d'une camionnette. J'aurais bien aimé lui poser d'autres questions au sujet de la faune qui traînait dans le coin, Richie et sa bande ou encore les prostituées, mais il avait du travail et ses patrons refusaient qu'il perde tout son temps à s'occuper de nous.

J'ai regardé s'éloigner sa camionnette à la lunette arrière couverte de poussière. Whitt transpirait abondamment à cause de la chaleur, sa chemise blanche lui collait à la peau.

— Un triangle des Bermudes pour mineurs, a-t-il plaisanté en observant l'horizon ocre du désert, parsemé ici et là de buissons d'épineux. Je ne sais pas où j'aimerais mourir, mais sûrement pas dans le coin.

— Rien ne nous dit que Hon et Tori s'y sont aventurés. Je vais demander à Sydney qu'on examine leurs comptes en banque, leurs mails et leurs fadettes.

— Bonne idée. Tant qu'à faire, autant ajouter le nom de Danny à la liste. Il serait intéressant de savoir avec qui il était en contact au cours des jours qui ont précédé sa disparition, a suggéré Whitt. Il aura peut-être parlé à quelqu'un de ses intentions.

Le donga de Danny abritait trois chambres, comme le nôtre. Le box de droite et celui du milieu étaient vides, des photos de famille, des horaires de travail et des posters de filles à poil punaisés sur les cloisons en liège. Un mineur était allongé sur le lit du box de gauche. Des écouteurs dans les oreilles, il lisait un magazine automobile. Au-dessus de sa tête s'étalait un poster d'une blonde entièrement nue, les jambes écartées, les doigts étalés au niveau de son sexe épilé.

Je n'ai pas pu me retenir.

— Super !

Le jeune type s'est redressé en retirant ses écouteurs.

J'ai tendu le doigt en direction du poster.

— C'est votre sœur ?

— Quoi ? Non, pas du tout. Qui vous êtes, d'abord ?

— Inspecteur Harry Blue, brigade des délits sexuels. Et voici l'inspecteur Whitt, brigade de Santé publique.

Whitt a laissé échapper un soupir.

J'ai désigné le lit du milieu.

— C'est celui de Danny Stanton ?

— C'était.

Sur un lit de camp semblable au mien reposait un matelas nu. Au milieu des photos fixées à la cloison se trouvait l'espace vide laissé par un poster. Le même petit meuble en plastique blanc fourni à tous les mineurs du camp était coincé contre le mur, au pied du lit. Un coup d'œil à l'intérieur des tiroirs m'a montré qu'ils étaient vides, à l'exception d'un crayon, d'une pile de formulaires, de quelques élastiques et d'un aérosol de déodorant vide.

Je me suis tournée vers le jeune mineur.

— Que sont devenues les affaires de Danny ?

— Tout était comme ça quand je suis arrivé ici. Je n'ai touché à rien.

Je lui ai accordé quelques instants pour changer de disque. Constatant qu'il s'entêtait, je l'ai agrippé violemment par les cheveux et obligé à se lever.

— Où-sont-ses-affaires ?

— Harry ! s'est précipité Whitt en me prenant le bras.

— Il n'y avait plus rien quand je suis arrivé, je le jure ! a glapi le gamin. Tout le monde a le droit de se servir quand quelqu'un se fait la malle. C'est la règle. Tout ce qu'on abandonne est mis à disposition du premier venu. Quand les autres ont su que Danny avait disparu, ils sont venus se servir.

— Qui ça, « ils » ?

— Tout le monde, a répondu le gamin en essayant de se dégager. N'importe qui ! Il y a constamment des allées et venues à la mine. Ceux qui rentrent chez eux laissent des fringues, des magazines et toutes sortes de trucs, les autres récupèrent tout ce qui peut encore servir.

— Et toi, tu t'es servi ?

— Non ! Aïe ! Oui ! Oui, putain de merde ! J'ai pris son iPod.

Il a montré d'un geste l'appareil abandonné sur son lit.

— Et pis des magazines de cul. Et aussi quelques tee-shirts.

Je lui ai tiré la tête en arrière par les cheveux.

— Qu'est-ce qu'il avait laissé d'autre ? Tes collègues ont emporté quoi ?

— Quelqu'un a pris son téléphone et son portefeuille, a haleté le jeune mineur. Un peu d'argent liquide et des bouquins.

— Qui a récupéré le téléphone et le portefeuille ?

— Je sais pas.

Je lui ai écrasé les orteils d'un coup de botte.

— Aïe ! Je sais pas, je vous dis ! Et merde !

— Que sont devenus les objets dont personne ne voulait ? a demandé Whitt, réfugié à l'entrée du donga.

— Ce qui reste part au bureau des objets trouvés.

— Et il se trouve où, ce bureau ?

— Dans le bâtiment de l'administration ! Arrêtez, vous me faites mal !

Je l'ai repoussé et il s'est étalé à mes pieds. L'ancienne chambre de Danny ne pourrait rien m'apprendre de plus, à part ses photos, que j'ai décrochées de la cloison.

J'ai tendu un doigt accusateur en direction du poster de la fille à poil.

— Fous-moi ce truc à la poubelle. Tu risques de te faire du mal, à force de regarder l'abricot de cette fille. Sale petit con, va !

Whitt a rattrapé au vol la porte du donga que j'avais voulu claquer derrière moi.

— L'abricot ? a-t-il souri.

J'ai désigné d'un geste un groupe de mineurs qui traversaient le camp.

— Ces types-là sont des animaux. Il suffit qu'un des leurs disparaisse sans laisser de trace pour qu'ils lui piquent tout comme des hyènes. J'imagine que les affaires de Tori et de Hon auront subi le même sort. En clair, nous avons trois disparus sur les bras, et pas l'ombre d'une trace de leur passage ici.

19

L'examen des chambres respectives de Tori et Hon est venu conforter mes soupçons. Les tiroirs avaient été vidés à même le sol dans la chambre de la jeune rousse, qui avait la chance de vivre seule. Il ne restait d'elle qu'un tas de vieux papiers et une brosse à cheveux. Je me suis contentée de récupérer les photos de Hon et de Tori, qui sont venues grossir celles de Danny déjà collectées par mes soins.

Avant de rejoindre les bureaux de la mine, j'ai appelé le Vieux, laissant Whittacker prendre de l'avance entre les rangées d'engins de déblaiement et de rouleaux compresseurs. La sonnerie de mon chef a résonné à Sydney. Deux jeunes mineurs s'embrassaient à l'ombre d'un excavateur, leurs casques de chantier soudés ensemble.

— Blue, a répondu le chef en décrochant.

— Je ne sais pas dans quel cul-de-basse-fosse vous pensiez m'envoyer, chef, mais vous vous êtes surpassé.

— Bonjour à toi aussi, a-t-il rétorqué.

— Je serais infichue de vous dire si je me trouve au zoo ou dans un lycée. Il n'y en a pas un qui a franchi le cap de la trentaine. Ils écoutent de la musique à chier toute la nuit et se fichent royalement du sort de leurs collègues disparus, dont les affaires sont consciencieusement pillées. Quand ils n'ont pas le nez dans un magazine porno, ils le remplissent de coke, et je dors si près de mon équipier que je pourrais lui tenir la main.

— Rien d'autre à me signaler ?

— Si, la nourriture est dégueulasse. À part ça… à part ça, je découvre des trucs pour le moins étranges aux infos à propos de Sam.

Je n'ai pas été capable de masquer mon trouble plus longtemps. Ma voix s'est brisée au moment où je prononçais le nom de mon frère et je me suis empressée de tourner le dos à Whitt, qui m'observait.

J'avais passé les premières heures de cette fichue journée à regarder dormir mon collègue tout en réfléchissant au sort qui attendait Sam. Je m'étais imaginée en train de l'appeler, curieuse de savoir ce qu'il me dirait lorsqu'on m'autoriserait à entrer en contact avec lui.

Ce n'est pas moi, Harry. Ils se trompent sur toute la ligne.

J'étais impatiente d'entendre mon frère se justifier, m'expliquer qu'il n'avait rien à voir avec le monstre dont le visage s'étalait à la une des journaux.

Dis-moi que tu ne t'en es jamais pris à ces femmes, Sam. Dis-moi que tu ne les as pas enlevées, torturées, violées. Dis-moi que tu ne les as jamais traquées, que tu n'es pas ce qu'ils croient.

— Nous avons recueilli les témoignages de trois jeunes filles qui accusent ton frère, a rétorqué le chef.

Elles affirment n'avoir jamais osé le dénoncer avant de découvrir sa photo dans la presse. Toutes confirment qu'il s'agit bien de lui. Nous avons prélevé des échantillons d'ADN, sur Sam comme sur ses accusatrices. Nous sommes en train de réunir tous les éléments dont nous disposons en attendant de l'inculper. Pour l'heure, il est encore en garde à vue, mais je ne peux pas t'en dire davantage.

— Qui sont ces femmes ? Que disent-elles exactement ?

— Blue, je viens de te l'expliquer : je n'ai pas le droit de te fournir davantage de détails.

— Je veux lui parler. Je veux m'entretenir avec son avocat et je veux avoir accès au rapport d'enquête de Nigel. Qui est le défenseur de Sam ? Je veux son numéro.

— Harriet, je te rappelle que tu appartiens à la famille de l'accusé.

— Il n'a personne d'autre que moi.

— Écoute-moi. Ta qualité de sœur prime sur ta fonction de flic. Tu n'as aucun droit d'exiger quoi que ce soit comme tu le fais, en particulier le rapport d'enquête. Nous avons le devoir de protéger nos informations, ce qui signifie en clair que tu vas devoir attendre ton tour, comme n'importe quel citoyen ordinaire.

— Attendre mon tour ? J'attends dans le noir, chef ! Au milieu de nulle part, dans le trou du cul du monde !

— C'est exact, et j'en suis heureux, parce que si tu étais ici, tu passerais ton temps à enfoncer les portes et agresser physiquement les journalistes.

Il avait raison, je le savais.

— Je t'appellerai à l'instant où tu seras autorisée à entrer en contact avec lui, a-t-il repris d'une voix plus douce. Par le biais de son avocat, si ce n'est pas avec lui directement. Je te le promets. D'accord ?

Je lui ai demandé de se renseigner sur les comptes bancaires, les mails et les fadettes de Danny, Tori et Hon. Je l'ai entendu prendre des notes. Les bruits de mon univers de travail habituels dessinaient un décor familier à l'autre bout du fil. Un mélange de conversations téléphoniques sourdes et de voix feutrées. Si j'avais passé les dernières vingt-quatre heures à Sydney, l'atmosphère aurait été nettement moins paisible. À force de me ronger les ongles, j'avais mal aux doigts.

Whittacker m'attendait sur les marches du bâtiment de l'administration, hypnotisé par la grue gigantesque installée au centre du camp. Un monstre métallique d'une hauteur de quatorze étages, capable de soulever n'importe quel bâtiment préfabriqué pour le transporter d'un bout à l'autre de la mine.

— Un dernier détail, chef. Savez-vous si Nigel s'est arrangé pour me faire espionner ?

— J'ai donné à Nigel toute latitude de mener l'enquête à sa guise, Blue, a rétorqué le chef. En termes clairs, il est libre de surveiller qui il veut.

La réponse avait le mérite d'être limpide.

20

Whitt et moi avons déniché dans un placard des bureaux de la compagnie plusieurs étagères garnies d'objets abandonnés, par ordre d'arrivée. Les plus anciens étaient vieux de six semaines, ainsi que le précisait une étiquette apposée sur le rayonnage correspondant, ce qui signifiait qu'ils ne tarderaient pas à être jetés. Hon, dont la disparition remontait à deux mois, ne serait donc pas représenté dans tout ce fourbi. J'ai étalé par terre le contenu des étagères les plus récentes afin d'opérer un tri. J'ai découvert une logique dans les affaires des mineurs. Les femmes laissaient derrière elles des sous-vêtements, des tee-shirts et des produits de beauté, alors que les mecs abandonnaient des magazines, des équipements sportifs et des chaussures. Il y avait quelques exceptions, à commencer par un jeu de Monopoly auquel Whitt s'est longuement intéressé, mais aussi une trompette, et des feuilles de papier servant à fabriquer des origamis.

Sur l'étagère étiquetée «deux semaines», j'ai trouvé un carnet que j'ai ouvert. Il ne portait aucun nom, mais j'ai tout de suite reconnu l'écriture carrée bien particulière de Danny, entrevue un peu plus tôt sur les formulaires découverts au fond d'un tiroir dans son donga.

Je me suis assise sur le sol poussiéreux tandis que Whitt s'accroupissait à côté de moi pour ne pas risquer de salir son pantalon.

J'ai aussitôt ressenti un picotement caractéristique dans les doigts, comme chaque fois que j'ai l'intuition de découvrir un indice d'importance lors d'une enquête. C'est un phénomène courant chez les flics, lorsqu'ils croisent le regard d'un assassin par exemple, ou bien en découvrant un couteau couvert de sang. En pareil cas, l'adrénaline provoque chez eux un effet aussi puissant que n'importe quelle drogue.

Les premières feuilles du carnet contenaient essentiellement un résumé des consignes de sécurité reçues par Danny à son arrivée au camp. Celles-ci étaient suivies de longues listes d'initiales et de résultats sportifs. Danny avait également exécuté un croquis grossier d'un mineur en train de fumer un énorme joint, ainsi qu'une litanie de femmes nues comme on en trouve dans les cahiers de tous les collégiens. Danny avait visiblement conservé des souvenirs de son adolescence.

Et puis soudain, sur la toute dernière page, quatre mots sagement alignés :

Tueur. Sombre. Chasseur. Vengeance.

21

Le Soldat était tapi à l'arrière du monospace, dissimulé à la vue derrière la deuxième rangée de sièges, les mains croisées sur ses genoux. Il repensa aux stratégies mises en œuvre à l'époque où il montait la garde à l'entrée du camp militaire, dans les prairies des environs de Kaboul, par une chaleur étouffante. À la télévision, les sentinelles multiplient les allées et venues en fumant et en discutant, mais la réalité est tout autre. Une sentinelle digne de ce nom reste cachée à la vue de tous, ce qui la rend aussi dangereuse qu'un serpent. Le Soldat était capable de rester des heures debout, tête droite, les mains sur les cuisses, les yeux rivés sur l'horizon, à l'affût du moindre mouvement. Il ne bougeait jamais la tête, sauf en cas d'alerte, ses bras restaient immobiles, sa respiration régulière. Un homme transformé en statue de pierre.

Il sentit des gouttes de sueur lui rouler le long des tempes, à l'écoute des sons qui lui parvenaient de l'extérieur. Les deux inspecteurs s'approchèrent d'un pas lourd et le véhicule tangua lorsqu'ils prirent place à l'avant, à un mètre de lui.

Le monospace s'ébranla et le Soldat ferma les yeux en essayant de séparer dans sa tête la respiration de la femme du chuintement des pneus. Son corps se crispa au son de la voix de Blue, mais il ne bougea pas. Il repensa au jour où il s'était tapi à l'ombre d'un arbre dans le désert de Janda, abattant systématiquement avec son Barrett les jeunes gens qui descendaient de la montagne. Des fourmis noires géantes s'étaient aventurées sur ses doigts et dans le creux de sa nuque sans qu'il esquisse un geste.

La discrétion est également un atout réel dans le corps-à-corps. Sa section avait écumé les ruelles de Peshawar certains soirs parfumés, lors de missions de reconnaissance, et il lui était arrivé de tuer des combattants à mains nues. En combat rapproché, quand on est entouré d'immeubles sur les toits desquels veille l'ennemi, les armes à feu n'ont pas leur place. La mort est nécessairement silencieuse. C'était lui qui avait initié les membres de sa section au collier, une technique qui consiste à passer un collier de nylon autour du cou de l'adversaire et à serrer. Il est essentiel de procéder vite, avec toute la force requise, de sorte que le collier translucide se referme sur la trachée en emprisonnant l'air à l'intérieur des poumons avant que la victime ait pu crier. La strangulation conduit souvent à une mort bruyante et brutale du fait de la faiblesse des mains humaines.

La seule difficulté consistait à allonger le soldat ennemi afin de l'empêcher de s'enfuir, les doigts agrippés à sa gorge. Ainsi qu'il l'avait expliqué à l'officier commandant la section, à condition de mettre l'adversaire à terre suffisamment rapidement, celui-ci pensait uniquement à respirer, et non à fuir.

Le Soldat, tout en restant attentif à la conversation des deux inspecteurs, se demanda ce qui se produirait s'il franchissait d'un bond les sièges et passait un fil de nylon autour du cou de Whittacker. Comment réagirait Blue ? Quelle serait sa priorité ? Sauver son collègue, ou bien continuer à conduire ? Sauver la vie de son équipier, ou bien préserver la sienne ? *La question des priorités en temps de guerre est tout simplement passionnante*, pensa le Soldat.

22

Nous avons choisi une table dans un coin du pub bondé, deux verres de vin posés entre nous. Le pub, qui occupait l'un des rares bâtiments de Bandya, était équipé d'écrans géants pour les matchs de foot et de distributeurs automatiques proposant des snacks introuvables au camp. Les prix étaient ahurissants. J'en arrivais à me sentir coupable de dépenser pour un verre de vin ce que m'aurait coûté une bouteille à Sydney. J'ai fini par comprendre que mon malaise n'avait rien à voir avec le prix du vin, qu'il était provoqué par le curieux sentiment que quelqu'un me surveillait. J'en ai conclu que cette impression était due à la présence en face de moi du traître qui me servait d'équipier.

La boîte d'anti-inflammatoires qui ne quittait jamais ma trousse de toilette avait disparu. J'étais pourtant sûre qu'elle était en ma possession à mon arrivée au camp. Pour avoir longtemps pratiqué la boxe et connu mon lot de combats difficiles, j'avais souvent mal aux articulations. Par temps humide, mes poignets et mes phalanges me faisaient un mal de chien, j'avais les coudes et les genoux enflés et douloureux. Je savais que ces élancements pouvaient se réveiller à tout instant et la disparition de ces anti-inflammatoires me tarabustait. Je ne pouvais en acheter que sur ordonnance et il me serait impossible de m'en procurer dans ce trou perdu en cas de besoin.

J'ai aperçu Gabe Carter au bar, occupé à regarder un match avec ses copains, une bière glacée à la main. L'un de ses collègues a fait une plaisanterie et un sourire a illuminé son visage.

J'ai reporté mon attention sur Whitt.

— Très bien, essayons de faire le point sur ces disparitions.

J'ai posé sur la table les photos de Danny, de Hon et de Tori.

— Que sait-on jusqu'à présent ?

— Pour l'instant, presque rien si l'on cherche des similitudes entre les trois disparus. Hon était d'origine vietnamienne, ce qui n'est pas le cas des deux autres, on peut donc éliminer les motivations raciales. Idem pour le sexe des victimes, ou leur âge. Tori avait dix-neuf ans et Danny vingt et un alors que Hon en avait trente et un. Tous les trois ont aussi des parcours très différents. Hon venait d'un milieu aisé alors que Danny appartenait aux classes laborieuses ordinaires, contrairement à Tori qui était issue d'une longue lignée d'abonnés aux aides sociales.

— Tu as contacté les familles ?

— J'ai appelé celles de Danny et de Hon cet après-midi. Leurs proches sont bouleversés, comme on pouvait s'en douter. En revanche, je n'ai pas trouvé de numéro pour les parents de Tori. Le mieux est encore d'aller voir sa sœur demain pour en savoir davantage.

— As-tu pu savoir si Danny et Hon avaient bon moral la dernière fois qu'ils ont appelé chez eux ?

— Les parents de Hon l'ont décrit comme un individu assez secret qui ne se confiait pas facilement. La sœur de Danny m'a dit qu'il était à cran, sans qu'elle puisse savoir pourquoi. Il ne lui a rien dit de précis. Quand je lui ai parlé des quatre mots retrouvés dans son carnet, elle s'est montrée perplexe.

Gabe a rejoint notre table et s'est assis à côté de moi. Il a aligné devant lui les photos des mineurs disparus. Par la fenêtre, j'ai reconnu Richie dans la rue avec deux de ses acolytes. Ils fumaient sous un réverbère.

— Quelles nouvelles ? nous a demandé Gabe.

J'ai haussé les épaules.

— Rien de magique. Nous ne savons pas comment a disparu Danny, et nous ne sommes même pas sûrs que Hon et Tori sont morts. On attend les résultats du labo qui doivent nous parvenir de Perth, et j'ai demandé à nos services de Sydney de m'envoyer les infos bancaires des trois intéressés, en même temps que le contenu de leurs boîtes mail respectives et le détail de leurs conversations téléphoniques. À ce stade, nous n'avons ni cadavre, ni suspect.

— Seigneur ! a grommelé Gabe.

— En attendant, parlons un peu des suspects potentiels.

J'ai tendu un doigt en direction de Richie, de l'autre côté de la vitre.

— Dites-nous un peu ce que vous savez au sujet de ce type-là.

23

Gabe s'est tourné vers la fenêtre.

— Richie ? C'est le dealer de dope du camp, nous a-t-il expliqué.

— Vous voulez dire que vous avez un dealer « officiel » ?

— J'ai cru comprendre qu'il avait eu des concurrents par le passé, mais ça simplifie le problème quand un seul dealer gère l'ensemble du marché. Il suffit qu'il y en ait plusieurs pour que les ennuis commencent.

— Comment les patrons de la mine peuvent-ils tolérer un truc pareil ?

— Vous n'empêcherez pas certains gars de vouloir se droguer, a rétorqué Gabe. C'est un fait acquis. S'ils n'ont personne sur place pour leur fournir ce qu'ils veulent, ils iront en chercher à Perth ou à Sydney, ce qui augmentera considérablement le risque qu'ils se fassent arrêter, avec toute la mauvaise publicité que ça implique pour la mine.

— Si bien que les patrons ferment les yeux, a réagi Whitt.

— Ils ne *ferment pas les yeux*, mais ils ne cherchent pas non plus à éradiquer le problème. C'est comme ça, qu'ils le veuillent ou non. Quand vous avez affaire à des types qui s'ennuient loin de tout, vous pouvez être sûr qu'ils consommeront de la dope. C'est comme ça à l'armée, c'est comme ça en prison.

— Richie et ses sbires nous ont arrêtés sur la route près de Bandya le jour de notre arrivée.

— C'est courant. L'opération de bienvenue des broussards. J'ai entendu dire qu'ils rançonnaient les gens qui se baladent dans le coin. En revanche, ils laissent généralement en paix ceux qui rejoignent la mine, mais ils n'en font pas moins passer un message : malheur aux visiteurs qui cherchent à résister. Richie a dû comprendre que vous vous rendiez à la mine.

— Il a surtout compris que nous étions flics.

Ma remarque a fait rire Gabe.

— La situation devait être cocasse.

— Absolument. Vous connaissez bien ce type ?

— Pas vraiment, je n'ai aucun rapport avec lui. Mes responsabilités me suffisent.

Sur les écrans, un bulletin d'information a succédé au match et Whitt en a profité pour se rendre aux toilettes.

Le premier sujet était consacré à Sam ; j'ai fermé les yeux pour ne pas voir, me contentant d'écouter le commentaire.

« Ce soir, en exclusivité pour Network Ten, nous vous apportons de nouveaux éléments concernant le passé trouble de Samuel Jacob Blue, déclarait le présentateur. *Nous avons pu contacter l'un des parents adoptifs de Blue et de sa sœur, ce qui nous permet de mieux comprendre les traumatismes d'enfance subis*

par les intéressés lors de leur placement par les services sociaux. »

Je n'ai pas pu résister au besoin de regarder. Sur l'écran s'affichaient des photos de mon frère et moi lorsque nous étions enfants, en train de jouer dans le jardin d'une famille d'accueil quelconque. Je ne sais même plus combien de fois on nous a placés après avoir été retirés du taudis crasseux dans lequel nous vivions avec notre mère toxico. Sa photo est brièvement apparue. Je me suis demandé si ce portrait était fidèle aux images que je conservais d'elle, mais c'est tout juste si je me souvenais de ses bras malingres et de son élocution pâteuse. J'avais trois ans quand on nous a retirés à sa garde. Sam en avait sept. Nous n'avons jamais connu notre père.

Je suis restée tétanisée par cette incursion choquante de trente secondes dans mon passé. Autour de moi, tous les regards étaient rivés sur mon histoire, mon intimité. Fort heureusement, la chaîne avait eu le bon goût de ne pas diffuser de photo récente de moi et personne ne semblait avoir fait le lien entre le patronyme de mon frère et le mien. Je savais toutefois que ce répit serait de courte durée.

À côté de moi, Gabe se désintéressait des informations, uniquement préoccupé par le spectacle de Richie et de sa bande dans la rue. Les derniers rayons de soleil annonciateurs du crépuscule allumaient des reflets d'un roux sombre dans ses cheveux. De façon parfaitement irrationnelle, j'ai éprouvé à l'endroit du géant un curieux sentiment de reconnaissance.

Merci de ne pas savoir qui je suis.

24

Gabe m'a conseillé d'interroger les Bilbis du camp, au cas où les mineurs leur auraient fait des confidences sur l'oreiller au sujet des disparus. Le prétexte était tout trouvé de quitter le bar et je me suis retrouvée sur la terrasse où les filles discutaient entre elles, loin de ce reportage en exclusivité et en *prime time* sur ma vie.

— Bonsoir, les filles. Inspecteur Harry Blue, brigade des délits sexuels. J'enquête actuellement sur plusieurs disparitions qui pourraient bien être des meurtres. Je ne sais pas au juste.

— Ah, salut ! s'est écriée une rousse aux lèvres pulpeuses. Des meurtres, vous dites ? Trop bien ! C'est qui la victime ?

— Putain, Jaymee, tu sais bien que c'est Danny Stanton, a réagi l'une des filles en se frappant le front. Tout le monde en parle au camp. Faut pas lui en vouloir, inspecteur, elle vit dans son monde.

— C'est qui, Danny Stanton ? a repris la dénommée Jaymee en fronçant les sourcils. Il était mignon ?

J'ai repris la main.

— Il est *mort*, ma jolie. À l'heure qu'il est, il doit surtout plaire aux asticots. J'essaye de savoir s'il a été assassiné, et par qui. Ça vous ennuie si je vous pose quelques questions ?

— Pour une fois, ça me dérange pas ! s'est exclamée Jaymee. C'est génial, j'ai jamais été appelée comme témoin. Allez-y.

— Vous connaissiez toutes Danny ?

— Non, a répondu une grande brune.

Elle portait autour du cou un collier en argent au centre duquel s'affichait le mot *Beth*, écrit en cursives. Très large d'épaules, elle avait des traits marqués. Je me suis demandé s'il ne s'agissait pas d'une trans.

— Stanton était trop sérieux. Trop jeune pour nous. On a pourtant essayé. On essaye toujours.

— Lui connaissiez-vous des ennemis ?

Elles ont toutes répondu non d'un mouvement de tête.

— Et ces deux-là ? Hon Lu et Tori King ?

Je leur ai montré les photos dont je disposais.

Jaymee a sursauté.

— C'est la petite salope qui m'a piqué mon lisseur à cheveux !

— Mais non, pauvre pomme, s'est interposée une autre fille. C'est *moi* qui t'ai piqué ton lisseur à cheveux !

— Ah oui, c'est vrai.

— Vous savez que vous êtes plutôt bonne, pour une femme flic ? a déclaré la grande Beth en faisant courir ses doigts le long de mon bras. Vous feriez fortune ici. Vous avez des menottes ?

— C'est gentil de votre part, mais je dispose actuellement d'un emploi correctement rémunéré. Cela dit, n'hésitez pas à me prévenir si des occasions se présentent.

— Dommage, a-t-elle répliqué sans cesser de me caresser.

Je lui ai tapé sur les doigts à l'aide des photos.

— Revenons à nos moutons. J'avoue que je manque cruellement de suspects. Qui d'autre devrais-je interroger ? Il y a des gens violents dans ce camp ?

— Ce n'est pas ça qui manque, a soupiré Beth. On trouve pas mal d'anciens militaires dans le lot. Ils ont pris l'habitude de régler leurs problèmes à coups de poing.

— La mine est aussi un bon moyen de trouver du boulot quand on sort de prison, a remarqué l'une des filles. Les patrons sont pas très regardants avec les casiers judiciaires. Et les anciens taulards sont habitués à mal bouffer.

— Les anciens taulards me foutent la trouille, a réagi Jaymee. Ils aiment les jeux de rôles. C'est moi le détenu, et toi le maton. Beurk. Trop chelou !

— Personne ne vous a jamais embêtées en particulier ? Ancien taulard ou pas ?

— Il y a bien Lavacherie. Ce qu'il a fait subir à ce dingo… a déclaré une fille.

Les visages des autres se sont aussitôt assombris.

— De quoi s'agit-il ?

— Aaron Levacher, m'a expliqué Beth, mais tout le monde l'appelle « Lavacherie ». Un gringalet aux airs de troll qui dirige la sécurité dans le camp.

Le mauvais coucheur du petit déjeuner.

— Je pense l'avoir croisé.

— Ouais, un sale mec, a renchéri Jaymee.

— C'est lui qui est chargé de veiller à ce que les dingos n'envahissent pas le camp, m'a expliqué Beth.

Il est censé les tuer s'ils deviennent gênants, mais pas les faire souffrir. Il arrive que des mineurs leur donnent à manger, alors ces bestioles s'accrochent et Lavacherie a pour mission de s'en débarrasser. On traînait dans le camp un jour quand on a entendu un coup de feu. Une minute plus tard, on voit un dingo se traîner le long de la baraque des toilettes, les pattes arrière explosées.

Jaymee a fait la grimace.

— Il avait plus de pattes. Rien du tout.

J'ai acquiescé.

— Je pense comprendre. Il s'est servi d'un gros calibre.

— J'en sais rien, a repris Beth, mais on était toutes choquées. Et puis on a vu arriver Lavacherie avec son énorme fusil. Il rigolait en observant la pauvre bête, il l'a laissée se traîner en hurlant à la mort. Quand on lui a demandé de l'achever, il a refusé. Ça le faisait marrer.

J'aurais bien aimé discuter de cette piste avec Whitt, mais il n'était toujours pas revenu. À travers la vitre, j'ai vu qu'il n'était plus question de Sam aux infos. Le sujet suivant était consacré à un énorme flic à moustache en uniforme qui venait de recevoir un prix. Le bandeau qui s'affichait à l'écran précisait : *« L'inspecteur Ismaël Carmody et son équipier de longue date, l'inspecteur Matt Horner, récompensés pour acte de bravoure. »*

À l'instant où s'achevait le reportage qui mettait à mal la couverture officielle de mon nouveau collègue, j'ai vu ce sale menteur sortir des toilettes et m'adresser un grand sourire par la fenêtre.

25

Un groupe de jeunes s'était formé devant le pub. Pour beaucoup d'entre eux tatoués et porteurs de dreadlocks, le teint hâlé, ils formaient un tableau contrasté avec les mineurs. On aurait pu penser qu'il s'agissait de gitans à la vue de leurs tenues bigarrées, mais leur 4 × 4 dernier cri venait contredire cette hypothèse. Le toit du véhicule était couvert de paraboles et de phares antibrouillard fixés sur une galerie conçue spécialement à cet effet. L'inscription « Soldats de la Terre » avait été tracée habilement à l'aérosol sur le flanc du SUV.

J'ai décidé de parler de Carmody à Whitt plus tard, au moment idoine, de façon à le déstabiliser. En attendant, nous avons observé de concert le manège des nouveaux venus.

— À ton avis, qui sont ces clowns ?

— Des militants écolos, m'a répondu Richie qui venait de se matérialiser avec sa bande à côté de notre voiture.

Il s'est adossé nonchalamment contre ma portière, les bras croisés.

— Je ne te conseille pas de leur chercher des poux, ma jolie. Ils sont zarbis.

Les intéressés avaient déployé une grande banderole le long de leur 4 × 4, soulignée par des photos en noir et blanc de Tchernobyl : « L'ARGENT NE VAUDRA PLUS RIEN APRÈS UNE GUERRE NUCLÉAIRE ».

En me retournant, j'ai constaté que Richie s'était encore approché. Son épaule frôlait la mienne et ses hommes encadraient Whitt.

— Merci du conseil, Robin des Bois, mais tu vas avoir besoin de te rafraîchir l'haleine si tu veux continuer à répondre à mes questions.

J'ai ponctué ma phrase en me pinçant le nez.

— Ta mère ne t'a pas appris la politesse, flic de mon cœur ? a rétorqué Richie.

— Elle faisait le trottoir entre deux shoots. La politesse, c'était pas vraiment son fort.

— Voilà ce que je voulais entendre, a repris Richie. Ma mère aussi était du métier. Je savais bien qu'on avait des points communs, tous les deux. J'attends impatiemment la suite.

— Puisque tu as tant envie de parler, je suis tout disposé à discuter, est intervenu Whitt avec une autorité surprenante en s'intercalant entre Richie et moi.

Le dealer a souri largement, dévoilant deux dents en or au niveau des incisives inférieures. Il a tendu le pouce en direction de Whitt.

— Tu ne voudrais pas me débarrasser de cette lopette ?

Son sourire s'est effacé et c'est à Whitt qu'il s'est adressé cette fois.

— T'es très drôle, mec, mais tu m'empêches de respirer.

Il a poussé Whitt qui lui a rendu la pareille sans ménagement. Je me suis écartée pour les laisser se battre tranquillement.

— Tu sais, Richie. J'aime autant que tu n'abîmes pas trop ce con, il est avec moi.

— Tu parles beaucoup, ma jolie, a grincé Richie en se retournant. C'est souvent le cas, avec les femmes flics. Il suffit qu'elles coffrent un ou deux petits malins pour s'imaginer qu'elles font la loi. Tu comptes réagir comment si je fais ça ?

Sans attendre, il a saisi Whitt par le cou.

Au terme du pugilat qui a suivi, Whitt s'est retrouvé à terre, plié en deux, après avoir reçu un mauvais coup à l'estomac.

Richie a rejeté ses longues mèches en arrière, fermement décidé à me réserver un sort analogue. Sans le savoir, il a franchi les limites du ring de boxe imaginaire que j'avais dessiné dans ma tête. J'ai roulé des épaules et fait craquer mon cou du côté gauche, histoire de me débarrasser de la raideur qui s'y installe régulièrement.

Les poings en avant, tête baissée. Prends bien ta respiration, la tigresse. N'oublie jamais de respirer.

J'ai levé les bras et rentré la tête, en position de combat.

— Vous avez vu ça, les gars ? a plaisanté Richie à l'adresse de ses hommes. Je vous présente Rocky.

Il s'est rué sur moi en fredonnant le thème du best-seller de Stallone, accumulant les fautes puisqu'il laissait son visage à découvert, les jambes trop écartées, en oubliant de se ramasser sur lui-même. Les mains ouvertes, j'ai compris qu'il avait l'intention de me gifler. C'est toujours une grave erreur de sous-estimer l'adversaire.

Tout en protégeant mes yeux de mon poing gauche serré, le menton rentré, j'ai glissé un bras entre les siens et il s'est pris un crochet du droit en pleine mâchoire. J'ai reculé aussitôt avant de bondir à nouveau. Il n'a pas eu le temps de me voir venir.

— C'est quoi ce bor…

Je lui ai définitivement coupé le sifflet en lui bourrant le nez avec mon poing gauche. L'instant d'après, il titubait en arrière pendant que je sautillais sur place.

Le sang qui coulait de son nez l'empêchait de respirer. J'en ai profité pour me placer de côté et lui enfoncer violemment les côtes.

Amuse-toi. Reste calme, inutile de le blesser. C'est juste un imbécile.

J'aurais pu tuer ce type d'un coup de poing bien placé, je devais me maîtriser. Sous les encouragements des types de sa bande, il a tenté de me frapper de toutes ses forces. S'il avait été capable de viser correctement, il m'aurait mise au tapis.

J'ai évité son poing en me glissant vers la droite avant de lui balancer un uppercut sous le menton. J'ai entendu grincer ses dents. Dans ma tête, je me trouvais sur un ring, j'avais perdu toute notion de temps et de lieu. J'ai changé de position, comme me l'avait appris le Vieux à l'époque où je me battais contre lui, enchaînant les mouvements de façon mécanique. Il a voulu me frapper et j'ai esquivé. Il m'a envoyé un direct, je me suis baissée. J'enchaînais les coups, toujours plus fort. J'avais beau savoir qu'il me fallait me contrôler, j'avais l'esprit ailleurs. Je pensais à Sam.

Je t'en supplie, Sam. Dis-moi que ce n'est pas toi. J'ai besoin de l'entendre de ta bouche.

Des cris ont retenti et je suis redescendue sur terre en sentant qu'on me tirait par l'épaule. Les écolos avaient décidé de s'en mêler, les copains de Richie aussi, qui s'employaient à nous séparer. Richie gisait à mes pieds, le visage en sang et du sable plein la bouche.

— Putain de salope ! a-t-il hurlé. Arrêtez cette putain de salope !

Les clients du pub avaient le nez collé à la vitre. Je me suis frayé un chemin à travers la foule afin de rejoindre Whitt.

— On ferait peut-être bien de rentrer.

J'ai lu sur son visage la déception du mec qui s'est fait damer le pion par une femme. Je connais bien cette expression, pour l'avoir souvent vue, dans ma carrière. Whitt s'est installé derrière le volant et j'ai pris place sur le siège passager juste avant que les types de la bande à Richie se mettent à taper sur les vitres et donner des coups de pied dans les portières.

Whitt a démarré et j'ai vu une lumière clignoter dans le lointain. Un simple point lumineux dans le désert. J'ai essayé d'évaluer la distance qui nous en séparait, mais nous roulions trop vite. La lumière a clignoté une dernière fois avant de s'effacer dans la nuit.

26

Le Soldat poussa la porte du donga des inspecteurs et s'avança dans l'obscurité. La lune brillait dans le ciel. Dissimulé à l'extérieur du baraquement depuis 22 h 34 très exactement, il avait écouté les bruits provenant de l'intérieur jusqu'à ce que les grincements des lits de camp lui indiquent que leurs occupants se couchaient. Accroupi sous la fenêtre ouverte, telle une statue, il avait souri en entendant les deux policiers chuchoter dans l'obscurité.

— C'est vrai que ta mère était toxico ?

— La ferme, Whitt. Je suis fatiguée.

— C'est une drôle d'idée de ta part de révéler une information aussi personnelle à un salopard pareil.

— Va savoir qui sont les vrais salopards, de nos jours.

— Pardon ?

— T'inquiète.

— Ce genre d'individu est tout à fait capable de se servir de tes secrets contre toi.

— Il ne s'en privera probablement pas. Lui comme les autres.

— Que veux-tu dire ?

— Je veux dire que si tu ne la fermes pas, je t'étouffe avec ton propre oreiller. Je suis fatiguée. Dors.

Le Soldat savait ce qui la minait. Combien elle se sentait humiliée. Il l'avait vue traverser le pub en jetant un coup d'œil furtif en direction de la télévision, le visage fermé.

L'humiliation est un ressort de premier ordre lorsque l'on cherche à s'endurcir. Une sorte de rituel capable de galvaniser l'âme du combattant le moins aguerri. Les jeunes recrues ne manquent pas d'occasions de décevoir leurs frères d'armes. La brigade à laquelle avait appartenu le Soldat humiliait systématiquement les récidivistes et les faibles qui refusaient de rentrer dans le rang. Celui qui n'entretenait pas son uniforme correctement était déshabillé et battu en public. Celui qui ne se lavait pas était aspergé de désinfectant et récuré à la brosse. Celui qui arrivait systématiquement en retard recevait une brûlure de cigarette pour chaque minute perdue. À condition d'avoir suffisamment de personnalité, le soldat humilié acceptait fièrement sa punition et retenait la leçon.

Quelle leçon l'inspecteur Blue retiendrait-elle des fautes de son frère ? Comment réagirait-elle à la conclusion de ce rituel ?

Il était à présent 2 h 27. Le Soldat s'avança prudemment dans le box réservé aux deux enquêteurs et s'immobilisa entre leurs couchettes afin de les observer. Harriet dormait du sommeil de plomb de la jeune recrue. Un sommeil sans rêve, son corps mince emmêlé dans les draps, une main enfoncée dans ses cheveux noirs. Il se pencha au-dessus d'elle et respira son odeur, qu'il mémorisa consciencieusement de façon à la reconnaître lorsqu'elle flotterait dans les vents du désert. Elle avait déjà assimilé les senteurs de son nouvel environnement, en vraie guerrière capable de s'adapter en toutes circonstances. Ses cheveux étaient porteurs du parfum caractéristique de la mine, un mélange d'huile chaude et de métal, tandis que sa peau avait absorbé l'odeur des sables brûlants du désert, teintée d'une humidité de pluie évanouie depuis longtemps. Le jour venu, la chasse serait ardue.

— Sam, murmura-t-elle alors qu'une moue passagère flotta brièvement sur son visage entre deux songes.

Le Soldat sourit à nouveau, ravi d'avoir volé les pensées secrètes de la jeune femme.

Il vit une araignée géante s'aventurer le long de la cloison de liège contre laquelle reposait la dormeuse. Elle s'arrêta dans un rayon de lune. Le Soldat la saisit délicatement et la déposa à même la peau de Blue, puis il regarda la créature aux longues pattes s'aventurer sur le paysage uniforme que dessinait le cou de la jeune femme.

27

L'entrée de la galerie de mine principale était l'épicentre du camp. Tout au fond d'un cratère gigantesque aux parois taillées en gradins larges comme une autoroute à quatre voies s'ouvrait la gueule béante d'un tunnel qui aurait accueilli sans peine un Boeing 747. Des mineurs coiffés de casques de chantier entraient et sortaient de la galerie par petits groupes, s'écartant sur le passage grondant d'engins orange dotés de pneus aussi hauts que moi.

Nous nous apprêtions à rejoindre la sœur de Tori King, lorsque nous avons aperçu un groupe de Soldats de la Terre brandissant une banderole alarmiste devant l'entrée du camp. Ils apostrophaient les mineurs qui passaient à portée de voix, de l'autre côté du grillage.

— Excusez-moi ? Excusez-moi, je me demandais comment vous réagirez dans quatre milliards d'années, a demandé l'une des militantes écolos à deux mineurs qui longeaient la clôture. Parce que c'est le temps qu'il faudra à la Terre pour redevenir habitable le jour où ils utiliseront l'uranium que vous récoltez ici.

La fille, toute menue sous la masse de ses dreadlocks violettes, agitait en direction des mineurs une pancarte sur laquelle s'étalait le slogan « Fukushima ? Plus jamais ! ».

— Comment comptez-vous dédommager les populations indigènes qui ont été déplacées à cause de cette mine ? Combien vaut le patrimoine culturel qu'ils ont perdu, à votre avis ? Hé ! Je vous parle !

Les militants écolos se sont calmés en voyant un mineur franchir la grille et les rejoindre. Un attroupement s'est formé autour du nouvel arrivant. Intriguée par la manœuvre, je l'ai arrêté au passage quand il a regagné le camp.

— Que se passe-t-il ? Vous êtes ami avec eux ?

— Ami ? Euh… pas vraiment. J'avais emprunté un briquet à Shamma la dernière fois que je l'ai vue, je voulais le lui rendre.

— Je croyais que les militants et les mineurs se détestaient ? Ils ne vous considèrent donc pas comme « l'ennemi » ?

Mon interlocuteur a jeté un regard en direction des écolos qui entonnaient leurs slogans de plus belle.

— C'est plus compliqué que ça. On est tous dans la même galère, non ? Tous coincés dans ce trou. Notre présence ici ne leur plaît pas, mais il arrive qu'on se rende service mutuellement quand on a besoin d'herbe ou de cigarettes. Ils gueulent fort, mais c'est surtout à la mine qu'ils en veulent. Pas à nous personnellement.

— Vos patrons sont au courant que vous fraternisez ? s'est étonné Whitt.

— Sans doute pas, a répliqué le mineur. On évite que ça se sache, d'autant que les écolos nous causent beaucoup de tort.

— De quelle façon ?

— Ils sont malins. Ils organisent régulièrement des opérations sauvages la nuit et s'introduisent dans le camp pour piquer des trucs. Certaines pièces des engins, par exemple, et pas n'importe lesquelles. Celles qu'il faudra des semaines pour remplacer. Ou alors ils posent des cadenas et de grosses chaînes. On se réveille le matin et la moitié de la mine est enchaînée, on met des heures à tout découper. Quand ils réussissent vraiment leur coup, il arrive que la mine ne puisse pas fonctionner pendant une journée entière.

J'ai haussé les épaules.

— J'imagine que c'est agaçant.

— Pour être honnête, on s'en plaint pas vraiment, nous autres. Officieusement. On est payés quoi qu'il arrive et quand la mine ferme, on passe la journée au pub. Ça amuse nettement moins les patrons, a-t-il conclu en riant.

— Si je comprends bien, la fraternisation avec les écolos est une sorte de secret entre mineurs ?

— Je dirais pas exactement ça, a rétorqué notre interlocuteur en lançant un regard en coin en direction des Soldats de la Terre. Ils peuvent être plutôt sympas, mais leur cheffe est complètement barge. Ces gens-là me font penser aux dingos. On peut s'amuser de temps en temps avec eux, mais il vaut mieux pas oublier que c'est des animaux sauvages. Il faut toujours s'en méfier.

— Où vivent ces gens ? a voulu savoir Whitt. Pas dans le camp, j'imagine ?

— Jamais de la vie, mec !

Il nous a montré le désert d'un geste ample.

— Ils vivent dans le Never-Never. Le grand Plus-Jamais.

— Quelque part là-bas…

Les mots sont sortis de ma bouche dans un murmure tandis que je contemplais l'horizon. En plein jour, ce paysage désertique paraissait inoffensif, mais je savais qu'à peine la nuit tombée, dans ce décor peuplé d'ombres, de jeunes mineurs blessés s'étaient vainement efforcés de survivre.

28

Amy King avançait lentement à l'intérieur d'une étroite galerie, armée d'une caisse en bois, lorsque nous l'avons rejointe. Les boyaux qui s'enfonçaient dans la terre étaient devenus de plus en plus sommaires à mesure que Whitt et moi progressions dans les entrailles de la mine en suivant les indications qu'on nous avait données.

Avec ses taches de rousseur et sa tignasse orange, c'était le portrait craché de sa sœur. On aurait dit une enfant, avec son gilet jaune qui flottait autour de ses épaules et son casque trop grand pour elle.

— Amy King ?

— C'est moi.

— Je suis l'inspecteur Edward Whittacker et je vous présente l'inspecteur Harriet Blue.

— Ah, enfin !

Amy a posé la caisse à ses pieds.

— C'est pas trop tôt ! Tori doit se trouver à l'autre bout de la planète à l'heure qu'il est ! Ça fait plusieurs jours que je leur demande d'appeler les flics.

— Pourquoi dites-vous à l'autre bout de la planète ?

— Je sais pas, a soupiré Amy. C'est vous, les flics. À vous de me dire ce qui s'est passé. Il faut bien qu'elle se trouve quelque part.

Whitt a sorti son carnet et son stylo.

— Dites-nous ce que vous savez.

— La dernière fois que je l'ai vue, elle était dans la salle de loisirs. Personne ne l'a croisée depuis, nous a expliqué Amy. Elle était en pleine forme. On n'arrête pas de me seriner qu'elle s'est jetée dans un putain de puits, qu'elle s'est enfuie à Sydney ou je sais pas où. Jamais de la vie. Vous pouvez tout de suite oublier ce genre de conneries.

Nous avons emboîté le pas à Amy alors qu'elle puisait des ampoules de rechange dans sa caisse afin de remplacer celles qui avaient rendu l'âme, sur toute la longueur de la galerie. À mesure des besoins, elle dévissait une ampoule qu'elle me tendait avant d'en installer une neuve. Les mains pleines, il m'a rapidement fallu retourner déposer mon fardeau dans la caisse.

— Gabe Carter nous a expliqué qu'elle avait quitté la salle de loisirs pour aller se coucher.

— Exactement, m'a répondu Amy.

— Tori n'a rien précisé d'autre?

— Elle m'a dit d'aller me faire foutre en passant, parce que j'avais enfilé un de ses chemisiers préférés. Pas de quoi fouetter un chat. En tout cas pas de quoi se barrer dans le désert comme le prétendent certains.

— Que sont devenues les affaires de Tori? J'imagine que vous les avez récupérées avant que tout le monde vienne se servir.

— Tu parles! s'est énervée Amy. Vous croyez peut-être que j'ai pas essayé? Tori travaillait de l'autre côté de la mine. J'ai pas su qu'elle avait disparu pendant toute la journée et la nuit du lendemain. Je m'étais accrochée avec elle à cause de ce chemisier le soir de sa disparition, c'est-à-dire le vendredi. Le lendemain soir, comme je la trouvais nulle part, je me suis dit qu'elle me faisait la gueule à cause de cette putain de fringue. Le dimanche matin, toujours pas d'Amy, alors j'ai demandé autour de moi, mais personne l'avait vue de tout le samedi et ils avaient déjà piqué toutes ses affaires en prétendant qu'elle reviendrait pas. Sans me prévenir, naturellement.

J'ai levé les bras au ciel.

— C'est fou, cet endroit où tout le monde rêve de piquer les affaires des autres. Ils ont pourtant les moyens, avec ce qu'ils sont payés.

— Cet endroit est une putain d'île perdue en plein océan, ma grande. Il suffit d'oublier ses chaussettes en préparant son sac à la maison pour être sûr de se balader pieds nus dans ses chaussures pendant trois semaines. Y a rien dans le coin ! Il faut une heure en bagnole aller et retour pour aller s'acheter un foutu paquet de cigarettes à Bandya.

— J'ai aperçu un distributeur dans le bâtiment de l'administration, est intervenu Whitt. Ils ne proposent pas de cigarettes ?

— Non. Quand on a voulu mettre des clopes dans le distributeur, les types de la bande à Richie les ont toutes achetées pour nous les revendre deux fois plus cher. Tout est compliqué, par ici. Il faut voir combien les filles vous vendent un tampon quand vous avez oublié d'en prendre. Elles les vendent jusqu'à dix dollars l'unité.

— C'est de la folie, a réagi Whitt.

J'ai repris la main.

— Savez-vous ce que Tori avait laissé derrière elle au moment de sa disparition ? Son portefeuille et son portable, par exemple ?

— Je sais pas, mais j'ai vu une salope de Bilbi se balader avec un téléphone qui ressemble étrangement à celui de Tori. Elle se sera empressée de retirer la carte SIM, jamais on pourra prouver que c'était le portable de ma frangine.

Whitt est reparti en arrière chercher la caisse afin de m'éviter un troisième voyage avec les ampoules usagées.

Pour quelqu'un qui a mal au dos, il se porte plutôt bien.

— À votre place, a poursuivi Amy, je m'intéresserais à ces putes. Toutes des sales connes.

— Je les ai trouvées plutôt arrangeantes jusqu'à présent.

— Ouais, a ricané Amy. Elles sont douées pour laisser croire qu'elles vous rendent service, mais elles acceptent de discuter avec vous uniquement pour obtenir des informations.

— En quoi ça peut bien les intéresser ? a demandé Whitt.

Amy s'est retournée, une ampoule à la main.

— Y a trois ou quatre mois, un type a couché avec une de ces filles en oubliant de payer la note. D'après ce qu'on raconte, les Bilbis l'ont chopé et l'ont abandonné dans le désert en caleçon au lever du jour. Sans godasses, rien. Le type est rentré au camp cinq heures plus tard avec une insolation, le corps brûlé au deuxième degré.

Amy a secoué la tête d'un air dégoûté.

— Vous les trouvez toujours aussi arrangeantes, maintenant ?

29

Pendant que Whitt poursuivait la discussion avec Amy, je lui ai emprunté son carnet afin de dresser la liste des renseignements dont nous avions besoin : les identités complètes des Bilbis ainsi que leur passé judiciaire, la confirmation de l'histoire de ce mineur abandonné en plein désert. L'infirmerie serait en mesure de me dire ce qu'il en était. Quant à Tori, je trouvais inquiétant qu'elle ait laissé son portefeuille et ses papiers derrière elle au moment de sa disparition. Le fait que son portable se trouve en possession de l'une des prostituées du camp n'était pas une piste suffisante.

J'avançais lentement à la suite d'Amy et Whitt, tout en prenant mes notes à la lueur des ampoules neuves.

— Vous faites ça tout le temps ? s'est enquis Whitt. Vous passez vos journées à changer des ampoules ?

— Ouais. C'est passionnant, vous trouvez pas ? Les ampoules claquent facilement à cause des problèmes de surtension. Il y en a en permanence. Il suffit qu'un réseau se mette en surtension pour que la moitié des ampoules éclatent.

À force de lever les bras, Amy était couverte de transpiration.

— Ça leur coûte moins cher de changer les ampoules que de reconfigurer le système électrique.

— La mine fait des économies sur tout, a acquiescé Whitt.

— C'est pas faux.

Nous avions parcouru la moitié de la galerie lorsque nous sommes tombés sur un boyau annexe que fermait un enchevêtrement de poutres en bois.

J'ai tendu le doigt.

— Où mène ce passage ?

— Nulle part, a répliqué Amy. C'est un tunnel exploratoire. Les ingénieurs ont voulu voir s'il y avait de l'uranium dans le coin, mais ils en ont pas trouvé.

— C'est dangereux, d'autant qu'il n'y a pas d'éclairage, a remarqué Whitt en fouillant des yeux l'obscurité.

— Il faudrait détruire ces galeries, oui. Mais ça prendrait du temps et ça coûterait du fric, deux denrées que nos patrons ont horreur de gâcher. Alors au lieu de reboucher les tunnels abandonnés, ils en bloquent l'accès.

— Personne n'y va jamais ?

— Si, ça m'est arrivé de voir des mineurs s'y aventurer, a souri Amy. Le cadre parfait pour un câlin vite fait. Cela dit, peu de gens aiment y traîner. C'est trop dangereux. Il suffit de trébucher dans le noir et de se prendre un gadin, personne vous retrouvera jamais.

— Combien de tunnels de ce type existe-t-il ?

— Allez savoir, m'a répondu Amy. Plusieurs dizaines, probablement. J'ai entendu dire que certains d'entre eux débouchaient dans le désert. Si ça se trouve, c'est des conneries.

Je me suis figée sur place.

— Attendez une minute. Vous êtes en train de nous dire qu'à condition de découvrir l'entrée de l'un de ces tunnels, il est possible de s'introduire dans la mine depuis le désert ? *N'importe qui* peut arriver jusqu'ici ?

— Oui, sauf que personne ne ferait ça, a répondu Amy en poursuivant son chemin. Qui aurait envie d'arriver jusqu'ici à tout prix ? Les galeries exploratoires ne sont pas consolidées, elles peuvent s'écrouler à tout moment. Sans parler des trous noirs. C'est comme ça qu'on appelle les puits creusés dans les galeries. Certains sont profonds de plusieurs kilomètres.

Amy s'est brusquement immobilisée, submergée par l'inquiétude. J'ai cru un instant qu'elle allait pleurer, en dépit de ses efforts pour chasser ses pensées sombres.

— J'espère qu'elle est pas tombée dans un de ces puits, a-t-elle balbutié avant de relever la tête. Dites-moi qu'elle est pas au fond d'un de ces trous…

30

Amy nous a raccompagnés jusqu'à l'entrée de la mine, où la lumière du jour brûlait les yeux. Dehors, un Richie à la mine tirée vendait sa dose à un jeune mineur. Il m'a regardée d'un air mauvais de son œil valide, incapable d'écarter l'autre paupière, avant d'adresser un regard tout aussi haineux à Amy alors qu'elle s'enfonçait dans la pénombre de la galerie.

— Plus on discute avec les gens d'ici, plus j'ai le moral dans les chaussettes.

J'ai fait craquer mes phalanges écorchées. J'avais mal aux articulations depuis la bagarre de la veille. La douleur ne tarderait pas à s'étendre à mes poignets si je ne retrouvais pas rapidement mes anti-inflammatoires. J'avais le sentiment d'un naufrage général.

— Le cadre potentiel de notre scène de crime vient de s'élargir considérablement, a soupiré Whitt. Les gens de la mine ont tenté de retrouver Danny dans le désert, mais ils ne se sont pas attaqués aux tunnels. J'en arrive à me demander si le dingo qui a rapporté ce pied n'a pas pu le dénicher dans l'une de ces galeries.

— Je ne sais pas et je n'ai pas envie d'y penser. C'est une mort atroce. Essayons de rester concentrés, Whitt. À ce stade, rien ne prouve que ces galeries de mine ont joué un rôle dans l'histoire.

— À ta place, je ne balayerais pas cette hypothèse d'un revers de main, m'a contrée Whitt. Quand on y réfléchit, où a bien pu se rendre Tori le soir de sa disparition puisque les caméras de surveillance confirment qu'elle n'a pas quitté le camp par l'entrée principale ? Et si quelqu'un l'avait enlevée en empruntant ces galeries ?

— Amy nous a précisé qu'elles étaient dangereuses, et dépourvues d'éclairage. Si quelqu'un s'en sert pour entrer et sortir du camp, il faut qu'il les connaisse comme sa poche.

— Et ça te paraît impossible ? a rétorqué Whitt en regardant derrière moi.

Je me suis retournée. Les écolos secouaient la clôture au passage d'un groupe de mineurs, les doigts agrippés aux mailles du grillage, les yeux écarquillés de colère.

31

Le déjeuner servi à la cantine semblait aussi appétissant que le petit déjeuner auquel nous avions eu droit à notre arrivée au camp. J'ai posé un regard perplexe sur les saucisses qui nageaient dans un jus gras gélatineux à la chaleur des lampes du buffet en inox.

— À combien de ces… de ces bâtonnets à la viande avons-nous droit ?

— Vous pouvez en prendre deux si vous voulez, m'a répondu l'employée des cuisines d'une voix traînante.

— Et cette colle de pommes de terre ?

La femme a posé un bras velu sur son comptoir.

— Vous croyez être la première à plaisanter sur les plats qu'on sert ici, ma chérie ?

— Qui plaisante ?

Elle a plissé les paupières sans répondre.

Je me suis installée à la table de Whitt. Il retirait le film protecteur de l'un de ses délices pour boy-scout. Poulet indien en sauce et riz basmati. Le poulet en sauce avait toujours été l'un de mes plats de prédilection, à Sydney. Une façon de me consoler chaque fois que je n'arrivais pas à accumuler suffisamment de preuves contre un suspect, que le coupable s'en tirait, ou que la victime refusait de témoigner contre son agresseur. L'odeur a fait s'envoler des papillons dans mon estomac et j'ai attaqué ma saucisse du bout des dents.

— Me regarder comme ça avec des yeux de merlan frit ne me retirera pas le plaisir de savourer mon repas, m'a prévenue Whitt en mélangeant la sauce avec le riz.

— Ça m'aidera peut-être à oublier le goût du mien.

Il a prélevé une cuillerée de poulet et l'a déposée sur mon assiette. J'ai accepté cette attention avec gratitude, tout en veillant à me souvenir que ce type n'était pas un ami, mais un espion et un menteur patenté.

— Alors, cette enquête ? a demandé Gabe Carter, son casque de chantier couvert de poussière, en se laissant tomber sur la chaise voisine de la mienne.

Il a posé devant lui une assiette pleine à ras bord.

— Elle tient en deux mots : Blake Korby.

Il a froncé les sourcils.

— Ce nom me dit quelque chose.

— Un mineur employé par le service de génie civil. On vient de me confirmer à l'infirmerie qu'il avait été soigné pour des brûlures, des coups de soleil et une insolation il y a quelques mois. Un petit oiseau nous a expliqué que c'était le prix à payer pour avoir essayé d'escroquer les Bilbis. Elles l'ont conduit en plein désert, en l'obligeant à rentrer au camp par ses propres moyens.

— Ah oui, a approuvé Gabe. J'en ai entendu parler. J'étais en permission quand c'est arrivé, mais j'ai cru comprendre qu'il avait morflé. Cela dit, je ne crois pas que c'était pour une histoire d'argent. Il s'est montré brutal avec l'une des filles et elles ont tenu à mettre les points sur les i.

— Peut-être devrait-on s'intéresser à ces filles de plus près.

— Je ne sais pas, m'a répondu Gabe, l'air gêné. Je doute que ça puisse vous aider. Elles ne sont pas aussi mauvaises qu'on le prétend.

— Que voulez-vous dire ?

— Elles sont même plutôt gentilles. Certaines d'entre elles ont connu une enfance difficile, ce qui influe sur la manière dont elles réagissent, mais je ne les crois pas capables de tuer quiconque. Aucune d'elles n'est assez vindicative.

Pour avoir croisé pas mal de prostituées dans le cadre de mon boulot à Sydney, je ne pouvais que donner raison à Gabe. La moitié des filles qui font le trottoir sont des victimes rattrapées par la vie. Les autres ne sont pas différentes de tous les individus qui vivent en marge de la société. Des gens dangereux, prêts à tout pour survivre.

— Vous avez l'air bien renseigné, Gabe. Vous avez recours à leurs services ?

J'ai été la première surprise du ton agressif sur lequel je m'étais exprimée.

Gabe a éclaté de rire.

— Jamais de la vie ! Pas moi, non merci. Je sais ça pour avoir souvent discuté avec elles. Beth ne crache pas sur un verre de vin et elle aime les ragots comme tout le monde.

J'ai réprimé le sourire qui naissait spontanément sur mes lèvres.

— Parlez-nous un peu des militants écolos, a enchaîné Whitt.

Le visage de Gabe s'est assombri.

— Si vous avez besoin de suspects, vous pouvez chercher de ce côté-là, a-t-il déclaré.

32

— Je me suis toujours méfié des Soldats de la Terre, a poursuivi Gabe. Je les crois plus malins qu'on veut bien le croire.

— Qu'est-ce qui vous fait dire ça ?

— Eh bien, en premier chef, ils sont ici depuis huit mois, a répondu Gabe en nous désignant le désert. Vous me direz à juste titre qu'il y a eu un roulement au sein de leurs équipes, mais je constate tout de même que leur présence ne faiblit pas. Si vous voulez mon avis, quiconque a les moyens financiers et logistiques de survivre aussi longtemps dans des conditions pareilles mérite qu'on s'en méfie.

— Pourquoi les responsables de la mine ne les chassent-ils pas avec leurs équipes de sécurité ?

— Ils ont essayé, mais ces gens sont extrêmement mobiles. Chaque fois que Lavacherie envoie ses hommes en mission, les écolos plient bagage et s'installent ailleurs. Ils connaissent le désert comme leur poche. Ils connaissent aussi tous les moyens d'entrer et de sortir de la mine. Ils savent quelles machines saboter, quand et comment elles sont gardées.

J'ai haussé les sourcils.

— Vous nous décrivez des gens particulièrement retors.

— C'est un euphémisme.

Il s'est penché vers nous.

— Un jour, Lavacherie et ses hommes ont réussi à les localiser et ils les ont coincés dans une grotte. Ils ont investi l'endroit avec des armes et des torches, sans doute un peu trop brutalement. Il faut dire qu'ils étaient énervés, après avoir passé des semaines à les traquer. Quoi qu'il en soit, Lavacherie et ses équipes se sont fait piéger comme des bleus. Figurez-vous que les écolos disposaient d'un blog *live*.

— Un blog *live* ?

— Ils l'ont baptisé « Tempête du Désert ». Quand je vous dis qu'ils sont malins. Toujours est-il qu'ils filmaient leur camp en permanence et que les images étaient retransmises en direct sur le site des Soldats de la Terre. Il suffit de s'y rendre pour voir le décompte précis des jours depuis leur installation ici. Les gens du monde entier peuvent suivre à tout moment leur combat contre la mine, savoir s'ils sont en train de dormir, ou bien s'ils manifestent à l'entrée du camp.

— J'imagine que ça leur permet de récolter des fonds, a commenté Whitt.

— Je ne sais pas. Je sais en tout cas que les images des équipes de Lavacherie en train d'envahir le camp des écolos ont fait des vagues sur YouTube. Une fille malmenée en direct a été blessée à la cheville. Même CNN en a parlé et la mine a bien failli fermer ses portes. Depuis ce jour-là, les patrons nous ont passé la consigne de ne plus toucher aux écolos. Le sujet est trop sensible.

La porte s'est ouverte au même moment et Lavacherie en personne s'est avancé dans la cantine. Il s'est dirigé droit vers la machine à café afin de voir si les réserves de sachets n'avaient pas baissé anormalement. Gabe, un large sourire aux lèvres, lui a adressé un salut amical à ma grande surprise.

— Aaron ! Tu aurais une petite minute ?

Lavacherie s'est approché d'un pas mal assuré en triturant son uniforme immaculé de ses mains calleuses.

— Aaron, je te présente les inspecteurs Blue et Whittacker.

— Hmm, a grogné Lavacherie.

— Nos amis aimeraient en apprendre davantage sur les Soldats de la Terre.

— Les Soldats de la Terre ? a répété le gringalet d'un air dégoûté, sans jamais nous regarder en face. Tous des terroristes, des insurgés.

— Voilà une accusation sérieuse, a réagi Whitt. Peut-on réellement qualifier leurs actions de « terrorisme » ?

Lavacherie a fusillé Whitt des yeux en croisant les bras sur sa poitrine.

— Le terrorisme est une forme de violence ou de menace portée par une idéologie. Il s'agit d'un comportement lâche conçu pour intimider.

— Je sais ce qu'est le terrorisme, a répliqué Whitt, un sourire aux lèvres. Mais je ne vois pas en quoi les actions qu'ils mènent relèveraient de la violence, ou même de la menace.

Lavacherie s'est hérissé.

— Le 5 avril dernier, un rouleau compresseur qui intervenait dans le secteur E7 a été victime d'une panne alors que son conducteur aplanissait une route de service. Nos ingénieurs, en examinant l'engin, se sont aperçus que le câble de frein avait été saboté.

— Les câbles d'accélérateur et de frein sur les machines de ce type se ressemblent énormément, a précisé Gabe. Il est possible que les militants écolos les aient confondus.

— Ce n'est pas le problème ! a éructé Lavacherie. Mettre en danger la vie d'autrui au nom d'une cause idéologique relève du terrorisme ! J'en ai parlé à ceux qui montent la garde le long de la clôture, je leur ai raconté ce qui s'était passé. Je leur ai expliqué que quelqu'un aurait pu être tué. Et vous savez ce qu'ils m'ont répondu ?

— Non ?

— Ils m'ont répondu : « Vous n'avez qu'à fermer la mine, comme ça personne ne perdra la vie. »

33

L'araignée aux pattes interminables avait élu domicile sur la cloison contre laquelle reposait mon oreiller. Une étoile brune velue dans un ciel de liège. En rallumant mon téléphone, j'ai trouvé une litanie de messages tous liés à Sam. J'avais réglé l'appareil en mode silencieux pour éviter les bips incessants qui s'étaient déclenchés dès l'annonce de son arrestation. Il y avait soixante-deux appels en absence, essentiellement des numéros inconnus émanant probablement de journalistes de tous les canards du pays. La plupart avaient laissé des messages que j'ai écoutés, allongée sur mon lit de camp, pendant que Whitt appelait les services de l'identité judiciaire de Perth au sujet du pied de Danny.

Certains messages étaient polis, mais les autres étaient nettement moins délicats.

« Quel effet ça fait d'apprendre que son frère est un tueur en série ? »

« Harriet, quelle est votre réaction face aux recommandations du pasteur Boyd exigeant le rétablissement de la peine de mort dans le cas de Sam ? »

« Inspecteur Blue, peut-on savoir si vous et/ou Sam avez été victime de sévices sexuels lorsque vous étiez à

la charge des services sociaux? Est-ce la raison de ces meurtres? Merci de votre réponse. »

Dans la masse, il y avait un numéro que j'ai immédiatement reconnu : celui de Julius. La mère de Julius Dean nous a accueillis brièvement, Sam et moi, quand j'avais huit ans. Julius avait le même âge que moi et il était parfaitement au diapason de nos idiosyncrasies. Il comprenait notamment mes angoisses alimentaires, développées à force de fréquenter des hordes de gamins affamés et mal-aimés dans diverses familles d'accueil un peu partout en Australie. Il partageait aussi les plans d'évasion que nous mettions au point en permanence, avec mon frère.

Julius, Sam et moi avons été très liés jusqu'à notre placement dans une autre famille d'accueil. Il venait me rendre visite les nuits où je n'arrivais pas à m'endormir dans mon lit pliant, au fond d'un réduit. Lui aussi dormait mal. Nous parlions ensemble de sa mère. Je restais longtemps éveillée après son départ en essayant de m'imaginer ce qu'aurait pu être ma vie si j'en avais eu une, moi aussi. Avec le recul, je pense que Julius avait le béguin pour moi quand il était petit. Faute de savoir combien de temps je ferais partie de son quotidien, il s'était laissé séduire par cette drôle de petite fille qui était venue vivre dans sa maison et qui lui racontait toutes sortes d'histoires étranges sur les familles et les écoles successives qu'elle avait fréquentées. À l'époque, je n'avais pas porté le même regard sur lui. Il faut dire que je n'ai jamais eu le béguin pour quiconque tout au long de mon enfance. Je savais que c'était inutile, puisque je ne restais jamais nulle part très longtemps.

« On nous a amené Sam pour un examen médical », m'écrivait Julius dans un texto.

Je me suis redressée sur ma couchette. Comment n'y avais-je pas pensé ? Julius était médecin et il faisait des consultations externes à l'hôpital Prince-de-Galles ! Il était logique que la justice y conduise Sam pour un examen. On l'aurait pris en photo, on lui aurait prélevé des échantillons de peau, de sang, d'urine, d'ongles. Si son défenseur comptait plaider la folie, il aurait insisté pour qu'on lui fasse passer une IRM, un scanner et toutes sortes d'examens physiologiques. Je me suis empressée de répondre à Julius.

« Que peux-tu me dire à son sujet ? Comment l'as-tu trouvé ? »

Il a réagi à la minute.

« Il portait une grosse griffure au cou, de plus petites au niveau des avant-bras. Des écorchures laissées par des ongles. Les plaies correspondraient à la date où est morte la dernière victime. Je suis désolé, Harry. »

C'est d'une main tremblante que j'ai insisté dans le message suivant.

« Comment l'as-tu trouvé ? »

« Froid », m'a répondu Julius.

J'ai reposé mon portable et fait craquer mes phalanges douloureuses.

34

Whitt a raccroché peu après.

— Très bien, a-t-il déclaré en consultant ses notes. Le pied de Danny nous fournit un certain nombre d'indications qui pourraient bien nous être utiles. Tout d'abord, les examens sanguins et tissulaires signalent un milieu intracellulaire normal.

— En langage courant, s'il te plaît.

J'ai écouté la suite allongée de tout mon long sur le ventre, la tête dans l'oreiller.

— Les examens sanguins sont normaux. En cas de déshydratation, le taux plasmatique baisse, ce qui n'est pas le cas chez lui. Il présentait également un taux de sodium normal au moment de sa mort.

— D'accord.

— On peut raisonnablement en conclure qu'il n'a pas erré dans le désert pendant des heures après s'être perdu.

— Qui nous dit qu'il n'avait pas d'eau sur lui ?

— J'y ai pensé. L'eau expliquerait le taux de sodium, mais écoute bien la suite : les types du labo ont prélevé des échantillons de sable à l'intérieur de la mine au moment où ils sont venus récupérer le pied. Le sable de la mine et des zones riveraines contient des traces d'agents chimiques utilisés par les engins : du carbone, du pétrole, de l'éthanol. À l'inverse, le sable que l'on trouve dans le désert est pur. S'il était resté longtemps loin du camp, on n'aurait pas découvert de résidus chimiques dans le sable retrouvé à l'intérieur de ses bottes.

— C'était le cas ?

Ma voix était étouffée par l'oreiller.

— Oui, c'était le cas. On a retrouvé dans ses bottes une fine couche de sable du désert, suffisamment pour en déduire qu'il a marché un peu. Mais pas assez pour penser qu'il se soit rendu très loin par ses propres moyens. Ou qu'il y soit resté pendant plusieurs heures.

Je me suis légèrement tournée de côté :

— S'il n'a pas quitté la mine à pied, il s'est enfoncé dans le désert par un autre moyen et il n'y a pas séjourné très longtemps avant de mourir. Juste assez pour que du sable s'introduise dans ses chaussures.

— Tout l'indique.

— À défaut de marcher, il aura emprunté un véhicule. Reste à savoir pour quelle raison il a voulu se rendre en plein désert.

— Aucune idée, a répondu Whitt.

— S'il est parti en voiture, pourquoi les équipes envoyées à sa recherche n'ont-elles pas retrouvé le véhicule en question ?

— Quelle voiture ?

— Je n'en sais rien, n'importe quel véhicule. En partant de l'hypothèse que Danny est parti seul et qu'il est mort dans le désert pour une raison quelconque, on aurait dû retrouver sa voiture.

— Bien vu, a approuvé Whitt en prenant des notes.

— S'il est parti avec quelqu'un d'autre et que l'inconnu en question a ramené la voiture, de qui peut-il s'agir, et quel sort a-t-il fait subir à Danny ?

— Bonne question.

Je me sentais parfaitement en sécurité contre cet oreiller moelleux qui me fermait les yeux à la réalité du monde. Le simple fait de me redresser, d'écarter les paupières et de voir cette chambre me déstabilisait. M'enfermer dans cet oreiller était le plus sûr moyen de ne pas penser à Sam. Cet être dur et froid qu'était Sam, couvert des griffures laissées par les femmes qu'il avait enlevées avant de…

— Qu'est-ce qui ne va pas, Harry ?

— Rien. Je suis fatiguée, c'est tout.

— On n'a pas le temps d'être fatigués. Allons boire un café à la cantine en attendant de…

Whitt n'a pas achevé sa phrase. La publicité qui s'échappait de la radio dans le box voisin a cédé la place à l'indicatif du journal de dix-huit heures. Le sommier de Whitt a grincé et quand j'ai rouvert les yeux, il avait disparu.

35

Je me suis levée d'un bond pour lui courir après. Le comportement étrange de Whitt m'intriguait, c'est vrai, mais je cherchais surtout une occasion de ne plus penser à Sam.

Whitt avait déjà traversé la moitié du quartier réservé aux baraquements lorsque je l'ai rejoint.

— Hé ! Qu'est-ce que tu fabriques ?

— Rien de spécial, je pensais te rapporter un café, a-t-il ri d'un air gêné. Quand j'ai vu que tu n'étais pas prête à bouger, je me suis décidé à y aller seul et…

— Arrête tes conneries, Whitt.

Je lui ai donné une bourrade au niveau de l'épaule.

— Tu crois peut-être que je n'ai pas remarqué ton manège ? Tu t'évanouis dans la nature comme un putain de ninja chaque fois que c'est l'heure des infos. À quoi tu joues ?

— À quoi je joue ? a-t-il ricané. Je ne joue à rien !

— Tu t'es éclipsé hier soir au pub au moment précis où passait à la télé un reportage consacré à ton ancien coéquipier, l'inspecteur Carmody.

J'ai ponctué ma phrase en frappant son plexus de l'index.

— Figure-toi qu'il a reçu une médaille, en même temps qu'un collègue. Qui ça, je te le donne en mille ? *Le type avec qui il fait équipe depuis quinze ans !*

— On peut avoir plusieurs équipiers dans ce métier, Blue.

— Pas dans mon service, en tout cas.

— Je te trouve très indiscrète, s'est défendu Whitt en bombant le torse. Je ne vois pas de quel droit tu me poses toutes ces questions.

— Figure-toi que je m'intéresse à toi, Whitt. Parle-moi un peu de tes problèmes de dos.

— Après tout, tu as peut-être raison. Commence par m'expliquer, *toi*, ce que tu fiches dans ce trou ? On n'en a jamais discuté, tous les deux. Alors parlons-en. Il est temps que nous ayons une vraie discussion au sujet de *Sam*, quel qu'il soit. Explique-moi pourquoi tu n'arrives pas à le joindre au téléphone. Explique-moi aussi pourquoi ton portable a clignoté comme un sapin de Noël toute la nuit. Pourquoi reçois-tu autant de coups de fil ? Qui t'appelle ?

— Tu n'es qu'un connard.

— C'est *moi*, le connard ?

— Oui. Un connard doublé d'un menteur.

— Tu ne réponds pas à mes questions, Harriet.

— Je répondrai à tes questions quand tu auras répondu aux miennes.

Nous nous affrontions du regard à la lumière déclinante de cette fin de journée. Les mineurs qui s'étaient arrêtés pour nous observer ont repris leur chemin à contrecœur en voyant un silence hostile s'installer entre Whitt et moi, déçus que nous n'en soyons pas venus aux poings.

36

Soucieuse de prendre de la distance, je me suis réfugiée tout au bout du camp afin de regarder l'énorme boule rouge du soleil disparaître derrière l'horizon. J'avais l'impression qu'un mois s'était écoulé depuis notre arrivée à la mine, alors que nous étions là depuis trois jours seulement. J'éprouvais un sentiment de honte, au fond de moi, du peu de progrès dans notre enquête. Je culpabilisais en revoyant dans ma tête le regard d'Amy, rongée par l'inquiétude au sujet de sa sœur. La lueur que j'avais lue dans ses yeux annonçait un avenir sans réponse.

Dites-moi qu'elle est pas au fond d'un de ces trous.

Je ne savais rien, sinon que la mort de Danny m'angoissait, que Tori et Hon n'avaient pas quitté la mine de leur plein gré. Les maigres éléments dont nous disposions dans le cas de Danny ne laissaient nullement deviner un jeune homme instable et dépressif qui aurait décidé de se perdre dans le désert. Quelqu'un *d'autre* l'avait conduit là-bas.

Les quatre mots découverts dans son carnet incitaient à croire qu'il n'y était pas allé de son plein gré. Les deux autres disparus avaient-ils pu subir le même sort ?

Assise sur les marches d'un donga inoccupé, j'ai effectué des recherches internet sur mon téléphone, enquête d'éléments relatifs au « terrorisme » supposé des Soldats de la Terre. J'ai rapidement découvert la preuve que l'« écoterrorisme » existait bel et bien, que certains groupes écolos pratiquaient la violence au nom de la protection de l'environnement. J'ai appris l'existence de ces militants qui enfonçaient des clous dans les arbres de la forêt amazonienne, dans les années 1960 et 1970, afin de détruire les chaînes de tronçonneuses. À la suite d'incidents au cours desquels des bûcherons avaient été grièvement blessés, certains programmes de déforestation avaient été abandonnés. Plusieurs groupes écoterroristes avaient été accusés de mettre le feu à des usines, des centrales électriques et des laboratoires où étaient sacrifiés des animaux, sans se soucier des personnes qui s'y trouvaient. De nombreuses condamnations avaient même été prononcées.

Marie Manson, en prison depuis vingt-deux ans pour avoir incendié un centre de recherche consacré aux OGM.

Daniel Gerard McGowan, incarcéré depuis sept ans pour l'incendie d'une scierie.

Le site du FBI expliquait comment les membres de deux organisations américaines, le Front de libération de la Terre et le Front de libération des animaux, n'hésitaient pas à harceler certains employés des entreprises qu'ils combattaient. Ils envoyaient notamment des lettres aux dirigeants de ces boîtes en menaçant leurs familles.

Les Soldats de la Terre, quant à eux, comptaient de nombreux militants un peu partout à travers la planète. Certains de leurs membres s'enchaînaient régulièrement aux machines des exploitants forestiers de Tasmanie, d'autres poursuivaient les navires baleiniers japonais dans l'océan Indien. Des militants rattachés à l'organisation campaient dans les déserts africains afin d'empêcher le braconnage. Leur site Internet s'enorgueillissait de la diffusion en *live* des opérations de protestation qu'ils menaient. Il suffisait d'un clic pour accéder en temps réel aux images filmées dans les lieux concernés.

Quand j'ai voulu me brancher sur la webcam de l'opération « Tempête du désert – Australie-Occidentale », un texto d'un journaliste a interrompu la manœuvre.

« Inspecteur Blue, je suis Tony Gardener, le producteur de l'émission 60 Minutes. *Nous souhaiterions vous proposer 400 000 dollars en échange d'une interview exclusive au sujet de Sam. Parlons-en ! »*

J'ai rempoché mon portable, le cœur au bord des lèvres.

37

Soudain, j'ai aperçu une lumière dans le désert.

Elle a brillé un court instant dans l'obscurité, comme si un rayon de lune avait frappé brièvement une lentille de verre. J'ai fixé l'endroit précis où était apparu ce flash jusqu'à ce que l'horizon devienne flou, sans résultat. Sans doute s'agissait-il des militants écolos retournant au camp après avoir fait le pied de grue toute la journée le long de la clôture. Je me suis retournée en direction de notre donga avant de décider que je n'avais pas besoin de solliciter l'aide de l'inspecteur Menteur sur ce coup-là. Je me suis dirigée vers l'entrée du camp en longeant le grillage, j'ai franchi la barrière, puis je me suis éloignée dans la nuit après un dernier coup d'œil en direction des caméras de surveillance.

Je me baladais souvent la nuit, quand j'étais jeune. J'étais une ado aussi versatile et caustique que tous les autres gamins de mon âge, mais j'étais surtout épuisée par le jeu de l'aide sociale qui consistait à nous envoyer, mon frère et moi, chez de jeunes parents d'accueil pleins d'illusions. Des couples de moins de trente ans, à la recherche d'une expérience humaine «différente» et «audacieuse», qui choisissaient d'adopter un duo d'ados à problèmes en nous prenant à l'essai le temps de quelques mois. Je repense à la douce Sharon et au fringant Dave qui vivaient à Mosman, au nord de Sydney, à leurs regards brillant d'espoir à l'idée que Sam appelle un jour Dave « Papa » et que je fonde de reconnaissance devant Sharon pour m'avoir sauvée de mon caractère autodestructeur.

Les placements se déroulaient toujours de la même façon. C'est-à-dire mal. Il suffisait que Sam lance à Papa Dave un regard mauvais par-dessus son livre de poche, un casque réglé à fond sur les oreilles, et que Sharon s'émeuve des regards troubles que m'adressait Dave quand je traînais près de la piscine en bikini pour que notre gentille petite famille vole en éclats.

Alors, pour échapper à tous ces faux-semblants, je partais en vadrouille la nuit, au besoin en descendant en rappel de la fenêtre quand j'étais enfermée dans ma chambre. J'avais besoin de savoir que je pouvais m'échapper physiquement si l'envie m'en prenait. Le système avait toute latitude de me ballotter à droite et à gauche, mais il ne pouvait pas me mettre en cage.

Ébouriffant mes mèches, une rafale de vent m'a fait sortir de ma rêverie. Je m'étais beaucoup plus éloignée du camp que je ne le pensais. En me retournant vers l'endroit où je croyais apercevoir la mine, je n'ai distingué que la nuit noire. Sans doute avais-je franchi une crête rocheuse sans même m'en apercevoir. J'ai rebroussé chemin, mais au bout de ce qui devait être une dizaine de minutes, je ne voyais toujours pas les lumières du camp.

Je devais tourner en rond. Je me suis arrêtée dans l'obscurité, à l'écoute de la plainte du vent.

Je croyais me souvenir qu'il soufflait de l'est quand j'avais quitté le camp, sans en avoir la certitude.

Des bancs de nuages filaient à travers le ciel. J'avais la bouche sèche. Où se trouvait le campement des écolos ? M'entendraient-ils si j'appelais ? Avais-je seulement *envie* qu'ils m'entendent ?

J'avais glissé mon arme de service dans le creux de mes reins en fuyant Whitt, une vieille habitude chaque fois que j'avais le sentiment que la Terre entière se liguait contre moi. La présence du pistolet m'a rassurée. Le soulagement n'en a été que plus grand lorsque j'ai entendu des pas tout près. Un bruit de semelle sur la roche glissante.

— Qui est là ?

Tout en criant dans la nuit, j'ai sorti mon arme.

— Je vous vois, m'a répondu un murmure.

38

— Arrêtez-vous tout de suite !

— C'est bon, je me rends, a ri Gabe Carter. Autant éviter que vous me tiriez dessus.

La lune est sortie de derrière les nuages et j'ai reconnu sa silhouette massive dans l'obscurité.

— Putain, Gabe ! Ça va pas, la tête ?

Je l'ai poussé si violemment qu'il a titubé en arrière.

— Désolé, l'occasion était trop belle. Je vous ai aperçue au moment où vous franchissiez cette crête.

Autant lui avouer la vérité.

— Je me suis perdue. Je suis complètement paumée.

— C'est bien ce que j'ai pensé. Vous avez de la chance, je suis tout disposé à vous aider à rentrer pour…

Il a levé la tête vers le ciel.

— … pour cent dollars ?

— Je vous promets surtout cent points de suture si vous ne la fermez pas et si vous ne me ramenez pas au camp.

— Allez, a-t-il déclaré en me prenant le bras. C'est par ici.

Nous avons longtemps marché dans le noir, franchi des dunes et traversé des vallons. Il m'a expliqué qu'en descendant le long d'une déclivité en biais, j'avais tourné en rond, croyant marcher tout droit en me fiant aux étoiles alors qu'elles poursuivaient leur course dans le ciel.

— Que faites-vous en plein désert, Gabe ?

— J'aime bien me promener le soir, regarder les étoiles. J'ai l'impression d'être… d'être libre, je suppose. Je ne sais pas si vous me comprenez.

— Je crois que si.

Je n'aurais jamais imaginé avoir parcouru une telle distance. Comment avais-je pu me laisser absorber par mes pensées au point de me mettre en danger, comme un nageur entraîné par le courant ?

— Le désert n'est pas différent d'un océan, a repris Gabe, comme s'il avait lu dans mes pensées. La nuit, on ne mesure pas les distances et il n'y a rien pour se repérer. À moins d'avoir la pratique de ce genre de lieu.

— Je ne comprends pas.

— Regardez là-bas, cette étoile très jaune juste au-dessus de l'horizon. C'est Vénus. Si vous marchez dans sa direction, vous vous dirigez vers l'ouest.

— Je ne vois rien du tout, la nuit est noire.

Il a saisi mes épaules de ses mains tièdes et ses doigts ont remonté mon bras droit sur toute sa longueur. J'ai souri intérieurement en le voyant lever ma main vers l'horizon. Il a refermé ses doigts épais sur mon index et l'a pointé vers la planète.

— Celle-là, d'un jaune brillant.

— Ah oui, je vois.

— C'est Vénus. Et voici Saturne. Si vous la suivez, vous marchez en direction du sud-ouest. Le Grand Carré de Pégase se trouve plein nord, et cette constellation de l'autre côté est la Croix du Sud.

— Merci. Celle-là, je la connais forcément puisqu'elle figure sur notre putain de drapeau.

J'ai ponctué ma phrase d'un léger coup de coude dans son estomac.

— Très bien, mais puisque vous êtes si maligne, je vous laisse rentrer seule à la maison, vous qui savez tout.

Je n'ai pu m'empêcher de sourire.

— Non, non, non ! Je préfère vous suivre, ça m'ennuierait d'interrompre quelqu'un d'aussi appliqué.

J'ai emboîté le pas à l'ombre géante qui m'ouvrait la voie, portée par une curieuse impression de légèreté. Comment pouvais-je plaisanter en compagnie de ce type en plein désert, avec tout ce qui m'attendait à Sydney ? Comment pouvais-je me réjouir de sentir la tiédeur de sa main contre la mienne alors que ma vie était un champ de ruines ?

Nous venions de franchir une crête lorsque les lumières orangées de la mine nous sont apparues, rassurantes. Il a suffi que Lavacherie sorte du poste de garde à l'entrée du camp, quelques minutes plus tard, pour que mon humeur s'assombrisse.

— Vous deux, a-t-il déclaré en désignant le sol à ses pieds. Ici, tout de suite.

En suivant Gabe jusqu'au PC sécurité, j'ai remarqué qu'il portait un survêtement et des rangers noirs.

— Vous n'êtes pas censés vous éloigner autant ! a aboyé Lavacherie. J'attends vos explications.

— J'étais parti me balader quand je suis tombé sur l'inspec…

— Ce n'est pas une explication valable. Il est interdit de s'éloigner sans autorisation, a coupé Lavacherie.

J'ai laissé échapper un ricanement.

— Une autorisation ? Faudrait voir à desserrer un peu votre ceinture, mon vieux. On était uniquement partis se promener.

— J'avais cru comprendre que vous enquêtiez ici précisément parce qu'un mineur était parti se balader à pied dans le désert sans autorisation, m'a rabrouée Lavacherie.

— Eh bien, vous vous trompez.

— Parce que Stanton n'est pas allé se balader à pied dans le désert ?

— Pas à pied. Il est parti en voiture, sans que je puisse vous préciser s'il conduisait ou s'il accompagnait quelqu'un. À moins qu'il soit parti en volant, mais je vous concède que c'est peu probable. En tous les cas, il n'a pas quitté le camp à pied.

Lavacherie est reparti d'un pas martial vers le minuscule baraquement abritant son bureau, dont il a ouvert la porte avec fracas en grommelant des paroles inintelligibles. J'ai remarqué la présence d'un énorme fusil à lunette rangé à la verticale dans une vitrine boulonnée au sol près de sa table de travail. Une barre de fer traversait le pontet et un anneau enfermait le canon à l'intérieur de la vitrine, que seul pouvait déverrouiller un code électronique. J'imagine qu'il s'agissait de l'arme avec laquelle il chassait les dingos.

— Je compte rédiger un rapport sur vous, a menacé Lavacherie en ressortant armé d'un carnet bleu.

— Un rapport ? Vous ne voulez pas nous mettre au trou, tant que vous y êtes ? N'importe quoi !

Je lui ai tourné le dos et je me suis éloignée, suivie par Gabe.

— Cet incident sera consigné au registre officiel ! Je vais rédiger un rapport à l'intention de la direction ! a crié Lavacherie dans notre dos. Un résumé circonstancié des manquements au règlement que vous vous autorisez !

Je me suis tournée vers Gabe.

— Quel *loser* de première !

— Allez, c'est bon. Si ça peut lui donner l'impression qu'il a de l'importance, a répliqué Gabe. Il est persuadé de veiller sur nous de son mieux, d'être l'ultime rempart entre nous et le chaos.

39

Le Soldat patientait dans le noir, attendant que la traîtresse reprenne connaissance à l'intérieur du tunnel, un boyau d'exploration mal consolidé, creusé à l'écart de la veine principale de la mine. Les parois de l'étroite galerie lui paraissaient d'un vert lumineux dans ses lunettes de vision nocturne.

Amy, assommée par un coup sur la nuque, tâtonna autour d'elle dans l'obscurité en reprenant lentement connaissance. Elle se frotta les yeux, terrifiée à l'idée d'être devenue aveugle. L'odeur d'humidité qui assaillit ses narines comme la chaleur ambiante lui firent rapidement comprendre qu'elle se trouvait au fond de la mine.

Le Soldat se déplaça légèrement et Amy sursauta en entendant le bruit de ses bottes sur le sol rocailleux. La bouche ouverte, elle peinait à respirer sous l'effet de la terreur. Le Soldat ne prenait aucun plaisir à la voir terrifiée de la sorte. Par respect des règles, il comptait lui accorder la même chance qu'aux autres. Il se voyait comme un homme juste, guidé par des principes.

Le fait qu'elle soit une femme venait compliquer sa tâche. Les visages des deux femmes croisées sur sa route, le jour où il traversait Torkham, avaient hanté ses cauchemars pendant les premiers mois de son déploiement en Afghanistan, alors qu'il conservait un souvenir flou des dizaines d'hommes et d'adolescents barbus et souriants auxquels il s'était trouvé confronté.

Le piège était habile. La plus jeune des deux femmes se tenait à l'entrée d'une masure en bordure de route, accompagnée de ce qui devait être sa mère. Elle serrait contre elle des brassées de fleurs en plastique et des sacs remplis de *sheer piras*. Les deux femmes attendaient que les autres occupants de la maison les rejoignent afin de se rendre à un mariage en voiture. La plus jeune des deux était vêtue d'une robe traditionnelle bleu roi et fuchsia brodée d'or. Elle avait souri d'un air doux en voyant le camion de tête du convoi s'arrêter afin de laisser sortir tous ces paysans endimanchés.

La jeune mariée avait tué six soldats grâce à la veste piégée qu'elle portait sous sa tunique en s'approchant de la fenêtre du conducteur, des friandises dans le creux de ses mains tendues. Quant à sa mère, elle en avait tué deux autres en endommageant le blindé qui suivait le camion de tête. Les femmes afghanes mettaient toujours au point les meilleurs stratagèmes. Elles feignaient l'embarras près d'un âne couché sur le bord de la route et entraînaient dans la mort de bons combattants. Elles s'échappaient en courant d'un attroupement d'hommes, leurs robes en lambeaux, en prétendant chercher refuge chez l'ennemi après avoir été violées. Elles envoyaient leurs enfants, garçons et filles, mendier de l'eau en dissimulant sur eux des bâtons de dynamite.

Le détachement du Soldat avait massacré la fausse noce ce jour-là, mais trop tard.

Il chassa de son esprit ces souvenirs pénibles et jeta un casque de chantier aux pieds d'Amy, puis il se mit au garde-à-vous et releva la tête, prêt à lui donner des instructions.

— Qui est là ? gémit-elle.

— Si tu arrives à regagner la surface avant moi, je te laisserai la vie sauve.

— C'est quoi, cette histoire ?

— Ce tunnel court d'est en ouest, du cap 070 au cap 250, lui précisa-t-il d'une voix sonore. Il se trouve à 1 600 mètres en dessous du niveau de la mer en son point le plus élevé, et à 1 990 mètres en dessous du niveau de la mer en son point le plus profond.

— C'est quoi ce bordel ? insista Amy en s'agrippant à la paroi pour ne pas tomber dans le noir.

— Tu trouveras une arme à 481 mètres d'ici du côté est, ajouta-t-il avant de se retourner et de pointer du doigt la galerie derrière lui, comme si elle pouvait voir son geste : la mienne se trouve à 481 mètres d'ici côté ouest. L'exercice peut commencer, soldat.

— Putain, marmonna Amy en frissonnant.

Elle se baissa et chercha à tâtons le casque qui reposait à ses pieds. Elle le ramassa et chercha furieusement le bouton poussoir de la lampe frontale.

— Putain de putain de merde !

— Au trot ! aboya le Soldat en s'éloignant au pas de course.

40

— Mon Dieu…

Amy avait les doigts gourds et les tempes bourdonnantes.

— Mon Dieu, mon Dieu, mon Dieu…

Elle repensa à la phrase prononcée plus tôt ce jour-là.

Dites-moi qu'elle est pas au fond d'un de ces trous.

Elle avait la gorge serrée, mais elle refusait de se laisser submerger par l'angoisse. Amy n'avait pas l'intention de subir le même sort que Tori.

Elle alluma la lampe du casque, qu'elle posa sur sa tête. Le tunnel s'enfonçait dans le noir à la lueur tremblante de la lampe. Ses pensées se bousculaient, elle n'osait imaginer ce qui se produirait si l'un des étais cédait et si une coulée de terre l'emportait en l'étouffant avant de l'ensevelir à jamais.

Elle courait de toutes ses forces lorsqu'elle s'arrêta brusquement. Sans crier gare, la galerie se scindait en deux, ce que son adversaire s'était bien gardé de lui annoncer.

— Enfoiré, siffla-t-elle entre ses dents. Saloperie d'enfoiré.

Prise de rage, elle se retourna vers l'infini obscur dont elle venait.

— Je te tuerai ! Je te tuerai, espèce de salopard !

Le tunnel était plongé dans le silence, seul résonnait l'écho de sa respiration saccadée.

Elle s'engagea dans la galerie de gauche au pas de course et constata que le tunnel remontait lentement. Centimètre par centimètre, elle se rapprochait de la surface. De la liberté.

Pop ! Elle entendit un bruit sec et son bras vola en l'air, les deux derniers doigts de sa main évaporés. Un choc sans douleur. Elle s'autorisa un coup d'œil en direction de la plaie avant de se concentrer sur sa course. Un autre *pop* se fit entendre et elle fut projetée de côté par la force de la balle qui venait de l'atteindre à la hanche. Elle regarda par-dessus son épaule, vit un éclair, et une balle lui siffla aux oreilles.

Une forme apparut à la lueur de la torche : une caisse sur laquelle reposait un lourd fusil. Sa chance. Elle se rua sur l'arme.

41

Il la suivit calmement en la voyant s'emparer de l'arme. Elle en connaissait le maniement. Elle mit un genou à terre, arma le fusil, se retourna et fit voler une pluie de balles dans l'obscurité.

Le Soldat se baissa, souriant de la pugnacité de sa proie. Elle avait visé beaucoup trop haut. Amy se jeta dans une ouverture sur sa droite. Le Soldat s'y engagea à son tour, juste à temps pour la voir escalader la pente boueuse. Le rond de lumière signalant l'entrée de la galerie se dessinait tout en haut de la déclivité, des silhouettes de mineurs se découpaient à l'air libre, circulant nonchalamment.

Les traits du Soldat se figèrent, un pli barra son front. Il mit un genou à terre, visa, et tira. Amy s'écroula, le genou gauche en miettes.

— À l'aide ! Au secours !

Il s'avança et lui saisit la cheville, mais elle le surprit en lui envoyant la crosse de son fusil en pleine tempe. Il vit danser des étoiles rouges devant ses yeux, mais le coup n'avait pas été porté avec suffisamment de force et il la traîna en arrière par la cheville tandis que les cris de sa proie se réverbéraient le long des parois de la galerie.

42

J'ai trouvé Whitt dans la salle de loisirs, en train de déguster l'un des *latte* qu'il avait pris la précaution d'apporter au camp dans de petits sachets. Il dormait encore lorsque j'avais entamé un tour du camp tôt ce matin-là, sous le regard de l'immense grue centrale qui donnait l'impression de me suivre, comme les yeux de certains portraits.

La salle de loisirs était constituée de deux baraquements mis bout à bout de façon à créer un espace suffisamment grand pour accueillir un espace de musculation et un coin lecture avec des canapés. Quelques mineurs faisaient du sport pendant que la majorité de leurs collègues, regroupés autour d'un grand écran, s'excitaient autour d'un jeu vidéo. Un cri général salua le point marqué par l'une des équipes, sans que je puisse voir quel jeu les passionnait à ce point, l'écran étant occulté par les dos des mineurs.

Un sac de frappe pendait dans un coin à l'intention des amateurs de boxe. Un éclair d'excitation m'a traversée à la vue du cuir rouge strié des fissures habituelles.

— 'jour, m'a prudemment accueillie Whitt en me voyant prendre le siège voisin du sien.

— Bonjour, collègue. Prêt à coincer le méchant aujourd'hui ?

— J'ai la ferme intention d'essayer, en tout cas. Je viens d'avoir les parents de Hon au téléphone. Ils voulaient prendre l'avion et venir ici, mais je leur ai dit que ce n'était pas une bonne idée. Ils risqueraient de gêner l'enquête.

— Ils s'apercevraient surtout que leur fils n'a pas laissé la moindre trace. Il ne reste pas même une chaussette pour signaler sa présence dans ce lieu.

— Je me réjouis de constater que ta bonne humeur est de retour, a raillé Whitt.

— Je trouve ça inquiétant, Whitt. Je trouve inquiétant qu'il ne reste rien de ces gens. C'est comme si on les avait purement et simplement effacés de la surface du globe.

— La mine tout entière sera effacée le jour où le filon sera épuisé, a remarqué Whitt. Ils rembarqueront leur matériel et l'installeront un peu plus loin. Le vent se chargera de reboucher les galeries et de recouvrir le matériel abandonné sur place. Ces gens-là sont des nomades.

— Je trouve ça atroce.

Le terme n'était pas exagéré. Cette conception fugace de la vie me renvoyait à mon enfance.

— Que sais-tu des parents d'Amy et Tori ? m'a interrogée Whitt.

— J'ai passé quelques coups de fil à ce sujet ce matin. Le père des filles est veuf. Elles l'ont traîné en justice en 2011 lorsqu'il a tenté de renverser Amy avec sa voiture. Elles le fuient consciencieusement depuis.

— Ça ne fait pas de lui un suspect tout trouvé, surtout s'il ne sait pas où elles se sont réfugiées.

— D'autant qu'il est actuellement sur son bateau de pêche à Cairns. En tant que parent proche, la police du Queensland l'a alerté pour lui signaler la disparition de Tori, mais il ne leur a fourni aucune indication utile.

Le silence est retombé, plombé par la tension accumulée depuis notre altercation de la veille. J'en avais gros sur le cœur. De son côté, Whitt consultait son téléphone.

— Les parents de Hon m'ont expliqué qu'ils lui avaient parlé pour la dernière fois lors de l'appel mensuel qui a précédé sa disparition. Hon leur téléphonait systématiquement le premier de chaque mois. Je fais pareil avec ma mère, mais toutes les semaines. Elle attend mon appel tous les lundis à dix-huit heures.

Il s'était exprimé d'un air triste. Un rare instant de vulnérabilité. Je l'ai dévisagé longuement.

Alors c'est sorti tout seul.

— Samuel Jacob Blue est mon frère.

43

J'ai essayé de lire une lueur dans ses yeux au moment où il percutait, un éclair de reconnaissance qu'il s'empresserait d'éteindre. Rien. Je me suis demandé un instant s'il pouvait ne pas être au courant.

— Je suis désolé, mais ça ne me dit rien…

Il a haussé les épaules.

— Le tueur de la Georges River.

Whitt a froncé les sourcils.

— Du moins est-ce le nom que lui ont donné les journaux.

J'ai bu une gorgée de son *latte*.

— À mon avis, il n'a rien à voir dans toute cette histoire.

Sans chercher à en savoir davantage sur les raisons qui poussaient Whitt à fuir systématiquement à l'heure des infos, je lui ai raconté le déroulement de la matinée où j'avais appris que Sam, soupçonné d'être le pire tueur en série de l'histoire du pays, était sur le point d'être arrêté. Une fois prononcés les premiers mots, le reste est sorti tout seul. Je lui ai tout livré tel quel, sans le regarder. Si Whitt m'espionnait pour le compte de mes collègues de la Criminelle à Sydney, autant qu'il constate de lui-même à quel point j'étais choquée par les accusations des enquêteurs, dont j'étais la première surprise.

— On n'a pas connu une enfance facile. On nous a baladés d'une famille d'accueil à une autre jusqu'à ce que Sam ait l'âge de devenir mon tuteur légal. Les médias s'en donnent à cœur joie pour expliquer que c'est à cause de ça qu'il a mal tourné.

— Qu'ils le *soupçonnent* d'avoir mal tourné, tu veux dire. Si j'ai bien compris ce que tu me dis, il n'a rien à se reprocher.

— C'est-à-dire…

Je n'ai pas pu aller plus loin. Après m'être confessée d'un seul coup, de nouvelles pensées se bousculaient dans ma tête, sans que je puisse en avoir la maîtrise.

— C'est-à-dire que quoi ?

— J'ai vu des trucs qui m'ont troublée l'autre jour dans le bureau des enquêteurs. Des photos prises dans son appartement, des objets retrouvés parmi ses affaires. Du coup, ça fait remonter en moi des souvenirs d'enfance. Dans certaines familles d'accueil, le père était brutal avec lui. Il se faisait battre parfois, et je ne sais sans doute pas tout. Sam a toujours été colérique. Il s'est toujours montré… secret. On formait une belle équipe, tous les deux. Tu comprends ?

Il a acquiescé.

— C'était le seul moyen de survivre. Malgré ça, j'ai bien conscience qu'il y avait une partie de lui à laquelle je n'avais pas accès. Mais est-ce que tout le monde n'a pas son jardin secret ?

Whitt m'écoutait avec la plus grande attention. Une partie de moi n'arrivait pas à croire que je puisse me montrer aussi transparente avec lui. Le reste éprouvait un soulagement immense à tout lui déballer.

— Je me demande comment je peux avoir des pensées pareilles.

— Tu sais, Harry, tu réagis comme n'importe qui d'autre dans ta situation, a fini par répondre Whitt. Tu es perdue, ce qui est normal.

Nous nous sommes regardés et mon blindage a refait surface, comme de juste. La sonnette d'alarme a retenti dans ma tête. Je me mettais en danger en m'ouvrant de la sorte. J'avais fait assez de dégâts comme ça, mon instinct reprenait le dessus.

Je me suis levée d'un bond.

— Très bien. On n'a pas vraiment le loisir d'étaler nos états d'âme. Je te propose de retourner voir Amy, au cas où un détail lui serait revenu à la suite de notre visite d'hier.

L'instant d'après, je quittais la salle de loisirs sans attendre Whitt.

44

Whitt et moi arrivions en vue du donga d'Amy quand nous sommes tombés sur Richie. Un mineur à l'air sombre l'accompagnait. Richie avait toujours un œil au beurre noir, mais le cercle jaunâtre qui entourait son orbite signalait que l'hématome était en voie de guérison. Le mineur s'est figé en nous apercevant avant de s'éloigner d'un pas lourd, comme si nous lui fournissions une bonne occasion de se tirer d'un mauvais pas.

J'ai tendu le menton en direction du type qui battait en retraite.

— Vous n'aviez pas l'air de vous amuser, tous les deux. Il a des dettes ?

— Vous feriez mieux de vous occuper de vos oignons, ma jolie, je m'occupe des miens.

— La vie est dure. Décidément, on ne peut pas faire confiance à tous ces junkies.

— Quoi ? a éructé Richie. Vous croyez peut-être que je vais vous balancer tous mes petits secrets, pour être enregistré à mon insu ?

— Nous ne vous enregistrons pas, s'est interposé Whitt.

— Je constate que votre enquête est merdique depuis le début, a ricané Richie. Si vous croyez m'embobiner en me faisant croire que vous cherchez à savoir ce que sont devenus les mineurs disparus… C'est gros comme une maison, vous êtes sur mon cul depuis le premier jour. Et vous savez quoi ? Je me tiens à votre disposition. Vous pouvez vérifier tout ce que vous voulez, je ne vends pas de drogue.

J'ai éclaté de rire.

— Je vous assure, a insisté Richie en haussant les épaules. Libre à vous de croire les rumeurs, mais vous perdez votre temps. Je suis un honnête commerçant spécialisé dans les produits culturels.

Il a sorti de la poche arrière de son pantalon un catalogue qu'il m'a tendu. J'y ai découvert des centaines de titres de DVD.

— Films, jeux, consoles vidéo, livres, magazines, a-t-il énuméré en comptant sur ses doigts. Je propose des films étrangers, des films rares et des films pour adultes en moins de vingt-quatre heures. Cartes Internet prépayées, cartes de téléphone, cartes bancaires, portables. Je peux aussi organiser des spectacles pour adultes.

— Excellente couverture, l'a félicité Whitt avec une tape amicale sur l'épaule.

— C'est pas une couverture, je peux vous montrer les factures.

En feuilletant le catalogue, j'ai remarqué qu'il était couvert d'une fine couche de poussière blanche. Je l'ai examiné à la lumière sous le regard des deux autres.

— C'est de la cocaïne ?

Richie a marqué le coup. J'ai prélevé un peu de poudre sur mon doigt avant de le lécher et de me frotter les gencives.

— On dirait bien, en tout cas.

— Bravo tout de même, a renchéri Whitt en répétant son geste sur l'épaule de Richie.

— Puisque vous êtes un commerçant hors pair, vous allez sans doute pouvoir nous dire qui s'est occupé des marchandises suivantes.

J'ai sorti mon carnet.

— Un iPhone noir dans une coque bleue appartenant à Danny Stanton. Un iPhone blanc dans une coque rose appartenant à Tori King. Une tablette argentée, probablement un iPad, appartenant à Hon…

— Je n'en ai pas la plus petite idée, s'est défendu Richie d'un geste de la main. Je n'étais pas là quand ils se sont partagé le magot. C'est bien pour cette raison que j'ai tenu à venir tôt aujourd'hui pour fouiller les affaires d'Amy. Il paraît qu'elle avait un ordinateur portable tout neuf.

J'ai lancé un coup d'œil en direction de Whitt.

— Amy ? Amy King ?

— Elle-même, a répondu Richie en désignant son donga. On m'a refilé l'info. Elle ne s'est pas présentée à son poste hier soir et personne ne l'a aperçue depuis. Elle manquait à l'appel ce matin. Mon contact devrait arriver d'une minute à l'autre, pour me dire si elle est allée bosser aujourd'hui. Il paraît qu'elle est partie rejoindre sa sœur à Darwin. Si jamais elle a laissé son ordinateur, il est à moi.

J'ai repoussé Richie avant de grimper précipitamment les marches du baraquement. Le box d'Amy était en désordre, mais son lit était fait. Un sachet en plastique sur le rebord de la fenêtre a attiré mon attention. Il contenait deux barquettes de plats à emporter achetés au pub. Le premier était entamé et une fourchette en plastique gisait au pied du mur. Le reçu, déniché au fond du sac, précisait l'heure d'achat la veille : 18 h 37. Elle s'était donc procuré de quoi manger en rentrant, sachant qu'elle aurait faim après sa vacation à la mine. De retour chez elle, elle avait entamé son repas avant d'être interrompue.

Quelqu'un la guettait dans sa chambre.

45

Whitt m'a suivie jusqu'à la cantine, le portable collé à l'oreille. Il s'était empressé de prévenir son patron, à Perth, de la disparition d'Amy.

Gabe Carter enfilait son casque et rassemblait ses couverts sur son plateau à notre arrivée.

— Amy a disparu ! Il faut immédiatement organiser une fouille systématique de la mine, en commençant par vérifier qu'aucun autre mineur ne manque à l'appel. Comment procéder en pareil cas ?

— Attendez une minute, a réagi Gabe en secouant la tête. Qu'est-ce que vous me chantez là ? Vous parlez d'Amy King ?

— Elle a disparu !

— Comment le savez-vous ?

— Faites-moi confiance, putain de merde ! Comment peut-on mettre sur pied une équipe de recherche digne de ce nom ?

J'étais rouge comme une pivoine et la nuque me démangeait, les symptômes habituels de la culpabilité, chez moi. Avais-je pu mettre Amy en danger en l'interrogeant au vu et au su de tout le monde ? Le tueur, quel qu'il soit, nous avait-il vues à notre sortie de la mine ? Amy représentait-elle une menace à ses yeux ?

Qui donc était présent la veille ? Plusieurs dizaines de mineurs avaient pu nous apercevoir, à l'extérieur comme dans les galeries voisines de la veine principale. Personne n'avait éveillé mes soupçons en particulier.

Je me suis aperçue que je faisais machinalement craquer mes doigts, les yeux dans le vague.

— OK, j'ai signalé la disparition d'Amy aux autorités de Perth, a déclaré Whitt en raccrochant. Ils vont surveiller son téléphone, passer ses fadettes au crible, et lancer un bulletin d'alerte dans toute la région de Perth. En revanche, ils n'ont pas l'intention d'envoyer un hélico tant qu'on ne leur a pas confirmé sa disparition définitive. Il leur faudra alors une requête officielle des patrons de la mine.

— Je vous souhaite bonne chance, a réagi Gabe. Jamais les patrons n'accepteront de vider la mine et d'envoyer des équipes de recherche dans le désert. Cesser l'exploitation leur coûterait des dizaines de milliers de dollars par heure.

Je me suis tournée vers Whitt.

— Essayons de garder les idées claires. Si ça se trouve, elle traîne quelque part à l'intérieur du camp.

— Je me souviens qu'il est arrivé aux sœurs King de se rendre au campement des Soldats de la Terre, est intervenu Gabe. Quand les gars manquent d'herbe, à la mine, certains d'entre eux fraternisent avec les écolos. C'était le cas de Tori, je sais. Amy a très bien pu vouloir leur poser quelques questions au sujet de sa sœur.

— Vous avez raison. Allons voir là-bas, Whitt. Si elle n'est pas ici, autant s'assurer qu'elle ne se trouve pas dans les environs immédiats.

— Pendant ce temps-là, je peux me rendre en ville, a proposé Gabe. Je me ferai remplacer. Mais si jamais vous partez dans le désert, ne faites pas les idiots.

Il a tendu vers moi un doigt accusateur.

— Pensez à emporter un téléphone satellite, un chapeau, de la crème solaire et de l'eau. Beaucoup d'eau. Le campement des Soldats de la Terre ne doit pas se trouver très loin, mais on ne plaisante pas avec le désert. Évitons de perdre quelqu'un d'autre.

46

J'ai regagné notre donga au pas de course afin de changer de chaussures et de prendre de l'écran total, le cœur battant. Je devais absolument me reprendre. Amy pouvait très bien n'avoir jamais quitté la mine, ou bien alors nous allions la croiser en voulant rejoindre le campement des écolos où elle s'était rendue, prise d'une intuition soudaine la veille au moment d'avaler son repas. Une telle hypothèse était peu crédible, mais il serait toujours temps de paniquer plus tard, une fois que nous aurions obtenu la confirmation de sa disparition.

Je poussais la porte du donga quand un appel s'est élevé d'un haut-parleur tout proche, précédé par un *jingle* acide.

« Il est demandé à Amy King de se présenter de toute urgence au bâtiment de l'administration. Je répète : Amy King, merci de vous présenter de toute urgence au bâtiment de l'administration. »

Je me suis arrêtée net sur le seuil du box que je partageais avec Whitt. L'araignée du désert avait été écrasée contre le carreau de la fenêtre, ses pattes interminables collées à la vitre par la masse gluante de ses organes. Ce spectacle m'a révulsée.

— Whitt !

Le bruit de ses pas a résonné au même instant à l'entrée du donga.

— Oui ?

— C'est toi qui as tué cette putain d'araignée ?

Je lui ai posé la question sur un ton horrifié. Son silence m'a signalé sa perplexité, ce que m'a confirmé son front barré d'un pli lorsqu'il m'a rejointe dans le box.

— Quoi ?

— L'araignée, salopard.

J'ai tendu le doigt en direction de l'animal écrasé contre la vitre.

— Pourquoi as-tu fait ça ? Tu sais pourtant que ces bestioles sont inoffensives.

— Oh non ! a grimacé Whitt en découvrant le carnage. J'avais bien vu qu'elle se baladait dans la chambre. Elle s'était réfugiée au plafond, l'autre nuit. Je m'étais même habitué à sa présence, comme un petit animal domestique.

— Alors pourquoi l'avoir écrasée ?

— Mais ce n'est pas moi ! Tu es folle ?

— Tu ne vas tout de même pas me dire que quelqu'un s'est introduit ici dans le seul but de la tuer pour qu'on la découvre sur la fenêtre.

Il a haussé les épaules.

— Il faut croire que si.

Assise sur mon lit, j'ai délacé mes rangers en le laissant hypnotisé par l'araignée. J'étais troublée par le fait qu'il en ait parlé de la même façon que moi. Un éclair de plaisir dans un monde impitoyable, un animal domestique un peu particulier. D'un autre côté, je ne voyais pas qui aurait pénétré dans notre piaule et se serait amusé à la chasser. Nous n'avions aucun objet de valeur.

Je me demandais pourquoi Whitt mentait quand j'ai vu dépasser de son oreiller un emballage familier. J'ai repoussé l'oreiller et récupéré ma boîte de Diclofénac.

— Qu'est-ce que ça fout là ?

Whitt, debout à l'entrée de notre box, m'observait.

— De quoi tu…

Je l'ai arrêté d'un geste.

— Non. Ne joue pas au con. Tu sais très bien que je cherchais partout mes anti-inflammatoires parce que j'en ai besoin.

— Harriet, s'est défendu Whitt. Ce n'est pas moi qui les ai mis là.

Sous l'effet de la colère, j'ai serré la boîte dans mon poing. L'appel adressé à Amy a résonné à travers le camp au même instant.

— On va se mettre en chasse de cette fille, après quoi tu me feras le plaisir de rentrer à Perth. Je poursuis l'enquête seule. Si je ne peux pas te faire confiance, je ne vois pas l'intérêt de continuer à travailler ensemble.

— Harriet, je te dis…

— La ferme, Whitt. Inutile d'en rajouter.

En quittant le baraquement où me narguait le cadavre de la malheureuse araignée, j'ai brièvement croisé le regard de Whitt qui avait l'air mortifié. Ce type-là était un menteur de première.

47

Très bien. En plus d'être un espion à la solde des types de la Criminelle à Sydney, ton équipier est un pervers manipulateur.

Tout en avançant péniblement dans le désert surchauffé, le visage ruisselant de transpiration, je réfléchissais à la situation. Whitt marchait derrière moi, à quelques mètres de distance.

Je suis capable de gérer des cinglés. Quand j'enquête sur des délits sexuels, j'ai l'occasion de croiser toutes sortes de tordus qui manipulent et brutalisent leurs victimes en jouant de leur ascendant sur elles. Je sais d'expérience que les pervers calculateurs et froids comme Whitt sont les plus dangereux. Des maris qui planquent des GPS sous la voiture de leur femme. Des petits amis qui montent leurs copines contre leurs amies en accumulant les manœuvres déjetées et les mensonges de façon à les isoler. Ceux qui leur piquent des objets personnels pour les fragiliser en les persuadant qu'elles deviennent folles.

Il y a aussi les monstres qui font du mal aux animaux pour montrer à leur proie ce qui se passera si elles se rebellent. On fait passer un message subtil en écrasant une araignée. Restait à comprendre lequel.

L'air sec du désert me brûlait la gorge. Je me suis arrêtée, le temps que Whitt me rejoigne, en examinant le plan sommaire dessiné par Gabe. L'annonce à l'attention Amy passait à nouveau sur les haut-parleurs quand nous avons quitté le camp. Elle n'avait toujours pas donné signe de vie, alors que le message était également diffusé à travers les galeries de mine, sur les radios individuelles des responsables, à l'intérieur de la salle de loisirs, à la cantine, dans les bureaux de l'administration et même sur les parkings réservés aux engins.

Je me suis essuyé le front, me servant de ma casquette en guise d'éventail.

— La chaleur ne rigole pas, dans le coin. Et il n'est pas encore midi.

— Tu as vu la brume de soleil? a-t-il répliqué en me montrant l'horizon.

Sous l'effet de la réverbération, l'immense plaine désertique donnait l'impression de laisser place à des lacs immenses. J'avais de la sueur plein les yeux. Je me suis accroupie sur mes jambes brûlantes.

— On le sait rarement, mais il y a près d'un demi-million de chameaux dans le désert australien. Ce sont les Anglais qui les ont importés, à l'époque de la colonisation.

— Ils n'auront pas eu de mal à s'adapter.

J'ai replié mon plan.

— Le mieux est de couper par cette vallée.

Une vallée immense s'ouvrait devant nous, aux pentes couvertes de roches jaunes. Nous avons entamé prudemment notre descente en glissant le long de petites falaises aussi hautes que nous.

— Des fossiles ! s'est écrié Whitt au pied d'une paroi rocheuse. Il s'agit sans doute du lit d'une ancienne rivière.

— Dépêche-toi un peu. Je te rappelle qu'on fait une battue, pas un reportage pour *National Geographic*.

La bouteille que Whitt tenait à la main a volé en éclats avant de s'écraser contre un rocher.

Le bruit de la détonation nous est parvenu une fraction de seconde plus tard, il s'est réverbéré entre les parois de la vallée.

Nous nous sommes figés sans vraiment comprendre ce qui nous arrivait. Les coups de feu suivants ont soulevé des geysers de poussière autour de nous.

— Couche-toi ! m'a crié Whitt en se mettant à l'abri derrière un bloc rocheux.

Je me suis ruée à sa suite, poursuivie par une pluie de projectiles alors que le vacarme assourdissant des détonations remplissait la vallée.

— Putain ! Où se planque ce salaud ? Tu as pu voir d'où il tirait ?

Whitt a passé un œil à travers un creux de roche. À cause de l'écho, il était impossible de localiser notre agresseur. Je me suis serrée contre la pierre chaude. Je m'étais écorché les genoux et les mains en crapahutant jusqu'à mon abri. À en juger par le peu qui restait de la bouteille en plastique de Whitt, le tireur était armé d'un fusil à gros calibre équipé d'une excellente lunette. Les tirs se sont tus, mais mes oreilles continuaient de bourdonner douloureusement. L'ennemi avait réussi à nous coincer en plein cagnard.

Je me suis agrippée au rocher d'une main tremblante.

48

J'ai cessé de trembler au bout d'un quart d'heure tout en restant très tendue, au point d'en avoir mal aux muscles. Le rocher derrière lequel nous nous étions réfugiés était haut d'un mètre tout au plus, mais les coups de feu ont repris dès que nous avons fait mine de changer de position.

— En tout cas, ce ne sont pas les écolos, a remarqué Whitt.

— Gabe Carter était le seul à connaître notre destination. À moins que quelqu'un nous surveille en permanence.

— Le même quelqu'un qui a dérobé tes anti-inflammatoires.

Ce n'était pas le moment de me battre avec Whitt. Le seul moyen de nous en sortir était encore de rester solidaires.

Au-dessus de nos têtes, un soleil impitoyable s'attaquait à ma nuque et mes avant-bras. Il nous restait une bouteille d'eau et un tube d'écran total, mais nous n'avions aucun moyen d'échapper à la chaleur et nous étions clairement menacés d'insolation. Au bout de vingt minutes, nous haletions en respirant par la bouche, nos vêtements trempés de sueur.

Je me suis adossée au rocher et Whitt a imité mon exemple.

— On est dans une belle merde, a-t-il laissé tomber soudain.

Je n'ai pas pu m'empêcher d'éclater de rire. Ce genre d'expression ne lui ressemblait tellement pas, j'étais pliée en deux. Quand j'ai fini par relever la tête, j'ai lu sur son visage un certain soulagement.

— Tu n'as aucune raison de te sentir menacée par moi, m'a-t-il déclaré.

— Laisse tomber.

— Non, je t'assure. Ma venue ici n'est nullement liée à toi.

— Dans ce cas, pourquoi m'avoir menti ?

Il s'est essuyé la figure avec son tee-shirt, si bien que je ne voyais plus ses traits. J'étais persuadée qu'il ne répondrait pas à ma question quand il a brusquement relevé la tête.

— Je ne faisais pas partie de la brigade des Stups, à Perth, mais de la Criminelle.

Il regardait fixement ses mains, cette confession lui coûtait.

— Il y a quelques années de ça, on m'a confié une enquête sur le meurtre d'une gamine de sept ans. Un chauffeur de poids lourd a retrouvé son corps dans un fossé. Tout indiquait que les coupables étaient trois frères à la tête d'un réseau de pédopornographie. Le genre d'affaire sordide qui m'a sérieusement plombé. Personne ne résistait à la pression et aux cauchemars, j'ai éclusé deux équipiers successifs.

— Tu parles.

— Je n'avais pas l'ombre d'une preuve contre ces types. De vraies anguilles. À chaque fois que je croyais les tenir, ils trouvaient le moyen de s'en tirer par une pirouette. Leur père était avocat. Un pro plein d'imagination. Je leur ai couru après pendant un an, je ne pensais qu'à ça. J'en choisissais un au hasard et je le filais pendant mes jours de repos, dans l'espoir de le piéger. Je ne parlais plus que des frères Cattair. Après quelques mois de ce régime, mes amis ont commencé à s'éloigner de moi. Je me suis retrouvé seul. Dans ces cas-là, a-t-il précisé sur un ton amer, une seule amie te reste fidèle.

— La bouteille.

— Exactement.

J'ai eu un sourire triste.

— Quel désastre.

— Ce n'était que le début. Ma vie partait en vrille, mon appartement ne ressemblait plus à rien, il m'arrivait de ne pas me laver et de ne plus manger pendant plusieurs jours. J'avais le sentiment que de ces trois types dépendaient ma réussite ou mon échec en tant qu'individu. Alors j'ai franchi le pas. J'ai dissimulé de fausses preuves.

Je n'en revenais pas de sa franchise. J'en arrivais presque à oublier la situation critique dans laquelle nous nous trouvions. La chaleur rendait la scène irréelle. Je commençais à voir des éclairs et la tête me tapait.

— Bien évidemment, la manœuvre a raté, a poursuivi Whitt. J'avais provoqué un tel désastre que les Fédéraux ont menacé de m'arrêter. Si le service n'avait pas tout fait pour me couvrir, j'aurais perdu mon boulot. Toujours est-il que les frères Cattair sont définitivement hors de portée de la justice aujourd'hui à cause de moi, ils ne passeront jamais devant un juge.

Il a mordillé sa lèvre, le regard perdu dans l'immensité du ciel.

— Je suis devenu presque maniaque depuis. J'ai presque l'obsession inverse. Si je ne maîtrise pas mon quotidien dans ses moindres détails, j'ai le sentiment que tout s'écroule autour de moi. Une chemise mal repassée suffit à me mettre en transe. Le jour où j'ai voulu dissimuler cette fausse preuve, Blue, j'ai renoncé à tout. Mon sens moral, le respect de moi-même, la réalité. Je n'arrête pas de me demander si je serais capable de recommencer, ou *pire*.

Je savais de quoi il parlait. Moi aussi, j'étais en train de perdre le sens des réalités. Qui sait si mon insistance à considérer Whitt comme un traître ne relevait pas de l'obsession dont il parlait ?

— Je fuis les infos pour ne pas entendre parler d'eux. Les frères Cattair tueront à nouveau, j'en ai la conviction. Ce jour-là, je ne pourrai m'en prendre qu'à moi-même. S'ils sont toujours en liberté, c'est à cause de moi.

Je lui ai pris la main.

— Tu as agi selon ta conscience.

Il s'est esquivé.

— Je suis flic. Je n'ai aucune excuse.

À peine sa phrase achevée, il s'est plié en deux tandis que tonnait un coup de feu. Il a laissé échapper un cri étouffé et s'est recroquevillé sur lui-même en massant sa chemise déchirée. Une simple éraflure.

— Il cherche à nous prendre à revers, a-t-il réagi en examinant la paroi rocheuse. Il est temps de nous extirper de ce piège.

49

Nous avons détalé en direction d'un amas rocheux censé nous protéger du tireur si celui-ci se trouvait bien là où nous pensions l'avoir repéré. Quelques balles ont sifflé dans l'air surchauffé. Nous avions choisi des rochers plus imposants et j'ai constaté avec soulagement qu'ils nous offraient une zone d'ombre bienvenue. Whitt a passé la tête au-dessus du rocher et une balle s'est fichée dans la roche derrière nous en nous arrosant d'éclats.

— C'est comme s'il jouait avec nos nerfs. Il n'aurait eu aucun mal à nous atteindre quand nous avons changé de place, s'il l'avait voulu.

— Un collègue qui a servi en Afghanistan m'a parlé de ce genre de technique, m'a répondu Whitt, le souffle court. Certains types des forces spéciales s'entraînaient dans le désert en prenant pour cible des villageois. Ils attendaient que les malheureux s'aventurent à découvert pour les obliger à se diriger où ils le souhaitaient. Il a notamment vu des types obliger des ados à sauter d'un promontoire rocheux en tirant autour d'eux.

— Dans ce cas, restons ici. Pas question d'accepter d'entrer dans son petit jeu. Il nous suffira de profiter de la nuit pour nous enfuir. Sauf si…

— Sauf si quoi ?

— Sauf s'il a des lunettes de vision nocturne. Il faut trouver un moyen de fuir, Whitt. Si jamais Gabe envoie quelqu'un à notre recherche, il tombera tout droit dans le piège du tireur.

— Alors partons, a répondu Whitt en examinant les alentours. Avec un peu de chance, on peut trouver une excavation. Ces rochers un peu plus loin, par exemple. Tu es prête ? Allons-y.

Malgré sa bravoure, Whitt a hésité avant de s'élancer. Je l'ai suivi et les tirs ont repris aussitôt.

Plusieurs balles se sont écrasées au sol devant moi et je n'ai eu d'autre choix que de sauter tête la première dans un creux de terrain. Je me suis réfugiée contre une arête de roche et un scorpion doré, dérangé par ma chute dans le sable, s'est éloigné précipitamment en agitant sa queue.

Whitt était accroupi derrière son rocher, les yeux écarquillés. En nous séparant, le tireur nous empêchait de nous concerter. Whitt a baissé la tête, le temps de réfléchir. Un soleil ardent brûlait ma nuque écarlate.

En relevant la tête, j'ai vu que Whitt se frappait la poitrine et me désignait la vallée en articulant des paroles muettes.

Je vais l'entraîner loin d'ici.

Il m'a ensuite montré la pente escarpée, puis il a pointé des doigts ses propres yeux.

Passe par là. Essaye de voir où il se cache.

J'ai levé mon majeur.

Va te faire foutre. C'est moi qui me charge de l'entraîner. Je te laisse escalader la pente.

Je courais plus vite et j'avais le pied plus sûr que lui, grâce à la boxe. C'est vrai que le rôle de la cible était dangereux, mais les sentiments chevaleresques dépassés de Whitt n'avaient pas leur place dans la situation présente. L'essentiel était de sortir vivants de cette putain de vallée.

Whitt a poussé un soupir et j'ai donné un coup de poing dans la paume de ma main.

Pas de connerie, sinon je te frappe.

Whitt s'est mordu la lèvre, pesant le pour et le contre. Avant que j'aie pu insister, il a quitté son abri en courant.

Le con.

Il ne me laissait pas le choix. Je suis partie à l'assaut de la pente en criant de douleur tant les muscles de mes cuisses me lançaient. Mes semelles patinaient dans le sable, mais j'ai rapidement atteint la crête.

Des coups de feu crépitaient au fond de la gorge.

Je me suis hissée tout en haut avant de m'aplatir derrière des rochers. En contrebas, Whitt volait de rocher en rocher entre les balles, au péril de sa vie.

J'ai fouillé des yeux la crête opposée et entraperçu fugitivement une épaule et un bras recouverts d'une tenue camouflage. Le tireur dissimulait son visage dans l'ombre.

Le temps d'un silence, et un coup de feu s'est répercuté le long des parois du canyon. Whitt a poussé un cri avant de disparaître.

— Whitt !!!

Plusieurs éclairs ont jailli de la crête opposée dans ma direction et je me suis aplatie contre le sol, le visage entre les mains, en attendant que cesse le vacarme des détonations. Le silence est retombé et lorsque j'ai relevé la tête, la silhouette du tireur avait disparu.

Je suis redescendue au fond de la gorge sans qu'aucune balle s'écrase à mes pieds.

— Whitt !

Je me suis arrêtée de justesse au bord d'un gouffre. Whitt s'est relevé péniblement de l'étroite plate-forme bordant l'abîme, du sang plein la joue.

— Ça va ?

Whitt a regardé l'épaule déchirée de sa chemise dont le poignet gauche était arraché. Sa paume égratignée laissait des traînées de sang sur le tissu.

— Elle est fichue, a-t-il déclaré en levant les bras au ciel avec l'ombre d'un sourire. Complètement fichue.

50

Notre arrivée au campement des Soldats de la Terre a été annoncée par un sifflement perçant alors que nous nous trouvions encore loin. Les écolos se sont attroupés avec curiosité. Je m'étais tordu la cheville lors de notre mésaventure et Whitt donnait l'impression de sortir d'un véhicule accidenté, mais personne n'a fait mine de nous aider.

Une grande femme aux longues tresses grises s'est avancée en silence.

— Je suis Océane Divine, du Collectif international des Soldats de la Terre. Nous sommes sur des terres appartenant aux indigènes, avec la permission de leurs anciens.

— Du calme, Gandalf. Nous ne sommes pas venus vous importuner. Nous sommes de la police et nous enquêtons actuellement sur une série de disparitions à la mine.

— Que vous est-il arrivé ? s'est étonnée Shamma, la fille aux dreadlocks violettes.

Un type torse nu en jean usé l'a repoussée.

— On nous a tiré dessus. Nous avons besoin de votre aide pour signaler l'incident aux autorités. Si jamais certains de vos gens traînent dans les parages, je vous conseille de les rapatrier d'urgence. Le coin n'est pas sain.

— Et nous avons également besoin de soins.

J'ai arraché une bouteille d'eau des mains du hippie le plus proche.

— Putain, moi qui croyais que vous pratiquiez l'amour du prochain.

— Nous vous autorisons à pénétrer dans le campement à condition de vous fouiller, a décrété Océane.

— Ne vous gênez pas. La tenue de Whitt ne tient plus qu'à un fil de toute façon.

Je me suis dirigée péniblement vers l'entrée de la grotte où était installé leur camp et je me suis laissée tomber sur une couverture posée à même le sable. J'ai étendu les bras et les jambes avec délice sur la laine soyeuse et fraîche.

— J'ai mal partout. Si vous voulez me fouiller, allez-y. Je ne bouge pas d'ici.

Des types ont procédé à la fouille de Whitt pendant que des filles tâtaient vaguement mes vêtements, puis Whitt s'est assis près de moi et Shamma a déplié une trousse de secours.

Le tireur pouvait fort bien appartenir au groupe. Je les ai observés attentivement, tandis qu'une militante s'agenouillait à côté de moi et s'occupait de mes mains abîmées.

Le matériel dont disposaient ces gens n'était pas à la portée du premier venu. Trois 4 × 4 dernier cri étaient rangés en arc de cercle devant la grotte et l'on apercevait un peu partout des équipements coûteux : ordinateurs, téléphones satellites, radars, groupes électrogènes.

J'ai repris pied dans la réalité en voyant la fille qui me soignait casser en deux une brindille et la tremper dans un bol.

— C'est quoi, ce truc ?

— Du bois de théier. J'ai également de l'*Aloe vera* pour les coups de soleil, et du pied-de-chèvre.

— Du pied-de-chèvre ?

— C'est le nom commun d'une plante qu'on trouve plus au nord.

— Vous n'avez pas de médicaments normaux ?

— Nous n'avons recours à aucun produit pharmaceutique obtenu à partir d'animaux, ou suite à des maltraitances envers les animaux, m'a expliqué Océane. Pour cette raison, nous nous tournons essentiellement vers la nature.

La première fille m'a étalé une décoction brune sur les paumes. La douleur a disparu presque instantanément, mais je n'allais pas m'en réjouir.

— J'aimerais savoir si Amy King est venue vous rendre visite au cours des dernières vingt-quatre heures.

— Il y a constamment des allées et venues, a répliqué Océane d'un air dégoûté. Pour des gens qui se soucient aussi peu de l'environnement, ils sont prêts à tout lorsqu'il s'agit de se procurer de l'herbe. Sans se gêner pour jeter en chemin des bouteilles d'eau en plastique qui mettent une éternité à se biodégrader. Dites-moi un peu, que ferez-vous…

Je ne lui ai pas laissé le temps d'achever sa phrase.

— … dans un milliard d'années ? Rien du tout. Je serai morte et enterrée depuis longtemps et je n'aurai plus besoin de subir des leçons sur l'environnement.

— Exactement, a-t-elle ricané. Vous ne pensez qu'à vous, et vous vous souciez uniquement d'aujourd'hui.

— Je me soucie surtout d'Amy King. Est-ce que vous l'avez vue ?

— L'inspecteur Blue n'a aucun mépris pour votre cause, s'est élevée la voix de Whitt un peu plus loin, mais personne n'a aperçu cette jeune femme depuis hier soir et nous avons peur que sa disparition soit liée à celles de trois autres employés de la mine, dont sa sœur Tori.

Les filles qui se trouvaient à côté de Whitt ont échangé un regard entendu avec Shamma.

— Personne n'est venu au cours des dernières vingt-quatre heures, a répondu Océane.

En ramenant ses cheveux en arrière, j'ai cru apercevoir ce qui ressemblait à une sorte d'étiquette accrochée au cartilage de son oreille.

— C'est quoi, ce truc ?

Son visage s'est fermé.

— Il s'agit de la plaque d'identité d'un agneau de huit mois. Il s'appelait B211349. On a commencé par l'insensibiliser par électrocution avant de lui trancher la gorge et de consommer son corps.

J'ai pris longuement ma respiration.

— Et vous portez sa plaque à l'oreille ?

— Certains d'entre nous portent en guise de tatouage des noms d'animaux scarifiés, m'a expliqué l'une des écolos en me montrant son avant-bras. C'est une façon d'entretenir leur souvenir.

Je ne savais pas si je devais rire ou pleurer. Mon hésitation a dû se lire sur mon visage car Océane s'est levée d'un air mauvais. Elle s'est approchée des types debout près des véhicules que venaient de rejoindre trois mecs pieds nus, couverts de poussière, fraîchement rentrés d'une virée dans le désert. L'un d'eux portait un pantalon camouflage, sans chemise. Océane s'est retournée en posant sur nous un regard que je connaissais bien pour l'avoir souvent lu dans les yeux de mes adversaires sur le ring.

51

J'ai tenté d'expliquer aux types censés nous raccompagner à la mine que nous étions pressés, mais les Soldats de la Terre ne donnaient pas le sentiment d'être des furieux. Ils m'ont prêté un téléphone satellite pour appeler le camp. Gabe Carter n'était pas encore rentré de sa virée en ville. J'ai entendu, en fond sonore, que les appels à Amy se poursuivaient.

En attendant qu'on veuille bien nous reconduire, j'ai livré à Whitt mon sentiment.

— Je ne sais pas ce qui est le pire. Les voir pleurer sur le sort des agneaux, ou bien l'hypocrisie ambiante. Ça n'a pas l'air de les déranger que tous leurs gadgets ne soient pas biodégradables. Et je suis prête à parier que Shamma se maquille.

— Sans doute s'agit-il de maquillage sans matière animale. À ta place, je me garderais de polémiquer avec eux. Ils ont des arguments pour tout, ils t'expliqueront que leur technologie est indispensable à la diffusion de leur cause. Un sacrifice mineur pour la défense du bien commun.

— Ouais, reste à savoir si leur sens du sacrifice va jusqu'à sacrifier des vies humaines.

Nous étions parvenus à l'extrémité de leur campement.

— À la façon dont Océane parlait de cet agneau, elle doit considérer le boucher qui l'a tué comme un meurtrier. Ces gens-là sont en guerre. Et souviens-toi de ce que nous a dit Lavacherie au sujet de cet accident avec un rouleau compresseur. Je les vois mal porter son casque en mémoire du conducteur s'il était mort écrasé par son engin.

— Rien ne nous empêche de procéder à quelques vérifications, a suggéré Whitt.

— Je suis d'accord. Notre agresseur portait une tenue camouflage. Ce n'est pas ça qui manque chez les écolos.

Nous avons attendu notre chauffeur à l'écart, à l'ombre d'un surplomb rocheux. Pourvu que Gabe ait retrouvé Amy en ville… Personne ne semblait se soucier outre mesure de sa disparition. Je commençais à trouver le temps long quand Shamma nous a rejoints.

— Vous êtes venus enquêter au sujet de Danny? nous a-t-elle demandé.

— Lui et les autres, oui. Vous le connaissiez?

Elle a gratté sa tignasse en baissant la tête.

— On était amis, si on peut dire. Ça m'a fait de la peine d'apprendre ce qui lui est arrivé. On est sûr qu'il est mort? Qui nous dit qu'il ne se planque pas quelque part après avoir… avoir perdu son pied?

— Il était mort quand les animaux du désert se sont acharnés sur son corps.

— Et nous sommes désolés pour vous, a ajouté Whitt en me donnant un coup de coude discret.

— Merci, a répondu Shamma en haussant les épaules.

Elle restait plantée devant nous, hésitante, quand elle s'est décidée.

— Je peux vous montrer un truc ?

— On n'a pas vraiment le…

— Bien sûr, a coupé Whitt.

Shamma nous a conduits dans un recoin à l'ombre avant de s'accroupir près d'un amas de cailloux.

— Les garçons ont trouvé un kangourou blessé il y a quelques semaines, nous a-t-elle expliqué en dessinant machinalement un rond dans le sable autour du tas de pierres. Il ne saignait plus, mais il était épuisé et il est mort peu après.

Whitt s'est baissé afin d'examiner la sépulture improvisée de l'animal.

— Quelqu'un lui avait arraché une jambe, a poursuivi Shamma. Quel être humain digne de ce nom est capable d'un truc pareil ?

52

Le soleil avait entamé son déclin lorsque nous sommes arrivés à la mine. Whitt s'est aussitôt rendu au dispensaire pour ses blessures et j'ai regagné le donga devant lequel m'attendait Gabe. Il est resté bouche bée en me voyant.

— Que vous est-il arrivé ? Vous êtes dans un état épouvantable !

— On nous a tiré dessus.

Je me suis assise sur les marches du baraquement, épuisée.

— Il nous a pourchassés comme des chiens au fond d'un canyon.

— Seigneur ! s'est écrié Gabe en cherchant Whitt des yeux. Où se trouve votre collègue ?

— Au dispensaire. Il est tombé au fond d'une crevasse. Je suis morte. Le temps de souffler une minute, et on va trouver vos patrons. Personne ne sera en sécurité ici tant que ce tireur sera en liberté.

— Vous ne trouverez aucun des dirigeants de la mine ici. Ils sont tous en réunion sur un autre site de la compagnie, plus au nord.

— J'obtiendrai le feu vert de la police au besoin. Je fais boucler le camp jusqu'à nouvel ordre.

Je me suis relevée et Gabe m'a saisi le bras en constatant que je ne tenais pas sur mes jambes.

— J'ai besoin d'un téléphone, d'un cachet d'aspirine, et d'un verre de vin.

— Un verre d'eau serait plus indiqué. Vous avez attrapé une insolation et vos bras sont complètement brûlés.

Il a retourné mon avant-bras, dont la peau était écarlate. Ma nuque commençait à me démanger. Je suis retombée sur les marches et le géant s'est assis à côté de moi.

— Vous n'avez pas trouvé trace d'Amy en ville ?

— Non, a-t-il répondu. Plusieurs personnes l'ont vue acheter de quoi manger, ensuite elle a regagné le camp dans une voiture. Un mineur l'a vue se diriger vers son donga, et puis plus rien.

J'ai voulu me calmer en me remplissant longuement les poumons d'air. Depuis l'arrestation de Sam, j'étais constamment à la limite de vomir. Le coup de soleil et l'inquiétude liée à la disparition d'Amy n'arrangeaient rien.

— Je n'arrive pas à croire qu'on ait pu l'enlever sous mon nez. Comment n'ai-je pas compris qu'elle offrait une cible de choix au tueur ? Celui-là, je n'aurais jamais dû le laisser filer, tout à l'heure. J'aurais dû tout tenter pour voir à quoi il ressemblait.

— Comment pouvez-vous être sûre qu'il s'agissait de votre homme, Harry ?

Je lui ai lancé un regard si dur qu'il s'est défendu en levant les mains, ajoutant :

— Je me fais l'avocat du diable. Il pouvait très bien s'agir d'un abruti d'ermite énervé par votre présence sur son territoire, ou bien encore d'un Soldat de la Terre désireux de vous effrayer.

— Il n'a pas cherché à nous effrayer, Gabe. Il a voulu nous tuer. Plusieurs balles se sont écrasées *à mes pieds*. Et Whitt a été blessé.

— Je suis désolé, s'est excusé Gabe. Je tenais à vérifier toutes les hypothèses. Mes patrons vous poseront les mêmes questions demain. Ils vous laisseront entendre, comme pour Hon, Danny et Tori, que vous faites une montagne d'une taupinière.

— Et je serai trop heureuse de tordre le cou de ces connards.

Ma réaction a provoqué son hilarité.

— Ce qui n'arrangera pas vos affaires.

Je me suis frotté les yeux.

— Je suis en train de perdre la boule. S'il arrive quoi que ce soit à Amy, ce sera de ma faute.

— Vous êtes toujours comme ça, à vous en vouloir de tout ? a voulu me rassurer Gabe en me saisissant la main.

C'est tout juste si j'ai pris garde à son geste.

— Je ne sais pas. J'ai l'impression d'avoir la scoumoune, en ce moment. Je mets en danger tous ceux que j'approche.

— Le risque en vaut la chandelle.

J'ai été tentée de retirer brutalement ma main de la sienne. J'ai passé ma vie à fuir la moindre marque de gentillesse. J'ai fait ça avec les parents d'accueil qui s'intéressaient vraiment à moi, avec les petits copains que je larguais sans un mot d'explication dès que ça devenait sérieux, avec les patrons qui prenaient sous leur aile la fille au caractère de chiotte que j'étais. Au fond de moi, j'étais convaincue de l'innocence de Sam, et de ma responsabilité dans ce qui lui arrivait. C'était forcément moi qui lui portais la poisse. J'étais toxique.

53

Tout en sachant ce qui nous attendait si Lavacherie nous prenait en flagrant délit, Gabe et moi sommes partis nous promener dans le désert à la nuit tombée. Les étoiles brillaient dans un ciel sans nuage et la chaleur de cette journée torride était à peine moindre. Nous avons marché un bon moment en silence, Gabe m'avait pris la main aussi naturellement qu'il l'avait fait sur les marches de mon donga. J'éprouvais un sentiment d'excitation, mais aussi d'angoisse au souvenir de la dernière fois où je m'étais promenée au bras de quelqu'un. Mon corps se rebellait à la seule pensée des hommes avec qui j'étais sortie. Des bribes de ciel mauve flottaient au-dessus de l'horizon, telles des écharpes de brume, en mémoire du coucher de soleil.

Nous nous sommes assis sur un rocher plat encore tiède afin de voir se lever la lune.

— S'il avait l'intention de vous abattre, comment se fait-il que vous soyez en vie ? m'a brusquement demandé Gabe.

J'ai longuement réfléchi avant de répondre. De façon absurde, ce n'était pas l'idée d'avoir frôlé la mort qui me terrorisait, mais celle de tenir dans la mienne la main d'un inconnu.

Le mieux était encore d'en rire.

— J'ai été sauvée par mon agilité légendaire.

Il a ri.

— Whitt est agile, lui aussi ?

— Pas du tout, mais il a de la chance.

Sa confession m'est revenue en mémoire. Je me suis demandé comment il s'en tirait, au dispensaire. Quand je l'y avais laissé, un peu plus tôt, les infirmières l'aidaient à se déshabiller.

Gabe a brusquement remarqué la présence de mon arme dans le creux de mes reins.

— Vous l'emportez toujours avec vous ?

— À compter de maintenant, j'en ai bien l'intention.

J'ai caché la crosse du pistolet sous le rabat de mon tee-shirt.

— J'imagine que plus d'un type qui voulait vous mettre la main aux fesses a eu des sueurs froides en découvrant un Glock à la place.

— Dans le milieu d'où je viens, on met rarement la main aux fesses des filles.

— C'est différent en pleine brousse, a souri Gabe.

— Vous devriez prévenir tout le monde. On évite de mettre la main aux fesses de Harry. Ou à celles de Whitt. Lui aussi est armé.

— Je veillerai à me montrer prudent.

— Je crois que c'est un type bien. Mais comment en avoir la certitude ? J'ai du mal à me fier aux autres en pareil cas.

— Il est déjà difficile de se fier aux autres en temps normal, a approuvé Gabe. Chat échaudé craint l'eau froide. On devient prudent.

Je me suis tournée vers lui.

— C'est l'expérience qui parle ?

Il s'est renfrogné.

— Vous tenez vraiment à vous aventurer dans la sphère personnelle ?

— Vous ne vous gênez pas avec moi, d'habitude.

Son regard s'est perdu à l'horizon tandis que la brise nocturne faisait voler ses mèches.

— Je suis venu ici avec l'intention de foutre mon couple en l'air.

54

Mon malaise s'est accentué. Mon instinct me soufflait que j'avais tort de baisser la garde avec ce type-là, que je serais contrainte de lui révéler une partie de mes secrets s'il me dévoilait les siens.

— On a connu une belle histoire, en fait, a poursuivi Gabe en étendant les jambes. Je me suis dit qu'elle était presque trop belle pour être vraie, quand mon père l'a racontée, le soir de notre mariage… Ma future femme et ses copines se rendaient à un vernissage quelconque, sur leur trente et un, quand je les ai repérées en passant en voiture. On aurait dit qu'elles sortaient des pages d'un magazine, j'ai bien failli m'emplafonner un camion. Au même moment a éclaté une averse.

Je n'ai pu m'empêcher de sourire.

— Oh non !

— Je leur ai crié de monter en les voyant paniquer comme des pintades en pleine tempête de grêle. Comme elles n'avaient nulle part où s'abriter, elles n'ont même pas réfléchi, elles se sont précipitées dans ma voiture.

— Sans se soucier que vous puissiez être un dangereux prédateur ?

— Il faut dire que je portais mon uniforme de chez McDo.

J'ai éclaté de rire.

— Quoi ? Mais quel âge vous aviez ?

— Dix-neuf ans.

Mes crampes d'estomac commençaient à s'estomper.

— Michelle est montée à l'avant et, au moment de la déposer avec ses copines devant la galerie où se déroulait le vernissage, je lui ai demandé si elle ne préférait pas que je l'emmène manger une glace et elle a dit oui. J'ai décidé de ne pas aller bosser et nous sommes partis ensemble.

— C'est vrai que votre histoire est un peu tirée par les cheveux.

— Surtout quand on sait que je l'ai épousée un an plus tard.

Un silence triste s'est installé entre nous.

— Elle était trop bien pour moi. Je l'ai su le soir où je l'ai rencontrée et ça ne s'est pas démenti par la suite quand on s'est fiancés et mariés. Elle a choisi de s'installer dans un pavillon de banlieue avec un petit employé un peu rustre alors qu'elle aurait pu passer sa vie à siffler du champagne en compagnie de vedettes de l'écran, comme elle en avait l'habitude dans son milieu.

Il a poussé un soupir.

— Elle n'a vraiment changé qu'après la naissance de notre seconde fille. Elle a commencé à sortir souvent, on passait notre temps à s'engueuler, et elle en est arrivée à me détester.

— Waouh.

— Je me suis dit que ça lui faciliterait la vie si je m'en allais.

— Alors vous vous êtes engagé ici.

— Ouais, et au bout d'un moment je ne suis plus retourné chez moi. J'enchaînais les missions et je ne l'appelais même plus. Je lui ai donné la possibilité de s'en aller et elle a saisi sa chance.

— Vous continuez à voir vos enfants ?

— Chaque fois que je peux. Je me dis que c'est aussi bien pour eux. Et pour Michelle. Elle a repris des études de droit.

— Ce n'est pas la fac de droit qui vous réchauffe la nuit.

Un sourire a éclairé son visage.

— C'est sûr. Je me dis qu'elle doit être gelée.

Il s'est essuyé le front.

— Pas comme moi.

J'ai laissé échapper un rire franc, ce qui m'arrive rarement en présence d'inconnus. Il a ri à son tour et m'a prise contre lui en passant un bras autour de mes épaules. J'ai fermé les yeux et mes intestins se sont noués de plus belle sous l'effet conjugué de l'excitation et de la peur en sentant ses lèvres se poser sur les miennes.

Alerte. Sonnette d'alarme. Abri antiatomique. J'ai vu défiler devant moi une longue série d'images.

Sam. Les filles assassinées. Danny. Hon. Tori. Amy. Whitt. Les galeries de mine s'enfonçant dans le noir. *Mais laisse-toi aller, putain de merde.*

Je me suis glissée sur ses genoux avant d'enfouir mes doigts dans ses cheveux moites. Il m'a serrée contre lui à m'étouffer.

— Mon Dieu, a-t-il murmuré, le front collé au mien.

J'ai passé mes bras autour de son cou.

55

À quoi tu joues, bordel?

J'errais à travers le camp en sillonnant le quartier des baraquements, sans but précis, dans l'espoir de ne plus penser. J'étais tellement hébétée par ce qui venait de m'arriver que je m'arrêtais régulièrement pour regarder les étoiles.

C'est quoi, ces conneries?

Tu couches avec un type au beau milieu d'une enquête. Un type que tu connais à peine, en pleine enquête.

Dans un coin paumé en plein désert, alors que Sam risque perpète et qu'un cinglé tire les mineurs comme des lapins et nous prend pour du vulgaire gibier, Whitt et moi.

Quand j'ai enfin recouvré mes esprits, je me trouvais devant l'entrée de la mine. Un camion surmonté d'un gyrophare est passé près de moi en faisant naître des reflets orangés sur les parois rocheuses. J'avais le souvenir ténu d'avoir entraperçu Lavacherie au cours de mon errance, en train de fumer une cigarette au pied de la grue. Je l'avais vu sans le voir, dans ma détresse.

J'ai soudain su ce qui m'avait attirée jusque-là : c'est ici que j'avais vu Amy pour la dernière fois. Faute d'arriver à dormir, autant poursuivre mes recherches dans le coin, quitte à être virée par les mineurs si ma présence gênait les travaux. Le mieux était encore de donner l'impression de savoir où j'allais, pour qu'on me laisse tranquille. J'ai pris un casque de chantier à l'entrée et signé le registre d'un air dégagé avant de m'enfoncer dans les galeries.

Je dévisageais soigneusement tous ceux dont je croisais la route en leur adressant gravement un signe de tête. *Circulez, y a rien à voir, j'ai rendez-vous avec un témoin.* La jeunesse de tous ces types m'a frappée. Comment des parents pouvaient-ils laisser leurs fils et leurs filles travailler dans des conditions aussi précaires, loin de tout ? Peut-être était-ce une façon pour moi d'idéaliser les parents. Comment aurais-je pu savoir ce que ressentait une fille à l'heure d'entrer dans l'âge adulte ? Je n'avais jamais eu l'occasion d'appeler ma mère pour lui dire que j'étais bien rentrée après une soirée. Je n'avais pas eu de mère pour meubler mon premier appartement.

Si j'avais eu de vrais parents, je ne sais pas comment ils auraient réagi en apprenant que Sam était sous les verrous, que mes collègues au sein de la police accumulaient les preuves contre lui.

Je les imaginais terrorisés en découvrant une meute de journalistes sur le pas de leur porte.

Je me voyais en train de les protéger contre les médias. Je m'entendais leur dire de n'ouvrir à personne, de ne pas écouter les horreurs débitées aux infos. J'aurais été leur héroïne en ces temps troublés.

À ceci près que j'étais toute seule, que personne ne m'aidait à décider du meilleur moyen de gérer la crise – au point que je n'avais rien décidé du tout, jusqu'à présent. Le Vieux m'avait expédiée au milieu de nulle part et j'avais bien failli être abattue en compagnie de mon collègue, avant de sauter sur le premier type qui avait sorti une vanne à peu près potable en ma présence.

Un cri a interrompu mon autocritique. Un cri de surprise suivi d'un hurlement, après une courte pause.

Je me suis figée sur place. J'avais parcouru une distance respectable à l'intérieur de la mine, seule dans l'une des galeries principales éclairée. La longue rangée d'ampoules jaunes éclairait faiblement l'entrée d'un boyau exploratoire barré par des poutres sur lesquelles était fixée une pancarte « DÉFENSE D'ENTRER ».

J'ai cherché à fouiller des yeux la pénombre du tunnel, au-delà de la barrière en bois. Avais-je vraiment entendu un cri, ou bien était-ce le fruit de mon imagination ?

J'ai voulu allumer ma lampe de casque. Elle ne fonctionnait pas. Sans doute avais-je pris un casque qui attendait d'être rechargé. J'ai regardé les alentours, histoire de me repérer avant d'aller chercher de l'aide.

Un nouveau cri a retenti et j'ai sorti mon arme.

56

Je te tuerai ! Je te tuerai, espèce de salopard !

Les mots se réverbérèrent sur les parois du boyau plongé dans l'obscurité. Le Soldat vit l'inspecteur retirer le cran de sûreté de son pistolet de l'autre côté de la barrière et il remit en route le petit enregistreur qu'il tenait à la main.

Le cri d'Amy traversa l'air.

À l'aide ! Au secours !

— Qui est là ? fit la voix de Blue.

Le Soldat recula silencieusement et se dissimula dans un recoin. Une fois dans le noir, il ajusta ses lunettes de vision nocturne et les alluma.

Il la vit émerger d'un brouillard vert. Elle avançait lentement, posant un pied devant l'autre, arme en avant, serrée dans ses deux poings, avec détermination. Le Soldat était tout excité à l'idée de la voir de cette façon-là, prête à l'attaque. Il s'enfonça dans le tunnel à reculons en enchaînant les grandes enjambées de façon à mettre de la distance entre lui et Blue. Estimant qu'il se trouvait assez loin, il relança l'enregistreur.

À l'aide ! Au secours !

Il se colla contre la paroi et la vit tâtonner dans sa direction. Elle desserra l'étau de l'une de ses mains pour se guider dans le noir. Il remarqua qu'elle tremblait légèrement, le reste du corps tendu à craquer. Il vit les muscles de son cou se raidir, une veine se gonfler sur sa tempe. Elle était tout près à présent, ses yeux dessinaient deux trous clairs dans son champ de vision. Il dut se contrôler pour la laisser passer à côté de lui sans tendre la main. Lui donner une pichenette. La pincer.

Il n'avait pas respiré assez silencieusement car elle se retourna d'un bloc en le cherchant de la main dans le noir.

— Où êtes-vous ? demanda-t-elle.

— Ici.

Le Soldat la fit tomber d'un coup de pied au tibia, suivi d'un coup à la tête. Le pistolet vola. En boxeuse émérite, elle ne resta pas longtemps prostrée. Elle bondit sur ses jambes et il ne put s'empêcher de laisser échapper un petit rire en roulant dans la poussière avec elle.

Une vraie petite tigresse, incapable de résister à l'appel d'une bonne bagarre.

Mais ce n'était pas elle qui avait la main.

Le Soldat saisit la torche accrochée à sa ceinture et lui en asséna un grand coup sur le crâne.

Le choc la souffla comme une chandelle.

57

L'art de la guerre est complexe et peu de personnes l'appréhendaient aussi bien que le Soldat. Il remonta lentement la galerie en traînant par les chevilles l'inspecteur Blue, plongée dans l'inconscience. Il se retourna brièvement afin de la regarder, comme s'il pouvait lui parler, partager ses pensées avec elle. Les bras de sa proie rabotaient le sol caillouteux derrière elle.

Il se fit la réflexion que la guerre était aussi une science, à bien des égards. Une somme de calculs stratégiques. Un équilibre entre risque et récompense. Un ensemble de probabilités, la bonne gestion des informations. Des milliards de paramètres permettaient de juger la guerre, d'opposer les conditions environnementales idéales aux atouts apportés par la technologie, d'allier entraînement et leadership. C'était toutefois les nuances morales liées à la guerre qui intéressaient avant tout le Soldat. La façon dont la fidélité et la loyauté pouvaient s'épanouir ou se déliter sur le champ de bataille. La guerre créait autant de héros que de traîtres.

Le monde avait besoin de guerres.

Tout en traînant sa victime jusqu'au bord du puits, le Soldat réfléchissait aux décisions cruciales qu'il allait devoir prendre. *Cet homme mérite-t-il la mort ?* Il s'était posé la question des centaines de fois au combat. Il avait investi des tranchées et des bunkers en tirant à tout-va sous un déluge de balles, de la poussière plein les yeux et du sang plein sa veste, au milieu d'une tempête de cris.

Ses hommes et lui avaient nettoyé des maisons pièce par pièce en massacrant l'adversaire. Il lui était arrivé de découvrir à ses pieds un soldat ennemi en train de se débattre, une balle dans le ventre.

Cet homme mérite-t-il la mort ?

Parfois, il avait tiré. En d'autres occasions, il avait laissé l'ennemi à sa souffrance. Parfois, parce qu'un détail lui plaisait – la tenue de son adversaire, la façon dont il encaissait la douleur, le courage avec lequel il s'était jeté devant les femmes présentes dans la pièce au moment de la fusillade –, il s'éloignait sans appuyer sur la détente.

Il se pencha sur Harriet Blue, qui commençait à reprendre connaissance. Il la tourna de côté, saisissant sa tête couverte de sang. La jeune femme tâtonna dans le noir, se releva d'un bond en se souvenant brusquement où elle était, mains en avant, sans vraiment comprendre ce qui s'était passé.

Mérite-t-elle de mourir ?

C'était un adversaire digne de son admiration et il avait grand plaisir à jouer avec elle.

Avant qu'il ait pu prendre une décision, elle se rua sur lui. Il l'attrapa par les cheveux, la projeta à terre et l'immobilisa de tout son poids, puis il alluma sa torche en veillant à ce qu'elle voie bien le puits au bord duquel elle se trouvait.

Voilà ce qui t'attend, salope.

Alors il la souleva et la précipita dans le vide.

58

Mes doigts ont agrippé des poignées de terre meuble avant de se refermer sur une planche en bois fixée sur le rebord du puits. J'ai tenu bon, les jambes dans le vide.

— Espèce de lâche ! Tu n'es qu'un tas de merde et un lâche !

Mes bras tremblaient. Je savais qu'il était toujours là, dans le noir. S'il m'écrasait les phalanges avec ses rangers, c'en était fini de moi. Je disparaissais à jamais dans l'abîme.

J'ai entendu la voix d'Amy dans ma tête.

« Les trous noirs. Certains sont profonds de plusieurs kilomètres. »

L'écho de mes propres cris se répercutait encore dans les profondeurs insondables du puits. Accrochée à la vie par un fil, j'ai attendu qu'il m'achève.

Entre deux respirations saccadées, j'ai entendu le bruit de ses pas qui s'éloignaient dans le noir. Savoir qu'il n'était plus là m'a donné la force de trouver un appui pour mes pieds le long de la paroi et me hisser péniblement hors du trou. Allongée sur le ventre dans le tunnel, à bout de souffle, je continuais de m'accrocher à la terre comme si je pouvais encore tomber. Je savais que les parois de la galerie répercuteraient mes cris jusqu'à lui.

— Je vais te retrouver ! Je finirai par t'avoir, salopard !

59

J'ai repoussé les mineurs des deux sexes qui m'entouraient à l'entrée de la mine. À leur air horrifié, je ne devais pas être belle à voir. Sourde à leurs questions, je me suis dirigée vers notre donga. Quelqu'un avait déjà prévenu Whitt car il est sorti précipitamment du baraquement dans son pyjama à rayures, le bras entouré d'un épais pansement.

— Mon Dieu, Blue ! Tu es…

— Je ne suis rien du tout. Il est là. Il m'a… j'étais avec lui, dans la mine.

Je ne parvenais pas à retrouver ma respiration, les poumons douloureux. Je me suis frappé la poitrine du poing afin de forcer l'air à circuler.

— Un puits dans une galerie. Le tueur.

J'avais vu suffisamment de personnes sous l'effet du choc dans mon métier pour reconnaître les symptômes, même si chaque individu réagit à sa façon. Certains ont le hoquet, d'autres claquent des dents ou s'écroulent, paralysés. Le corps est incapable de gérer le trop-plein de peur, le surplus d'adrénaline dans les veines. J'ai été prise d'une quinte de toux.

— Assieds-toi, Blue.

— Pas le temps. Le tueur. Il est là.

— Assieds-toi !

— Vite… une radio !

Whitt m'a attrapée par les épaules et m'a forcée à le regarder dans les yeux en me parlant très lentement.

— Harry, tu as un trou dans le crâne gros comme mon doigt.

Il a brandi son index sous mon nez.

— Ah…

Je me suis assise sur les marches du donga pendant que Whitt se précipitait à l'intérieur et me rapportait une serviette éponge que j'ai posée sur mon front. Je ne sentais rien, l'adrénaline s'était chargée de museler la douleur. J'avais froid partout, en revanche.

— Que veux-tu que je fasse ? m'a-t-il demandé.

— Fais évacuer la mine et boucler le camp. Contacte les patrons et donne-leur l'ordre de rentrer illico. Appelle les secours et trouve-moi Gabe. Il pourra nous aider.

Whitt est parti chercher son téléphone au pas de course dans le donga. La nouvelle de mon agression s'était répandue comme une traînée de poudre, les mineurs sortaient les uns après les autres de leurs baraquements pour observer la scène. J'ai vu les visages de deux Bilbis apparaître derrière un carreau en face de moi. Je leur ai adressé un petit signe de la main, infichue de savoir si j'étais gênée ou furieuse. En baissant les yeux, j'ai constaté que ma chemise et mon pantalon étaient couverts de sang.

60

J'ai attendu l'arrivée des secours sur les marches du baraquement. C'était encore le meilleur moyen de signifier aux mineurs qu'il y avait un assassin parmi eux, qu'il était temps de prendre cette histoire au sérieux.

Mes vêtements étaient couverts de terre et mon visage n'était plus qu'un masque de sang. Quand les secouristes ont achevé de me nettoyer sommairement le cou et les joues, leurs lingettes stérilisées étaient rouge vif.

— Primo, a déclaré l'infirmière qui me recousait le cuir chevelu, c'est complètement idiot de refuser de vous rendre au dispensaire. Il est indispensable de nettoyer convenablement votre plaie.

J'ai serré les paupières.

— C'est bon. Je n'ai jamais entendu parler de gens qui mouraient pour avoir un peu de terre dans une blessure.

— Il ne s'agit pas uniquement de ça, a-t-elle insisté en tirant sur le fil afin de refermer les bords de la coupure. À cette heure, vous devriez vous trouver à bord d'un hélico à destination de l'hôpital de Perth.

Vous devez impérativement passer une IRM, au cas où vous auriez une fracture du crâne.

— Je n'ai pas de fracture du crâne.

— Comment pouvez-vous le savoir, petite maligne ?

— J'en ai eu trois sur le ring. Je sais ce que c'est.

— Vous faites de la boxe ? Voilà qui explique tout.

J'ai vu apparaître Gabe dans mon champ de vision.

— Putain de merde ! s'est-il exclamé en voyant ma plaie à la tête.

— Rien de grave.

Ce n'était pas ça qui m'inquiétait, j'en avais vu d'autres. La tronche que faisait Gabe m'a rappelé ma jeunesse. Une femme qui s'est bagarrée a toujours l'air en moins bon état qu'un mec. Ce n'est jamais beau à voir.

L'infirmière m'a lâché la tête, les points de suture posés, et j'ai fait craquer mon cou. Whitt a rejoint Gabe au même moment, en compagnie d'un type en pantalon de ville et chemise blanche.

— Harry, je te présente David Burns, le responsable de service à la mine ce soir.

Je lui ai tendu une main pleine de sang qu'il a regardée avec horreur sans la prendre.

J'ai laissé échapper un ricanement en faisant retomber mon bras.

— Après l'accueil chaleureux que vous nous avez réservé à notre arrivée, ça ne m'étonne pas de vous voir aussi aimable.

— Je m'excuse, madame Blue, mais la direction est particulièrement sollicitée ces temps-ci.

— Je vous demanderai de m'appeler inspecteur.

— Je suis atterré par ce qui vous arrive, a enchaîné Burns en attardant son regard sur ma plaie à la tête. Je me trompe, ou bien est-ce le fait d'un mauvais hasard que vous vous trouviez à l'intérieur de la mine sans accompagnateur ?

— Le hasard n'avait rien à voir là-dedans. Je m'y suis rendue en toute connaissance de cause. J'ai sollicité votre aide pour retrouver Amy King il y a plus de neuf heures et aucune opération de recherche n'a été entreprise. Le fruit du hasard, sans doute.

Burns a bombé le torse.

— Je n'ai pas envoyé d'équipe de recherche, madame Blue, parce que nous n'avions aucune preuve tangible de…

— Nous en avons à présent. J'ai vu la casquette de Hon.

Gabe et Whitt ont échangé un regard.

— Avant de me jeter dans le puits, le tueur a eu l'obligeance d'allumer sa torche, histoire de bien me montrer comment j'allais terminer ma carrière. En regardant dans le vide, j'ai aperçu une casquette ornée du drapeau australien accrochée à une racine ou un repli de roche. La même casquette que Hon Lu porte sur une photo retrouvée sur la scène de crime.

Burns a affiché une moue moqueuse.

— Vous parlez de sa chambre, je suppose ?

— Exactement. En cas de meurtre, le dernier endroit où la victime a été vue vivante est une *scène de crime.* Ne vous en déplaise.

Whitt s'est avancé, l'air gêné.

— Très bien, a-t-il décidé. Le mieux est encore de fermer la mine le temps de s'assurer que tout le monde est en sécurité et d'aller jeter un coup d'œil dans ce puits.

— Le mieux est encore de ne rien faire, monsieur Whittacker, a rétorqué Burns, les mains dans les poches. Cette enquête relève de la farce depuis le début. Tout le monde est en sécurité. Monter une mission d'exploration à la recherche de je ne sais quels indices relève de l'absurdité.

— Ce ne sont pas de vulgaires indices, mais des *corps*, espèce d'abruti. Je suis persuadée que les cadavres de Tori et Hon se trouvent au fond de ce puits. Peut-être même celui d'Amy. Et si vous refusez de donner votre feu vert, je suis prête à descendre moi-même s'il le faut.

— Madame Blue, je vous rappelle que vous avez été grièvement blessée à la tête. Je ne sais pas exactement ce que vous avez cru voir…

— Appelez-moi inspecteur, espèce de babouin sans couille !

L'infirmière a pouffé bruyamment avant de dissimuler son sourire.

— Toutes ces histoires ne tiennent pas debout, a insisté Burns. Vous vous êtes aventurée sans autorisation et sans escorte dans une zone réglementée en mettant mes équipes en danger, en plus de vous-même, tout ça pour inventer un agresseur fantôme que vous n'avez même pas vu alors que vous affirmez avoir remarqué une casquette dans un puits…

Je me suis tournée vers Whitt d'un air calme.

— Si tu n'ôtes pas ce type de ma vue immédiatement, je l'étrangle avec sa cravate.

Whitt a saisi Burns par les épaules et l'a entraîné loin de moi.

— Monsieur Burns, je vous propose de poursuivre cette conversation par ici…

J'ai tressailli en sentant la main de Gabe se poser sur mon épaule.

— Le reste de l'équipe dirigeante rentre demain matin. Le mieux est encore d'attendre leur retour.

— Attendre ?!! Bien sûr ! On expliquera aux parents qu'on a attendu sagement pendant que leur môme disparu gisait au fond d'un trou !

— Ce n'est pas moi qu'il faut convaincre, je le suis déjà.

— Ravie de voir que je ne suis pas seule sur ce coup. Cet endroit est… inhumain. Si la direction refuse de coopérer, Gabe, d'autres personnes vont mourir. J'en ai la conviction.

61

Je me suis acharnée sur le sac de frappe avec beaucoup de satisfaction en imaginant qu'il s'agissait du visage de mon adversaire. M'entraîner me lavait la tête. J'assommais Nigel pour avoir arrêté mon frère, je frappais Lavacherie pour me traiter en gamine, j'enfonçais mon poing dans les reins de Burns en l'imaginant en train de s'écrouler à mes pieds, plié en deux de douleur.

En me retournant pour prendre ma bouteille d'eau, j'ai constaté la présence à l'entrée de la salle de loisirs de trois mineurs qui m'observaient. J'ai craché par terre.

— Vous voulez ma photo ?

Ils sont partis sans demander leur reste.

En regagnant le donga, j'ai aperçu Shamma en compagnie d'une autre militante écolo près du grillage. À l'abri derrière un chariot élévateur géant, elles scrutaient le camp à l'aide de jumelles. Elles ont fait un bond quand j'ai surgi devant elles.

— Mesdames.

— Vous nous avez fait une peur bleue ! s'est écriée Shamma. Qu'est-ce que vous avez à la tête ?

— Notre suspect m'a gentiment assommée. Vous n'étiez pas dans les parages hier soir, par hasard ?

Les deux filles se sont regardées. Shamma ouvrait la bouche pour parler quand sa copine l'a devancée.

— Océane nous interdit de vous aider dans votre enquête.

— Quoi ?!!

— Il faut qu'on y aille.

La fille a tiré Shamma par la manche, mais l'écolo aux dreads violettes l'a repoussée.

— Je ne sais pas qui c'est, a-t-elle murmuré en fixant ses sandales, mais ils ont tué Danny.

— Vous sortiez avec lui ?

— Oui, vaguement, a avoué Shamma en croisant mon regard, les doigts agrippés aux mailles en losange de la clôture.

Je l'ai incitée à poursuivre d'un regard.

— Océane et deux types de la bande faisaient du *looping* hier soir en filmant pour le blog, m'a-t-elle glissé dans un souffle. Mais je doute qu'ils soient d'accord pour vous montrer les images. Ils sont persuadés que vous cherchez à nous coincer.

62

Penchée au-dessus de l'écran de mon téléphone, assise à côté de Whitt, j'effectuais des recherches Internet en attendant que les dirigeants de la mine sortent de réunion.

— Ah, voilà ! « *Looping* : terme associé à la mouvance écologiste désignant la pratique qui consiste à enchaîner et cadenasser des machines nuisant à l'environnement. »

— Les petits malins, a réagi Whitt.

Je n'ai pas pu m'empêcher de poursuivre mes recherches en m'intéressant cette fois au sort de Sam. En attendant de l'inculper officiellement, la justice se montrait discrète, mais il y a toujours des fuites en pareil cas.

Les quelques gros titres que j'ai découverts m'ont laissé un goût amer dans la bouche.

BLUE PLEURE PENDANT SA GARDE À VUE, SELON SES GARDIENS

« IL A PROMIS DE ME TUER » : L'UNE DES VICTIMES DE BLUE RACONTE SON CALVAIRE

UN PARENT ADOPTIF DE BLUE AFFIRME QU'IL TORTURAIT LES ANIMAUX ET MOUILLAIT SES DRAPS À L'ADOLESCENCE

J'ai cliqué sur le dernier lien avant de me reprendre. Ce n'était pas le moment. Ces conneries allaient me mettre en pétard et j'avais besoin de garder mon sang-froid si j'entendais convaincre les patrons de la mine d'entreprendre des recherches.

— J'en ai assez de jouer les collégiennes devant la porte du principal.

Je me suis levée et j'ai fait une entrée fracassante dans la salle de réunion où siégeait un aréopage de douze hommes et femmes en tenue sombre. Burns, debout, s'adressait à ses collègues :

— … de la pure fiction.

Il a bien failli s'étrangler en me voyant.

Gabe, qui survenait au même moment, s'est arrêté devant Whitt.

— Je suis en retard ? s'est-il inquiété.

— Non, a soupiré Whitt. Vous arrivez juste à temps pour assister au show de Harry.

— Bonjour, tout le monde ! Quel joyeux spectacle. Bravo. Félicitations pour ces jolies boucles d'oreille, madame. Très élégantes. Je suis ravie de voir que vous avez trouvé le temps de vous mettre sur votre trente et un ce matin en prévision de cette réunion alors que les corps de quatre de vos employés pourrissent tranquillement sous terre en attendant qu'on veuille bien les récupérer.

— Mon Dieu, a blêmi la femme aux boucles d'oreille, la main crispée sur sa poitrine, en se tournant vers Burns. C'est la vérité ?

— Vous avez la preuve flagrante de ce que je vous expliquais, a réagi Burns en levant les yeux au ciel.

Je leur ai montré la porte.

— On poireaute dehors depuis vingt minutes pendant que des parents attendent de savoir ce que sont devenus leurs enfants. Serait-ce trop vous demander de vous sortir les doigts du cul et de donner votre feu vert à l'organisation des recherches ?

— Nous devons prendre la mesure de la situation, madame Blue, m'a répondu un personnage âgé en écartant les mains. M. Burns nous fournissait tous les détails, et nous avons cru comprendre que toute cette affaire était liée à la disparition d'un certain Danny Stanton. C'est bien ça ?

— Merci de m'appeler *inspecteur*. Stanton a effectivement disparu, mais c'est aussi le cas de Hon Lu et des sœurs King, Tori et Amy.

— La police de Perth m'avait laissé entendre que rien ne prouvait qu'il soit arrivé quoi que ce soit à ces employés.

Il a dévisagé ses collègues l'un après l'autre.

— On nous a notamment expliqué que Hon Lu s'inquiétait de voir les militants écologistes piller notre local à provisions, ce qui l'a incité à quitter la mine faute d'avoir réussi à briser leur élan. Tori King, de son côté, serait partie à la suite de déboires sentimentaux, poussant sa sœur à se lancer à sa recherche. Quant à Daniel Stanton, si une partie de sa dépouille a été retrouvée, rien n'indique qu'il ait été victime…

— Victime d'un acte criminel, c'est ça ?

Je lui ai montré mon crâne blessé.

— Et ça, ce n'est pas un acte criminel, peut-être ?

— Si, bien sûr. David nous a fait part de votre… affirmation selon laquelle vous auriez été agressée par le meurtrier supposé des disparus. Madame Blue, je me vois contraint de vous poser la question…

— Si quelqu'un m'appelle encore « madame Blue », je fais un malheur.

— Comme si ce n'était pas déjà le cas, a souri Burns d'un air méprisant.

— Oh non, mon chéri. Si c'était le cas, vous le sauriez.

— Sans la moindre confirmation de vos affirmations, *inspecteur*, je crains de ne pouvoir autoriser des recherches coûteuses en temps comme en moyens concrets, a décidé le vieil homme en croisant les mains sur la table. La mine a été fermée cinq heures durant cette nuit à la suite de votre… accident, ce qui nous a coûté la bagatelle de 75 000 dollars. Si l'on ajoute à cela les problèmes rencontrés tôt ce matin du fait de militants écologistes, vous comprendrez notre impatience à reprendre nos activités minières. Aucun élément concret ne permet de penser que Daniel Stanton et les autres personnes dont vous avez évoqué les noms ont été victimes de quiconque, sur le site comme à l'extérieur. C'est comme ça.

— Ah, c'est comme ça ?

Tous les regards étaient braqués sur moi, je me trouvais face à un mur en costume cravate et robe de soie. Seul le plus jeune de la bande donnait le sentiment d'éprouver de la honte. J'ai vu dans sa réaction un maigre triomphe personnel qui m'a permis de quitter la pièce sans assommer quiconque.

J'ai entendu le battant se refermer derrière moi et quelqu'un donner un tour de clé.

Whitt et Gabe n'ont même pas eu le temps d'ouvrir la bouche. Après avoir un coup d'œil dans leur direction, je me suis retournée d'un bloc et j'ai rouvert la porte à la volée d'un coup de pied magistral.

63

La femme aux boucles d'oreille a poussé un hurlement et quatre ou cinq des présents se sont levés précipitamment. Ils étaient tous sous le choc, bouche bée. Aucun d'eux n'avait assisté à la moindre scène de violence depuis une éternité. Je pariais sur l'effet de surprise.

Le plus jeune du lot dissimulait mal son admiration. Whitt s'est précipité en bredouillant des excuses, mais je l'ai fait taire d'un regard sans réplique.

— Je suis la sœur de Samuel Jacob Blue.

Burns a bondi de son siège, le visage cramoisi.

— De quoi parlez-vous ?

— Nom de Dieu ! s'est écrié le jeune administrateur. Samuel Jacob Blue ? Mais c'est le tueur de la Georges River.

Apparemment, aucun de ses pairs n'était au courant.

— On ne parle que de ça aux informations. Un tueur en série récemment arrêté à Sydney.

— Mon supérieur m'a envoyée en mission dans ce trou du cul oublié des dieux pour m'éviter d'être prise d'assaut par les représentants de la presse. Mon frère a été arrêté il y a cinq jours pour le viol et le meurtre de trois femmes, et ce n'est que le début. Jusqu'à présent, j'ai tenu à distance la meute des journalistes qui m'inondent de messages et de mails. À l'heure qu'il est, les médias du pays tout entier se damneraient pour obtenir une déclaration de ma part.

Du coin de l'œil, j'ai vu que Gabe m'observait, les yeux écarquillés. Autant ne pas réfléchir à tout ce que je sacrifiais en révélant la vérité à ces gens. Autant ne pas penser à la réaction des mineurs lorsqu'ils apprendraient la vérité, ou à celle de Richie et sa bande. Mon seul but était de retrouver les corps des disparus et c'était clairement le désespoir qui me poussait à une telle extrémité.

— Si vous refusez d'organiser les recherches, j'appelle les journalistes et je leur dis où je me trouve. En moins de temps qu'il n'en faut pour le dire, votre mine va devenir le centre du monde. Si vous pensez que c'est moi qui les intéresse, attendez de voir leur réaction lorsqu'ils apprendront sur quoi j'enquête.

Dans le silence de mort qui a suivi ma déclaration, je me suis aperçue que je tremblais de rage.

Il me restait à espérer que ma menace fonctionne, car je n'avais plus les moyens de faire machine arrière.

64

J'ai aperçu Gabe de loin au milieu de la foule de ceux qui s'étaient rassemblés à l'entrée de la mine, mais je ne lui ai pas adressé de signe et il n'a pas cherché à me rejoindre. Je ne savais pas quand nous aurions l'occasion de parler, j'imagine qu'il me le ferait savoir. J'avais honte de lui avoir sauté dessus en plein désert, de m'être servie de lui pour satisfaire mon besoin viscéral d'être étreinte, d'échapper à la réalité de mon existence. En le suivant des yeux, j'ai vu qu'il consultait son téléphone. Les gros titres de la presse, peut-être, à présent qu'il savait ? Ou bien il cherchait à se renseigner sur mon compte.

Sur les écrans des deux ordinateurs installés devant moi sur une table pliante défilaient les images des caméras envoyées explorer la mine où j'avais bien failli perdre la vie. J'avais parlé à Burns et ses équipes des cris entendus la veille au fond de la galerie abandonnée. Deux séries d'empreintes s'entrelaçaient sur le sable du boyau, on voyait très bien l'endroit où j'avais été attaquée par mon assaillant et une tache de sang marbrait la paroi rocheuse, mais Burns refusait toujours de me prendre au sérieux.

Penchés sur les écrans avec Whitt, nous avons vu les GoPro descendre lentement à l'intérieur du puits. Dans le faisceau de leur éclairage, j'ai constaté que la casquette aperçue la veille à quelques mètres de la surface seulement avait disparu.

— Je serais curieuse de savoir quelle est la profondeur de ce puits.

— Probablement de l'ordre de mille mètres, m'a répondu un jeune mineur. C'était à peu près la profondeur de nos excavations à l'époque où nous explorions ce coin de la mine.

— Si le puits ne s'est pas effondré, a rectifié l'un de ses collègues. Ces trous ne sont pas étayés.

Tout le monde fixait les écrans sur lesquels s'étalait la gueule noire du puits. Les mineurs qui entraient et sortaient de la mine s'arrêtaient, intrigués. Une forme a lentement émergé de l'obscurité. Sur la tache circulaire que dessinait le fond du trou apparut un objet tricolore.

— La casquette !

— Et pas le moindre corps, comme je l'avais dit, s'est empressé d'ajouter Burns d'une voix triomphante.

Il a aussitôt signalé aux autres administrateurs par radio que nous n'avions rien trouvé. La tension est redescendue d'un cran autour de moi, quelques personnes se sont éloignées.

— Pas si vite ! De quoi s'agit-il ?

J'ai tapoté d'un doigt l'écran sur lequel s'affichait une forme blanche oblongue à côté du chapeau. Les opérateurs de la caméra à l'intérieur de la mine, contactés par radio, ont descendu la GoPro de quelques centimètres et l'objet s'est précisé. Burns s'est approché à toucher l'écran.

— Un simple éclat de roche, a-t-il décrété.

— Au fond d'une galerie composée de roches brunes et noires.

Burns a serré les dents en se retournant vers moi, puis il a ramassé une pierre de couleur claire à nos pieds.

— Vous voyez ça ? a-t-il aboyé. C'est de la roche blanche.

Il a ramassé une poignée d'autres cailloux, histoire d'enfoncer le clou.

— Et ça aussi, c'est de la roche blanche. Il y a des pierres de toutes les putains de couleurs de l'arc-en-ciel, dans ce pays.

— Holà ! s'est énervé Whitt. Je vous demanderai de manifester un minimum de respect vis-à-vis de ma collègue.

— Du respect ?!!

— Oui, du putain de respect, a insisté Whitt en s'avançant, obligeant Burns à reculer. Votre ton ne me plaît pas. On peut être gentils, ou bien alors on peut sérieusement vous compliquer la tâche. Vous frisez l'entrave à la justice.

— Et vous l'entrave à mon gagne-pain. Vous vous trouvez, sans aucun mandat, sur une propriété qui m'appartient. Depuis quand la curiosité d'un seul officier de police passe-t-elle avant… avant la logique, l'évidence, et la putain de réalité ?

— Je descends au fond du trou.

Whitt et Burns ont posé sur moi un regard ébahi.

— Comment ?

— Je descends au fond de ce puits. Un point c'est tout.

65

Descendre tête en avant, pendue par les pieds, m'avait paru une bonne idée, tout du moins jusqu'à ce que je parcoure les premières centaines de mètres à la verticale. Le puits était suffisamment étroit pour que je puisse toucher du doigt les traces laissées par la foreuse dans la terre et l'argile. Le sang à la tête, les palpitations de mon cœur faisaient bourdonner mes oreilles et les points de suture de ma plaie au cuir chevelu me lançaient.

J'aurais parcouru le même chemin si j'étais tombée au fond de ce trou. C'est là que je serais morte.

— Tout va bien, Harriet? a demandé la voix de Whitt.

J'ai enfoncé le bouton de la radio accrochée autour de ma taille.

— Il fait très chaud.

— Il faudrait que tu tournes un peu ta caméra. On ne voit que de la terre.

J'ai tourné légèrement l'objectif du petit appareil fixé à mon casque de chantier. La sangle me sciait le menton et des traînées de transpiration commençaient à me couler dans le nez. Au milieu des crépitements intermittents de la radio me parvenait la voix de Burns derrière Whitt. Il continuait à se plaindre du danger de la manœuvre, du coût de l'opération pour la mine, du temps perdu, de cette décision ridicule de descendre au fond du trou.

— Tu as parcouru à peu près trois cents mètres, m'a annoncé Whitt.

À mesure que le treuil déroulait son câble dans l'inconnu, je me suis demandé de quelle façon se déroulerait ma mort si le puits s'effondrait brutalement. L'écrasement. L'étouffement. La terre dans mes yeux et ma bouche. Jamais je n'avais envisagé une ultime demeure aussi profonde. Je veillais à respirer lentement en suivant des yeux les ombres sur les parois.

— Six cents mètres.

Le harnais me faisait mal aux épaules, mais je n'osais pas chercher une position plus confortable. Je n'avais aucune envie de m'offrir une chute de quatre cents mètres.

— Neuf cent vingt mètres.

— Je crois apercevoir le fond.

Je m'exprimais d'une voix sifflante, il régnait une chaleur inouïe à l'intérieur du puits, les gouttes de transpiration roulaient le long de mes bras jusqu'au bout de mes doigts.

— Je vois la casquette.

Le treuil ne donnait aucun signe de ralentissement, je descendais bien trop vite.

— Stop ! Stop !

Le filin s'est immobilisé en grinçant dans le tremblement du mécanisme, près d'un kilomètre plus haut. J'ai ramassé la casquette de Hon, que j'ai coincée dans les bretelles du harnais.

— Où se trouve ton caillou blanc ? s'est enquis Whitt.

Je l'ai découvert en tournant la tête. Une pierre de forme allongée à la surface de la terre. Même en tendant le bras, elle restait hors de portée.

— Descendez-moi un tout petit peu.

J'ai senti deux légers à-coups et je me suis retrouvée une vingtaine de centimètres plus bas. J'ai saisi le long caillou blanc, mais il a résisté.

J'ai insisté, et un doigt m'est resté dans la main.

66

J'ai gratté furieusement le sol sablonneux en dégageant progressivement une main, puis un bras et une épaule. Hon s'était enfoncé au fond du trou le bras levé. Seule dépassait encore une phalange, donnant l'impression d'un étroit caillou blanc. La chaleur extrême dans le puits et la richesse du sol s'étaient chargées de décomposer la chair et les tendons du doigt.

J'ai peu à peu retiré le sable au milieu duquel était ensevelie la tête de Hon, sa bouche ouverte aux lèvres noires vomissant un flot de terre. Ma caméra transmettait les images en direct aux équipes de surface, agglutinées devant les écrans.

— Seigneur ! a résonné la voix de Whitt dans le haut-parleur de ma radio. Reculez ! Reculez tous ! Faites reculer tout le monde.

J'ai entendu des cris horrifiés derrière lui. J'ai cessé de creuser, pendue à l'extrémité du filin, fascinée à la vue de ce corps à demi enfoui.

— Je veux bien remonter.

*

J'ai pris le temps de savourer la caresse du soleil sur mon visage, debout à l'entrée de la mine, toujours engoncée dans mon harnais. J'ai déposé le doigt de Hon Lu dans un sachet transparent que j'ai tendu à Whitt. Perth se chargeait de nous envoyer une équipe de l'identité judiciaire pour descendre au fond du puits et dégager ce qui s'y trouvait en remontant la terre, au cas où celle-ci aurait renfermé des cheveux ou des fibres permettant d'identifier l'assassin. Il ne nous restait plus qu'à attendre les résultats des analyses.

Il n'y avait plus grand monde autour des ordinateurs, sans doute parce que ceux qui avaient assisté à la scène s'étaient empressés d'aller avertir leurs copains. La nouvelle se répandait comme une traînée de poudre à travers le camp. Plusieurs mineurs discutaient même avec les Soldats de la Terre postés de l'autre côté de la clôture. David Burns, quant à lui, s'était évaporé. C'était aussi bien, je ne sais pas comment j'aurais réagi si je l'avais trouvé sur mon passage en sortant de ce trou au fond duquel j'avais abandonné les corps.

— Tu es sûre qu'il y en a plusieurs ? m'a demandé Whitt.

Je me suis éclairci la gorge.

— Je ne sais pas, mais au moins deux. En dégageant l'épaule de Hon, j'ai découvert un pied qui n'était pas le sien. Le sable était trop meuble pour que je puisse creuser davantage.

Whitt m'a tapée gentiment sur l'épaule avant de passer des coups de fil à sa hiérarchie à Perth. Je n'ai pas vu venir Gabe, jusqu'à ce qu'il se plante devant moi.

— Salut.

— Salut.

Impossible de savoir ce qu'il pensait. Il a enfoncé les mains dans ses poches.

— J'ai comme l'impression que ça va être le cirque, par ici. Combien de gens vont débarquer, à ton avis ?

— Il y aura au moins un légiste, une équipe pour sortir les corps, plusieurs photographes. Ils emporteront les dépouilles des victimes à Perth par hélico dès qu'ils les auront exhumées. Ils veilleront à rester discrets, pour ne pas affoler le personnel de la mine.

— Je repars travailler, a-t-il soupiré. Je n'ai aucune envie de traîner dans le coin quand ils sortiront les corps. Tu crois qu'il y aura déjà des journalistes ?

— Aucune idée. Il n'y a pas vraiment de raison, si on rapatrie les victimes à Perth suffisamment vite.

Ce n'était pas gagné. Plusieurs mineurs prenaient des photos avec leur portable. Ils ne se gêneraient pas pour alerter les médias, dans l'espoir de recueillir leurs dix secondes de gloire face aux caméras. L'ennui transforme n'importe qui en une star de téléréalité en puissance.

Gabe m'observait. Je sais bien de quoi il aurait aimé discuter avec moi, mais je n'étais pas prête.

— Je suis désolé pour ton frère, a-t-il fini par déclarer. Si jamais les journalistes viennent jusque…

— Merci. Pas de souci, ça va aller.

Je me suis éloignée, gênée de ce qui s'était passé entre nous, et plus perturbée encore par ce que j'avais vu au fond de ce puits.

67

Les équipes de la police scientifique sont arrivées à la nuit tombée. J'ai passé l'après-midi en compagnie de Whitt à relire nos notes tout en surveillant l'entrée du camp. Les patrons avaient enfin accepté la fermeture totale de la mine nord, mais ça n'empêchait pas les curieux de traîner dans le coin sous des prétextes divers. J'ai aperçu Richie à un moment, ainsi que Lavacherie. La nouvelle avait fait le tour des baraquements avant de nous revenir aux oreilles, sensiblement transformée. On nous a apporté de quoi manger et du café. Tout en m'obligeant à avaler quelques bouchées, j'ai entendu la discussion d'un groupe de mineurs un peu plus loin.

— … elle a trouvé au moins une dizaine de corps.

— Pas du tout. Elle a fait une chute, et c'est en voulant la sortir que les secours ont découvert un bras. Mais il n'y a pas de corps.

— Richie a parlé à Davo de plusieurs doigts, d'un morceau de corde et d'un rouleau de gaffeur.

Les types se sont éloignés en voyant le regard noir que je leur adressais, mais à mesure que le soleil déclinait et que les projecteurs du camp s'allumaient, des petits groupes se formaient un peu partout. Les mineurs se sont précipités pour prendre des photos quand ils ont vu atterrir l'hélico.

En revanche, personne de la direction n'a daigné pointer le bout du nez.

— Ils auraient au moins pu envoyer un administrateur. Au cas où la presse aurait déjà été sur place.

— Ils prétendront qu'ils étaient occupés à consoler les familles, m'a répondu Whitt. Ils auraient difficilement pu échapper aux questions des journalistes, s'ils s'étaient trouvés là.

J'ai reconnu l'une des femmes qui descendaient de l'hélico. Taylor Fink, une légiste rousse à la peau laiteuse, m'a serré la main après avoir posé son sac à ses pieds.

— Alors Blue? Quelle horreur tu m'as encore dégotée?

J'avais collaboré avec elle dans plusieurs affaires de trafic d'êtres humains à Sydney. Nous avions notamment effectué une descente dans un bordel de Campbelltown où nous avions retrouvé les cadavres de deux esclaves sexuelles au fond d'une cave. Je l'ai serrée dans mes bras. Peut-être un peu trop longtemps.

— Qu'est-ce que tu fabriques ici? Tu as quitté Sydney?

— Ouais, je suis en poste à Perth, à présent. Pour que j'accepte de m'exiler aussi loin, il fallait que ce soit pour le fric ou pour un mec.

— À ton sourire, je crois connaître la réponse.

Elle m'a adressé un clin d'œil.

J'ai conduit la légiste et ses équipes jusqu'au puits avant de les laisser travailler.

La lune avait parcouru un bon bout de chemin dans le ciel et les groupes de curieux s'étaient clairsemés lorsque trois types de l'identité judiciaire ont émergé de la mine en portant une civière recouverte d'un drap. Au bras qui dépassait, j'ai su qu'il s'agissait de Hon.

Taylor s'est approchée, en combinaison blanche et gants bleus, un appareil photo autour du cou. Mon dos s'est tendu, à l'idée des révélations qui m'attendaient.

— Nous avons exhumé trois corps. Deux femmes et un Asiatique de grande taille.

— Saloperie.

— L'une des deux femmes a été abandonnée là tout récemment. Je dirais entre vingt-quatre et quarante-huit heures, à en juger par la rigidité cadavérique. À première vue, dans les trois cas, les corps ont été balancés au fond de ce puits moins de deux heures après leur décès.

Elle a posé une fesse sur le bord de la table pliante et nous a montré un croquis des corps tels qu'ils se présentaient avant d'être remontés. L'une des deux femmes reposait sur le flanc en position fœtale, les jambes repliées. Elle avait atterri contre le corps de Hon, dont le bras était resté en l'air, maintenu par un rocher qui dépassait. La seconde victime de sexe féminin était venue se coincer entre les deux précédentes. Hon était donc la première victime, suivi de Tori, avant que tous deux soient rejoints par Amy. Le croquis de Taylor les représentait sans traits, leurs membres désarticulés dans des positions improbables. Les types de l'identité judiciaire ont hissé un autre brancard dans l'hélico.

— A-t-on idée de la façon dont ils sont morts ?

— Et comment, a répliqué Taylor. L'une des filles avait un trou comme ça en pleine poitrine.

Elle a dessiné avec ses mains un cercle de la taille d'une balle de tennis.

— À votre place, a-t-elle ajouté, je m'intéresserais à tous ceux qui possèdent une arme de très gros calibre.

68

Le Soldat attarda son regard sur le visage de l'inspecteur Blue au moment où l'hélicoptère s'éloignait dans la nuit, ses pommettes saillantes rougies par le reflet des feux de position de l'appareil, le blanc de ses yeux transformé en un rose brillant. Les traits de la jeune femme se durcirent, signe de sa détermination.

Dissimulé derrière un engin de chantier, il se mordit machinalement la lèvre.

Très bien, inspecteur. C'est le moment ou jamais de s'endurcir. En bon soldat, tu as décidé de venger tes frères d'armes tombés au combat.

Chaque mort contribue à l'endurcissement des vivants. Une lente contraction des muscles et des os, le même phénomène de pétrification qui transforme le bois en pierre dans la nature. Le Soldat savait que les organes s'effritaient dans le même temps, jusqu'à ce que le corps devienne une coquille capable de se débarrasser du fardeau inutile de l'amour, de la peur et du désir. La pitié n'avait pas sa place dans cet ensemble. L'écho des détonations se réverbérait à l'intérieur de son corps sans jamais s'éteindre.

Lorsque la jeune femme se retourna vers son collègue, le Soldat lut la haine dans ses yeux.

— Le mieux est de commencer par fouiller les baraquements du personnel. Il faudra aussi saisir le fusil de Lavacherie aux fins d'analyse. Passe un coup de fil à Perth. On a besoin de renforts. Il nous faut une équipe pour fouiller le campement des écolos, et une autre pour passer les galeries de mine au crible.

Elle était entrée dans la peau du monarque fou. Si durement défaite par l'ennemi qu'elle refusait d'entrevoir les limites de son pouvoir. Les dirigeants de la mine lui mettraient des bâtons dans les roues, mais elle s'en moquait. Seul comptait l'appel de la guerre.

Le collègue de Blue s'éloigna dans la nuit et le Soldat suivit la jeune femme en continuant de se soustraire à la vue derrière le mur des engins, profitant des trouées pour ne jamais la perdre de vue. C'est ainsi qu'il la vit s'immobiliser dans l'obscurité, les poings serrés.

Elle avait envie de pleurer, il le sentait.

Aucun instant de répit ne lui avait été accordé depuis son arrivée à la mine. Il avait savouré chaque signe, sur son visage, de la détresse que lui inspirait la situation de son frère chaque fois qu'elle consultait la presse sur son téléphone. Les muscles de son cou tendus à craquer, sa gorge serrée à la lecture des nouvelles sombres qu'elle découvrait.

Pleurer ! Quel bonheur ce serait de s'autoriser un tel plaisir coupable. De se laisser aller, de se laisser emporter par la douleur.

L'inspecteur Blue se racla la gorge, serra les mâchoires et rebroussa chemin sans avoir versé une larme.

69

J'ai passé la nuit entre deux sommeils, entre deux cauchemars. J'ai rêvé que j'appelais à l'aide depuis le fond du puits, hypnotisée par le minuscule rond de lumière grise au niveau de l'ouverture, les jambes coincées sous le corps d'Amy. Quand je n'étais pas dans la mine, je me trouvais sur mon lit, paralysée par la terreur. Une silhouette sombre se déplaçait dans la chambre, penchée au-dessus de mes affaires, au-dessus de Whitt endormi. Des coups frappés à la porte du baraquement m'ont tirée de mes songes. Whitt n'était plus là.

J'ai sauté à bas du lit et je suis allée ouvrir, en culotte et débardeur. J'ai trouvé Shamma sur le seuil, sa tignasse mauve en partie dissimulée sous une casquette rabattue sur ses yeux.

— Je risque gros, m'a-t-elle glissé à voix basse en regardant derrière elle d'un air inquiet avant de me fourrer des papiers dans la main.

— Entrez.

— Non.

Elle se dandinait sur la pointe des pieds, pressée de repartir.

— Je dois m'en aller avant qu'Océane s'aperçoive que je suis ici. On est tous consignés au campement avec interdiction de parler à quiconque à la mine jusqu'à nouvel ordre.

— Pour quelle raison ? Elle ne souhaite donc pas que le coupable soit démasqué ?

— Je sais pas, moi, a soupiré Shamma. On me dit jamais rien. Je suis venue m'isoler dans ce désert uniquement pour qu'on ferme la mine. J'ai aucune envie d'être mêlée à ces putains de meurtres.

Je l'ai attrapée par la chemise avant qu'elle puisse s'éclipser.

— Shamma, j'ai besoin de savoir. Y a-t-il parmi vous quelqu'un d'assez dangereux pour être responsable de ces crimes ?

Elle s'est tortillée d'un air gêné.

— Ce sont les gens de la mine qui sont dangereux. Je menais une opération de *looping* le mois dernier quand un type m'a chopée et m'a fichue par terre. Sans ménagement. Et puis il m'a craché dessus.

— Il vous a craché dessus ?!!

— Oui, au visage. Et il m'a traitée d'*archi*.

Elle a balayé du regard les environs d'un air apeuré.

— D'*archi* ? Qu'est-ce que ça veut dire ?

— Aucune idée, mais je suis pas habituée à ce qu'on me traite comme ça. Comme si j'étais pire que de la merde. J'ai participé à pas mal de manifestations, c'est pas de la tarte, mais jamais comme ça. Si on s'était pas trouvés au milieu de la mine, je suis sûre qu'il m'aurait massacrée. C'est comme s'il en faisait une affaire personnelle.

— À quoi ressemblait ce type ?

Shamma s'est dégagée et enfuie avant de me répondre.

J'ai examiné les papiers qu'elle m'avait laissés. Il s'agissait de mauvais tirages des images prises par les caméras de surveillance des Soldats de la Terre. Sur l'une des photos, prise par la caméra installée à l'entrée de leur grotte, on voyait des écolos en train de dormir sur des matelas en mousse à même le sol, plus ou moins éparpillés. Je n'ai compris l'intérêt de ce cliché qu'en découvrant une silhouette en arrière-plan. Celle d'un inconnu traversant le campement, armé d'un fusil de gros calibre.

70

À l'instar de ce qui se passe inévitablement dans les grandes compagnies en période de crise, la plupart des patrons de la mine étaient introuvables. David Burns, une mine grave de circonstance, nous avait rejoints pour donner l'impression de coopérer pleinement. Je le soupçonnais surtout de ne pas vouloir que je vienne le débusquer dans les locaux de la direction, de peur que je fasse voler les portes à coups de pied. Il nous avait même apporté des cappuccinos dans des gobelets en carton tout neufs. Je me suis demandé à combien de sachets de café avaient droit les administrateurs.

Quelques minutes ont suffi à nous apporter la preuve que sa bonne volonté se limiterait à la visite du camp et à son café de bobo.

J'ai décidé de prendre les opérations en main.

— Commençons par bloquer les portes secondaires de façon à obliger tout le monde à emprunter les deux entrées principales. Je vais avoir besoin de renfort pour procéder aux fouilles nécessaires.

Burns m'écoutait en silence, les yeux rivés au sol.

— Whitt et moi procéderons dans le même temps à la fouille des baraquements du personnel.

Je souhaiterais ensuite interroger un certain nombre de personnes. Nous aurons besoin de récupérer le fusil de Levacher afin de le confier à nos équipes balistiques. Idem pour toutes les armes que nous pourrons découvrir.

— Nous aurons besoin de consulter les fiches de police de tout le personnel, a ajouté Whitt.

— Je vous demanderai aussi de nous confier les images prises par les caméras de surveillance au cours des quinze derniers jours.

— Malheureusement, a commencé Burns en redressant son nœud de cravate, je ne suis pas en mesure d'accepter vos requêtes, à une exception près.

J'en suis restée bouche bée.

— Je vous laisse libres de procéder aux interrogatoires que vous souhaitez.

— Comment ?

— Je vais bien évidemment transmettre vos demandes aux autres membres de la direction, mais je puis d'ores et déjà vous dire qu'ils se rallieront à mon avis. Vos propositions sont contraires au principe même du fonctionnement de cette mine.

Il a haussé les épaules d'un air navré.

— Nous n'avons pas le droit d'empêcher quiconque d'entrer et de sortir de la mine. Fouiller les véhicules à leur sortie du camp paralyserait ni plus ni moins le site. C'est tout simplement impossible. Sans même parler des problèmes de sécurité. Les véhicules de secours doivent pouvoir intervenir à tout moment.

Je me suis tournée vers Whitt, impassible comme à son habitude.

— Pour ce qui est des dossiers du personnel, je vais devoir poser la question au siège de la compagnie. Quant à la fouille des baraquements, c'est hors de question. Il y a trop d'activités illégales à l'intérieur du camp.

Il a écarté les mains.

— Comprenez-moi, nos gens sont des hommes et des femmes qui vivent au quotidien dans un environnement stressant. Je ne peux pas risquer l'arrestation d'une bonne partie de nos employés pour possession de drogue sans même savoir…

— On se fiche royalement de la drogue qu'on pourra trouver ici ! On cherche des armes !

— … sans même savoir si la personne que vous recherchez se trouve dans ce camp.

— Nous savons très bien que de la drogue circule ici, est intervenu Whitt avec calme. Nous fermerons les yeux.

— Je ne parle pas uniquement de drogue. Nous avons des prostituées sur place, sans doute aussi des DVD pirates et des produits pornographiques. Et quand bien même vous trouveriez des armes ? N'oubliez pas que nous sommes en plein désert. Certains de nos employés aiment chasser le sanglier et le kangourou. Je ne serais pas surpris que vous trouviez des tonnes d'armes.

— Nous ne cherchons pas n'importe quelle arme, a insisté Whitt. Ce ne sont pas les sarbacanes des chasseurs de sanglier qui nous intéressent.

J'ai failli m'étrangler en voyant Burns balayer l'argument d'un geste.

— Avez-vous conscience qu'un fou dangereux se trouve en liberté dans ce camp ? Un putain de tueur en série ? Il est là, tout près. J'ai même une photo de lui prise dans le campement des Soldats de la Terre à moins de deux kilomètres d'ici. Nous avons retiré les corps de trois jeunes gens d'un puits de mine. Ils ont été tirés à distance comme des *lapins*.

Burns m'a lancé un regard acide.

— Vous ne m'apprenez rien que je ne sache déjà, inspecteur Blue.

— J'en conclus que vous entravez notre enquête. Je n'en reviens pas que vous ne tentiez pas tout votre possible pour nous aider à démasquer le coupable.

— La différence entre nous, inspecteur, a-t-il répliqué en écartant les bras, c'est que j'ai une vision infiniment plus large du problème. Je dirige cinq mille employés et je suis responsable de leur sécurité, de leur bien-être, de leur productivité. Essayez de vous imaginer ce que représente la charge de cinq mille enfants pour un père de famille.

Il a rapproché ses mains en laissant un écart de quelques centimètres entre les paumes.

— À l'inverse, vous avez une mission très spécifique. Une mission importante, j'en suis conscient, mais étroite. Je n'ai pas le droit de sacrifier la vision large qui est la mienne au nom d'une mission aussi étroite que la vôtre.

Il commençait à m'échauffer sérieusement les oreilles. J'ai senti craquer mes phalanges alors que mes ongles s'enfonçaient dans les paumes de ma main. Whitt s'est instinctivement avancé entre Burns et moi, au cas où j'exploserais. Pour une fois, la fureur me tétanisait.

Burns a haussé une nouvelle fois les épaules, comme pour se décharger du fardeau que j'avais tenté de lui imposer. J'ai compris que ce type-là était imperméable à tous les arguments que j'aurais pu lui fournir, quand bien même son refus d'agir entraînerait la mort de nouvelles victimes.

71

J'ai fait irruption dans la salle de loisirs, Whitt sur les talons. Les employés réunis autour de la console de jeux vidéo se sont retournés, ceux qui discutaient sur les canapés se sont tus. Ainsi que me l'avaient indiqué les mineurs à qui j'avais posé la question, les Bilbis s'entraînaient dans l'espace cardio. Jaymee, la petite blonde, enchaînait mollement les exercices sur un tapis de sol tandis que la grande Beth soulevait allègrement ses soixante kilos. Je me suis penchée au-dessus d'elle.

— J'ai besoin de vous.

— Ça ne m'étonne pas, mais en général on prend rendez-vous, a souri Beth en se mâchonnant la lèvre inférieure.

— Je vous veux toutes dehors. Tout de suite.

Whitt est sorti de la salle derrière moi.

— À quoi tu joues ?

— Je m'arrange avec le règlement.

Les prostituées s'étaient regroupées autour de nous pendant cet échange.

— Que se passe-t-il, mon trésor ? m'a demandé Beth en s'intéressant à mes points de suture. Tu as besoin qu'on casse la gueule de quelqu'un ?

— Il est encore un peu trop tôt pour ça. Vous allez me servir d'assistantes. Officieusement. J'aurais dû me douter dès le départ que les huiles de la mine me mettraient des bâtons dans les roues.

— Assister des flics dans une enquête criminelle ? s'est écriée Jaymee en battant des mains.

Je me suis tournée vers Beth.

— Faites courir le bruit autour de vous qu'on vous a pris un gros paquet de fric et allez dans les baraquements demander aux mineurs la permission de fouiller leurs piaules. En leur faisant du charme, ça devrait fonctionner. Le tout est de pénétrer dans un maximum de dongas.

— Que cherche-t-on, pour de vrai ? m'a questionnée Beth.

— Des flingues.

Je leur ai montré sur mon téléphone une page dénichée sur le web.

— Je cherche un fusil ressemblant à celui-ci, équipé d'une grosse lunette.

J'ai ensuite déroulé l'écran.

— Vous risquez de tomber essentiellement sur des fusils de chasse comme celui-là. Je cherche une arme nettement moins courante, et beaucoup plus chère. Si jamais vous en voyez une qui correspond à cette description, prenez-la en photo avec votre portable et venez me la montrer.

— Comment savoir à quoi ressemble un fusil s'il est enfermé dans un étui ? s'est inquiétée une jeune rousse. On peut quand même pas leur demander de l'ouvrir.

— Contentez-vous de prendre l'étui en photo, ça peut m'aider. J'aimerais aussi que l'une d'entre vous récupère la liste du personnel dans les bureaux de l'administration. Les registres doivent se trouver bien en vue puisqu'ils sont vérifiés quotidiennement. Les noms me suffisent, je ferai procéder aux vérifications nécessaires par des collègues à Sydney.

— Je m'en charge, s'est proposée Jaymee en souriant. Je connais bien Terry, le type de l'accueil.

— On risque de perdre pas mal de fric au cours des prochaines vingt-quatre heures avec vos histoires, s'est plainte Beth. Mon agenda est plein.

Je l'ai gratifiée d'un regard entendu.

— Je payerai la différence.

— Nous payerons la différence, a corrigé Whitt.

Les filles, rassurées, se sont égaillées en nous laissant seuls.

— Reste à espérer que ce salopard garde son fusil dans sa piaule. On perd notre temps si jamais l'arme est planquée dans l'habitacle d'un engin, ou bien dans le désert, mais je n'ai rien trouvé de mieux.

— Ton plan tient la route, m'a rassurée Whitt. Que fait-on du fusil de Levacher ?

— J'ai une idée.

72

Lenny Xavier avait un boulot de rêve. Enfant, il était déjà obsédé par les machines à sous équipées d'une pince à l'aide de laquelle on essaye d'attraper un gadget quelconque. Ceux qui se trouvaient près de la trappe étaient les plus faciles, mais aussi les moins intéressants : des jeux de cartes ou des nounours roses. Les pistolets à eau et les arcs en plastique avec leur lot de flèches étaient volontairement placés à l'opposé, avec le risque que le bras articulé les laisse échapper en chemin.

Pour une raison obscure, voir la pince s'enfoncer au milieu de tous ces trésors était souvent plus excitant à ses yeux que de gagner un prix.

Dans la cabine de sa grue de 250 tonnes surplombant le cratère, Lenny éprouvait le même sentiment d'excitation qu'autrefois. Les cheveux caressés par le vent du désert qui s'engouffrait à travers la vitre ouverte, il se concentra sur l'engin de forage perché sur un surplomb rocheux à quatre-vingts mètres de profondeur.

Les mains de Lenny glissaient naturellement sur les manettes qu'il manœuvrait avec dextérité. Il descendit le crochet pendu au bout du filin et l'amena à quelques centimètres de l'engin.

Mick, le collègue grassouillet posté au pied de la cabine, porta une radio à sa bouche et un crépitement s'échappa du haut-parleur.

— Cinquante centimètres de plus, Len, et légèrement en arrière.

— Compris, vieux.

Il s'exécuta et entendit distinctement le bruit métallique du crochet s'arrimant au bras de la foreuse.

La radio crépita de plus belle, sans qu'il puisse comprendre les instructions de son responsable. Alors qu'il ajustait machinalement la fréquence, il distingua soudain une voix inconnue :

— Si vous parvenez à atteindre le camp, je vous laisse la vie sauve.

Lenny regarda Mick en contrebas et constata que son supérieur, sa radio accrochée à la ceinture, lui faisait signe de remonter lentement l'engin. Le grutier se demanda s'il avait pu accrocher par hasard la fréquence d'une station de radio, ou bien alors la CB d'un camionneur. C'était peu probable, l'autoroute la plus proche se trouvant à quatre heures de là.

— Si vous me captez, pouvez-vous répéter ?

— Si vous parvenez à atteindre le camp, je vous laisse la vie sauve.

Lenny posa un regard perplexe sur sa radio et s'obligea à se reprendre en sentant les poils de sa nuque se hérisser. Il enfonça la touche d'émission.

— Vous vous trouvez sur une fréquence réservée à la mine, merci d'en choisir une autre.

Cette fois, la radio resta silencieuse et Lenny s'aperçut qu'il transpirait abondamment. Il s'épongea le front à l'aide de sa manche.

Un cliquetis métallique se fit entendre au niveau des poutrelles de la cabine. La main de Lenny s'immobilisa sur la manette et il se leva de son siège. Il ouvrait la vitre en grand lorsqu'une gerbe d'étincelles s'éleva au niveau du cadre de la fenêtre. Au pied de la grue, Mick leva la tête et posa sur lui un regard ébahi.

L'instant suivant, la vitre de la cabine volait en éclats.

— Saloperie ! grommela Lenny, pétrifié sur son siège.

On lui avait appris à adopter les bons réflexes lorsque le vent soufflait trop fort ou que l'électricité statique provoquait des étincelles tout autour de la cage métallique, mais pas à se protéger contre les coups de feu.

Il se rua sur sa radio.

— Mick ? Oh, Mick ! Vieux, il y a…

Le pare-brise de la cabine explosa. Lenny sortit en trombe de sa cabine et sauta d'un bond au pied du camion-grue, où il rejoignit son chef.

Les deux hommes, paralysés par la peur, entendirent alors la voix mystérieuse s'échapper de la radio de Mick.

— Si vous parvenez à atteindre le camp, je vous laisse la vie sauve.

73

Whitt a frappé à la porte de la baraque de chantier qui servait de bureau à Lavacherie. Pour quelqu'un d'aussi droit que lui, mentir relevait de l'exploit. J'avais du mal à l'imaginer dans le rôle du flic alcoolique, obsédé par le prédateur qu'il traquait, celui qu'il m'avait décrit lors de sa confession. J'étais admirative de la façon dont il avait su rebondir après avoir touché le fond, en s'astreignant à des tâches aussi insignifiantes que faire son lit, repasser ses chemises ou cirer ses chaussures. J'aurais peut-être été bien inspirée d'en prendre de la graine.

La porte s'est écartée et Lavacherie est apparu sur le seuil.

— Monsieur Levacher ? a demandé Whitt, tout sourire.

— Oui ? Qu'est-ce qu'il y a ?

— Accepteriez-vous de m'accompagner jusqu'à la cantine ? Nous procédons actuellement à des interrogatoires, et en votre capacité de responsable de la sécurité…

— C'est pas trop tôt, a coupé l'autre en claquant la porte de son donga derrière lui.

Tout en les regardant s'éloigner, j'ai aperçu Beth qui poursuivait sa tournée des baraquements. Je me suis glissée dans le bureau impeccablement rangé de Lavacherie, les narines flattées par une odeur de cirage et d'huile pour armes. J'ai ouvert le placard dans lequel il rangeait ses chemises et ses pantalons sur des cintres savamment espacés de deux centimètres l'un de l'autre, comme on nous l'avait enseigné à l'école de police. Deux paires de chaussures parfaitement cirées, l'une marron et l'autre noire, étaient alignées sur le sol. Si le tueur avait appartenu à la police, cela pourrait expliquer sa parfaite connaissance du maniement des armes à feu. En Australie, seuls les flics et les militaires avaient accès à des fusils de précision. La piste méritait d'être suivie.

J'ai fini par dénicher sur l'étagère supérieure du placard un énorme fusil que j'ai posé sur le lit. J'ai commencé par le photographier à l'aide de mon portable avant d'en extraire le chargeur. Il était plein. J'en avais des démangeaisons partout. Mais quand bien même j'aurais trouvé l'arme du crime dans sa chambre, cela ne m'aurait pas suffi à inculper Lavacherie. Il m'était arrivé de découvrir les sous-vêtements de victimes de viol dans la chambre de leur agresseur sans obtenir leur condamnation pour autant. J'avais besoin d'un maximum de preuves et j'ai poursuivi mes recherches en déversant sur le lit de Lavacherie le contenu du premier tiroir de son bureau.

Des crayons, des stylos, des carnets, des élastiques, des clés. J'ai répété l'opération avec le tiroir suivant.

Des photos de filles à poil, trois exemplaires du magazine *Porno Gore* que j'ai feuilletés rapidement avec une moue dégoûtée, une enveloppe bleue contenant un acte de naissance, des feuilles d'impôts, des fiches de salaire, ainsi qu'une liasse de documents à en-tête d'une administration australienne.

Je me suis penchée dessus, assise sur le lit. Le troisième feuillet a tout de suite attiré mon attention : une décharge médicale de l'armée.

J'ai relevé la tête en entendant crier Whitt à l'extérieur. Avant d'avoir pu réagir, Lavacherie ouvrait la porte du donga à la volée, le visage cramoisi. Mon arme a jailli dans ma main et j'ai pointé le canon sur lui.

74

Lavacherie a laissé échapper un rire haineux.

— C'est comme ça que vous menez vos opérations top secret ? Vous êtes de fins limiers, tous les deux. L'autre petite tante m'entraîne à l'extérieur pendant que vous fouillez mes affaires comme un vautour.

Whitt est entré à son tour dans le donga. Il n'est pas resté honteux longtemps en apercevant l'énorme fusil noir sur le lit.

J'ai pointé l'arme du doigt.

— Ça vous ennuierait de nous expliquer ceci ?

— C'est un fusil, a rétorqué Lavacherie avec un sourire mauvais que je me suis empressée de lui rendre.

— Intéressant. Si mes souvenirs sont bons, le seul pour lequel vous disposez d'une autorisation se trouve au PC sécurité.

— Petite maligne.

— L'arme du PC sécurité est-elle toujours enfermée là-bas ?

— Bien sûr.

— Alors à quoi correspond celle-là ?

Il a fait mine de saisir l'arme et je me suis levée d'un bond, le pistolet au poing. Whitt avait également sorti le sien qu'il tenait à deux mains, le canon à quelques centimètres de l'oreille de Lavacherie.

— Ne bougez pas !

Lavacherie s'est pétrifié, les mains tendues.

— Puisque je ne suis pas autorisé à vous montrer, regardez vous-même, a-t-il déclaré sur un ton qui m'a fait tiquer.

En voulant armer le fusil, je me suis aperçue que le ressort de la culasse avait été retiré, de même que la détente : le pontet était vide.

Lavacherie ricanait ouvertement.

— Alors, ma jolie ? On ne fait plus sa maligne ?

— Où se trouvent les pièces manquantes ?

— Je ne les ai pas. J'ai un copain à l'armée qui m'a envoyé ce fusil élément par élément, de façon à ne pas attirer les soupçons sur lui. Je reçois une nouvelle pièce toutes les six semaines. Il me manque encore la détente, le percuteur et le ressort de la culasse. D'ici trois mois, j'aurai une arme opérationnelle. Ni vu ni connu.

— À quoi pourra-t-elle bien vous servir ?

— Je vais pouvoir la vendre, pauvre naze ! Vous avez idée de ce que peut valoir un fusil pareil au marché noir ? Vous êtes bête ou quoi ?

Lavacherie s'est emparé du fusil et m'a mise en joue.

— *Pan !* s'est-il exclamé avant d'éclater de rire.

75

Le visage levé en direction du soleil, paupières serrées, je tentais vainement d'oublier ma honte.

— On ne peut pas dire qu'on repart les mains vides, a voulu me rassurer Whitt. On peut le poursuivre pour détention illégale d'un fusil destiné au marché noir.

— Tu parles ! L'action ne sera jamais recevable en justice puisque j'ai trouvé l'arme lors d'une fouille illégale. Le temps qu'on obtienne un mandat de perquisition, il s'en sera débarrassé.

Il a poussé un soupir.

— Je sais. Je voulais juste te remonter le moral en te félicitant pour tes efforts.

Nous déambulions en silence à l'intérieur du camp. J'avais retrouvé un visage à peu près normal, mais mon cœur continuait de battre à tout rompre dans ma poitrine.

Je me suis tournée vers mon collègue.

— Je n'aime pas ce mec, Whitt. J'ai trouvé dans ses papiers une décharge médicale des forces armées. Ce type-là est un ancien bidasse, il sait parfaitement manier une arme de précision, quoi qu'il prétende. J'ai aussi trouvé de vieux numéros de *Porno Gore* dans ses tiroirs.

— De *quoi*?

— Un magazine de cul. Pas la peine de prendre cet air dégoûté, c'est une revue porno connue. Tous les mecs ne sont pas abonnés à *Grammaire Hebdo* comme toi. Il existe des magazines particulièrement sordides consacrés aux accidents du travail. Tu mélanges ça avec une revue de cul et tu obtiens *Porno Gore*. Des articles sados, des enfants nés avec des handicaps monstrueux, des opérations de chirurgie esthétique ratées, des vidéos d'exécutions.

— Quel intérêt?

— Chaque fois que j'ai croisé la route de quelqu'un qui lisait ça, il m'a expliqué que ça le faisait rigoler. C'est dégueu et totalement déviant. On en trouve couramment dans les vestiaires de flics, les salles de sport et les mess de la Marine. Tous les endroits interdits aux filles.

— Je te crois sur parole, Harriet.

— L'expérience m'a montré que les lecteurs de ces saloperies en ont rarement un seul exemplaire. Il est difficile de dire que tu as acheté ça pour rigoler si tu en gardes toute une collection chez toi. Dans ta piaule.

— Lavacherie en avait plusieurs?

— Au moins trois. Des numéros qui se suivent. Ne va pas croire que je cherche à monter ça en épingle au prétexte que ce type est un enfoiré de première, mais reprenons ce qu'on sait de lui : un ancien militaire pour le moins impopulaire qui possède un fusil à lunette et passe son temps à torturer les animaux, lecteur assidu de revues porno violentes, ça fait tout de même beaucoup.

Je me suis interrompue, bousculée par un mineur qui se dirigeait en courant vers la salle de loisirs, suivi par deux autres. Des cris ont retenti et un coup de feu a traversé l'air.

76

Un attroupement s'était formé le long de la clôture du camp. Quelques cris ont fusé au milieu de la foule silencieuse.

J'ai attrapé le bras du mineur le plus proche.

— C'est quoi ce bordel ?

Muet de saisissement, il a tendu le doigt en direction d'une silhouette à trois cents mètres de là, de l'autre côté du grillage. Un casque de chantier sur la tête, le type avait les bras légèrement écartés. J'ai distingué une grue un peu plus loin.

— Que se passe-t-il ? a insisté Whitt en s'agrippant à son tour aux mailles de la clôture.

Le type a pris sa respiration et s'est mis à courir en zigzag. Des geysers de sable ont jailli près de ses chaussures. Terrorisé, il a fini par se figer.

J'ai sorti mon arme.

— Oh, putain ! Un sniper l'a pris pour cible !

J'ai franchi la grille du camp et je l'ai refermée derrière moi de façon à ce que Whitt ne cherche pas à me suivre et veille à maintenir les mineurs à distance.

Dans l'impossibilité de se mettre à couvert dans cette portion de désert nue, le malheureux n'avait pas le choix, il lui fallait courir s'il entendait échapper à son agresseur, mais ce dernier recommençait à tirer chaque fois que sa proie reprenait sa course.

— D'où proviennent les coups de feu ? a crié une voix.

— Je sais pas, on n'entend rien. Tu crois qu'il a un silencieux ?

— Il faut y aller !

J'ai arrêté d'un geste l'ardeur des mineurs en les voyant s'escrimer sur la grille.

— Personne ne va nulle part. Gardez votre sang-froid.

— Cours, Lenny ! a hurlé une fille.

— Où est Mick ? Il était là-bas avec Lenny !

Il fallait impérativement que je trouve une solution.

— Silence, vous autres ! Commencez par vous éloigner de la clôture pour ne pas rester sous le feu de l'ennemi.

— On va tout de même pas le laisser abattre Lenny sous nos yeux ! a crié quelqu'un. Faut aller l'aider !

Je me suis tournée vers le dénommé Lenny, qui tentait sa chance en sprintant jusqu'au grillage. Il avait à peine parcouru dix mètres lorsque les coups de feu ont repris et je l'ai vu s'écrouler en se tenant le mollet. Les mineurs, sous le choc, se sont tus et son hurlement de douleur nous est parvenu.

— Faites quelque chose ! m'a crié la fille.

Je devais repérer l'endroit d'où partaient les coups de feu, sans comprendre où le tireur avait pu se poster. À moins qu'il se soit réfugié dans une galerie invisible depuis l'endroit où je me trouvais, ou bien qu'il ait creusé un trou dans le sable. J'étais tellement oppressée que je peinais à respirer.

Tout le monde te regarde, Blue. Tu es la seule à pouvoir sauver ce type.

Lenny a essayé de se relever. J'ai franchi la grille en sens inverse en la refermant derrière moi avant de me frayer un chemin au milieu des mineurs.

— Elle se barre ! s'est écrié quelqu'un en me voyant m'éloigner au pas de course. Tu vas tout de même pas l'abandonner, espèce de conne ?

J'avais repéré à l'écart un gros 4 × 4, la portière conducteur ouverte. Je me suis jetée derrière le volant, j'ai actionné le démarreur et enfoncé la pédale d'accélérateur en fonçant droit sur la clôture, klaxon bloqué.

— Poussez-vous !

J'ai explosé le grillage avec la calandre dans un grand bruit de ferraille en poussant un hurlement sauvage. Les coups de feu ne se sont pas fait attendre, ma vitre a explosé, une pluie de verre s'est abattue sur mon dos tandis que je m'aplatissais contre le volant.

Pop, pop, pop, pop !

J'ai préféré ne pas regarder, mais il était clair qu'il truffait de balles la carrosserie. L'un des pneus arrière a explosé, je pouvais me retrouver fauchée à tout instant. Pour avoir déjà été blessée par balle, je savais que le choc s'accompagnerait d'une brûlure et que le sang se mettrait aussitôt à pisser le long de mes côtes.

Lenny a repris sa course, j'ai freiné brusquement et ouvert la portière côté passager en parvenant à sa hauteur. Il s'est jeté à l'intérieur de l'habitacle tête la première avec la puissance d'un bélier.

J'ai redémarré en tournant le volant de façon à ce que seul l'arrière du 4 × 4 se trouve dans le viseur du tueur, lui offrant une cible plus réduite. Je me fichais bien de savoir où j'allais, l'essentiel était que Lenny soit vivant. Recroquevillé sur lui-même, les doigts agrippés au tableau de bord, il pleurait.

77

Whitt et moi avons fini par regagner notre donga en fin de journée, après avoir passé l'après-midi à interroger Lenny Xavier. Nous ruminions en silence les détails qu'il nous avait fournis, cette voix inconnue dans sa radio lui soufflant les règles absurdes d'un jeu pervers.

Au même moment, dans le désert, Taylor Fink et son équipe examinaient le corps de Michael Hibbert. Lenny nous avait expliqué que son collègue s'était jeté à terre aux premiers coups de feu et qu'il avait refusé de se relever. Le tireur avait alors arrosé le sable autour de lui pour le décider à tenter sa chance.

— Quand il a compris que Mick refusait de se prêter à son petit jeu, nous avait avoué Lenny d'un air meurtri dans la salle de loisirs, il l'a achevé d'une balle en lui explosant la boîte crânienne. C'est à ce moment-là que je me suis enfui.

Notre hiérarchie nous avait prévenus en fin d'après-midi que des renforts étaient en route.

— Reste à savoir si le tueur voudra rester, ou bien s'il va s'enfuir.

Whitt a épousseté les genoux de son pantalon d'un air pensif.

— Il va rester, a-t-il fini par estimer. Tout indique que notre homme adore le spectacle. À présent qu'il a mis un grand coup de pied dans leur nid, il va vouloir observer le ballet des frelons.

J'ai secoué la tête avec effarement.

— Quand je pense qu'il a fait ça en plein jour, en présence de dizaines de spectateurs. Il est en train de passer à la vitesse supérieure.

— C'est le moins qu'on puisse dire.

J'ai bondi de mon lit comme un ressort en voyant débarquer Gabe, son casque à la main.

— Une mouche t'a piquée, Harry ? a-t-il plaisanté.

J'ai repoussé une mèche en arrière.

— Non, on essayait de mettre de l'ordre dans nos idées et je n'aurais pas voulu que tu croies…

— Je crois surtout que vous êtes épuisés tous les deux, a souri Gabe. Tout le monde parle de ton rodéo pour sauver Lenny. Tu aurais pu y laisser ta peau.

Au moment où Gabe a posé sa main sur mon épaule, je me suis aperçue que Whitt s'était éclipsé.

— J'ai été terrifié en apprenant la nouvelle, a-t-il ajouté.

— C'est bon, rien de grave.

Nous avons rejoint en silence le grillage, de l'autre côté duquel brillaient au loin les projecteurs installés par les équipes de l'identité judiciaire. En observant l'horizon, j'ai remarqué la présence d'un convoi de véhicules qui s'éloignaient en direction de la ville.

— Ils seront peu nombreux à partir, a déclaré Gabe.

— Tu crois ?

— Oh oui. Ça va discuter ferme ce soir, mais la majorité des gars vont rester. Ils auraient trop peur de passer pour des poules mouillées aux yeux des autres.

Il a esquissé un sourire triste, ses gros doigts accrochés aux mailles du grillage.

— Un jour, a-t-il poursuivi, je me suis retrouvé à effectuer des vérifications dans une galerie à trois mille mètres de profondeur. La descente en ascenseur prenait un quart d'heure. Aussi loin dans la terre, il fait une chaleur à crever et l'air n'est pas respirable, il est nécessaire de porter un masque et une combinaison spéciale. J'étais trempé de sueur.

Il a levé les yeux vers le ciel.

— La terre émet toutes sortes de bruits, sans que ça soit inquiétant pour autant. Elle gronde en permanence, mais pour une raison quelconque, un jeune mineur a pris peur. Une galerie s'était effondrée la veille, il devait être inquiet. À un moment, un grondement plus marqué que les précédents a traversé l'atmosphère et il a lâché ses outils en criant : « Ça s'écroule ! »

— Seigneur !

— À cette profondeur, dans l'obscurité, avec la chaleur et la pression de l'air, il ne faut quasiment rien pour paniquer, mais on bosse quand même. Ce jour-là, le cri du gamin nous a tous fait craquer. D'un seul coup, on s'est transformés en animaux.

Il a secoué la tête à l'évocation de ce souvenir.

— C'est dans ces moments-là que tu prends vraiment la mesure de ta propre humanité. Ou de ton manque d'humanité. Pour en revenir à ce que je disais tout à l'heure, ces types-là sont tous des champions dès qu'il s'agit de nier leur peur. Ils ne partiront pas.

Instinctivement, mes doigts se sont refermés sur le col de ma chemise. Elle me collait à la peau. Je ressentais la même peur animale depuis l'arrestation de Sam. *J'en ai sans doute pour des années, ça ne me quittera peut-être plus jamais.*

— Comment peut-on vivre en permanence au bord du précipice ?

— Tu apprends à ne pas y penser. Simple question de déni. Crois-moi, dans un endroit comme celui-ci, loin de tout, ce n'est pas compliqué de se mentir à soi-même. Le soleil se lève et se couche, il n'y a pas de jours de la semaine ou de saisons, le danger et la peur font partie du quotidien. En plus, que tu sois à vingt ou trois mille mètres de profondeur, tu mourras de toute façon, le jour où ça s'écroulera. Alors tu te racontes des histoires, a-t-il conclu, les yeux perdus à l'horizon.

78

Whitt est venu s'asseoir à côté de moi sur ma couchette, le dos à la cloison en liège. Une demi-douzaine de carnets regorgeant de suspects potentiels étaient éparpillés sur le dessus-de-lit et j'avais un ordinateur posé sur les genoux. Jaymee, l'une des Bilbis, avait réussi à se procurer la liste du personnel, et les casiers des mineurs ayant eu maille à partir avec la justice, envoyés par les services de Sydney, commençaient à inonder ma boîte mail.

Jaymee nous avait offert en prime une bouteille en plastique de « vin maison ». Pour éviter les restrictions à la mine et les prix prohibitifs pratiqués à Bandya, de nombreux mineurs fabriquaient leur propre poison. À l'image de l'alcool de contrebande en milieu carcéral, le vin maison, improvisé avec des fruits secs, des tomates et parfois même du pain, était rarement bon mais celui de Jaymee, malgré son acidité et la nature douteuse du dépôt que l'on apercevait au fond, n'était pas désagréable. La bouteille calée entre les genoux, je me laissais bercer par un début d'ivresse.

— Theodore Ivan Sava, a récité Whitt en étouffant un bâillement. Condamné pour agression sexuelle et coups et blessures. Joseph Doyle, condamné pour voies de fait, voies de fait et encore voies de fait. Blake Henry Young, voies de fait et refus d'obtempérer, un parfait sale con.

J'ai noté scrupuleusement les noms des intéressés.

— Je les ajoute à la troisième catégorie.

— Jessica May Harvey, condamnée pour vol et détention de stupéfiants. Oh, Seigneur ! Les trois suivants ont tous été condamnés pour agression sexuelle, l'un d'eux a même fait de la prison pour homicide.

Je me suis emparée du carnet consacré à la première catégorie.

J'ai haussé les sourcils en entendant Whitt éclater de rire.

— Tiens, tiens ! David Alistair Burns. Arrêté à trois reprises pour détention de stupéfiants.

— Le salopard. Je comprends mieux pourquoi il refuse qu'on fouille les baraquements. Et Lavacherie, dans tout ça ? J'attends avec impatience d'étudier son casier.

— Ils nous fournissent les dossiers dans le désordre, a répliqué Whitt en bâillant de plus belle.

On a toqué discrètement à la porte et Taylor Fink a passé la tête.

— Ah, ah ! Une soirée pyjama ?

— Je te donne le mot de passe : « Je suis fatiguée, je veux rentrer chez moi. »

J'ai fait de la place en poussant l'ordinateur et la légiste s'est glissée sur le lit entre Whitt et moi. Elle a ouvert son carnet, couvert de notes.

— Bien, s'est-elle lancée en prenant sa respiration. Commençons par le mort du désert. Un homme blanc de sexe masculin, la quarantaine, raisonnablement obèse, blessure majeure à la tête provoquée par une balle de gros calibre qui lui a explosé la calotte crânienne. Mort instantanée.

J'en profitais pour noircir mon carnet.

— J'ai également apporté les résultats obtenus après l'examen des trois victimes retrouvées dans le puits de mine, que je vous résume de mémoire. Le tueur s'est amusé avec Amy, à qui il manque plusieurs doigts et qui présente des blessures par balle au genou et à la hanche. Tout indique qu'il l'a traquée. Sa cadette, en revanche, est morte d'une balle dans le dos, tirée de loin. Hon Lu présente quant à lui plusieurs blessures, il lui manque en particulier une oreille et des doigts, emportés par des balles tirées à distance, histoire de jouer avec la victime.

— Vos collègues ont-ils pu analyser la terre retrouvée sur les bottes des trois morts ? s'est enquis Whitt.

— Oui. Il y avait du sable provenant du désert dans les chaussures de Tori et Hon, preuve qu'ils ont marché dans le Never-Never peu avant de mourir. À l'inverse, les chaussures d'Amy contenaient uniquement du sable de la mine. Tout indique qu'elle a été tuée sur place.

J'ai poussé un soupir.

— À l'intérieur de la mine. Il l'aura poursuivie dans la galerie où elle travaillait, au prétexte qu'elle nous avait parlé. Il n'a pas eu le temps de sacrifier à son rituel de chasse habituel.

— J'ai relevé un détail qui pourrait vous intéresser, a repris Taylor. Les trois victimes avaient du lubrifiant pour armes à feu sur les paumes. Hon Lu présentait même des ecchymoses à la main provoquées par une crosse de fusil. En clair, les trois victimes ont eu une arme entre les mains peu avant de mourir.

J'ai sursauté.

— Comment ? Pourquoi diable nos victimes auraient-elles été armées ?

— Aucune idée, a répliqué Taylor. On ne sait d'ailleurs pas si l'arme concernée était celle qui les a tués. Hon et Tori avaient aussi d'infimes traces de poudre sur les doigts, signe qu'ils avaient manipulé une arme récemment utilisée. Amy en avait nettement plus, j'ai le sentiment qu'elle s'est servie de l'arme dont elle disposait.

Un long silence a suivi ces explications.

J'ai relevé la tête.

— Une chasse à l'homme. Lenny nous a expliqué que la voix entendue dans sa radio lui avait promis la vie sauve s'il parvenait à regagner le camp. C'est ça, le rituel du tueur. Il leur lance un défi avant de les traquer. Comme pour la chasse au renard. Qu'est-ce qui énerve le plus les amateurs de chasse au renard ? Les animaux qui se planquent sous terre. Michael a été exécuté pour avoir refusé de s'enfuir. Le tueur a très bien pu fournir une arme à ses victimes précédentes pour donner du piquant à sa partie de chasse. Leur offrir une chance de survie.

— Il n'a pas fourni d'arme à Lenny, a remarqué Whitt.

— Non, mais il chassait cette fois en plein jour en présence de nombreux spectateurs. Il y avait des chances pour que quelqu'un tente de secourir Lenny. C'est comme ça que le tueur a pris son pied.

— Comment retrouver ce type ? a murmuré Whitt en regardant fixement ses mains. Comment saborder son petit rituel ?

La réponse m'a paru évidente.

— En cessant de nous comporter comme des proies.

5V
P8 2 3044444 PLUS JAMAIS

79

J'ai été réveillée par un ronronnement d'hélico et je me suis demandé un instant si on avait découvert une nouvelle victime. Il s'agissait en fait d'un appareil aux armes de Channel Seven qui soulevait des tourbillons près des baraquements, au milieu de mineurs impassibles vaquant à leurs occupations habituelles. Pour qu'un hélico soit là, il devait y avoir une meute de journalistes à l'entrée du camp.

J'ai trouvé Whitt à la cantine en compagnie de huit flics en uniforme : quatre hommes et quatre femmes. J'ai pris place à leur table, constatant qu'un café noir m'y attendait déjà.

Whitt m'a présentée à chacun de ses collègues.

— Je serais curieux de savoir ce qu'on est venu fabriquer dans ce trou, a demandé l'un des flics. Edward nous explique que la direction de la mine refuse la fouille des baraquements, et Perth se fait tirer l'oreille pour nous fournir un mandat de perquisition.

J'ai haussé les épaules.

— On n'aura pas de mandat. Ces gens-là ont trop de fric, et trop de copains bien placés au ministère de la Justice. Jamais les propriétaires de la mine n'accepteront que l'on montre aux infos l'ampleur du trafic de drogue à l'intérieur de la mine.

— Quelle connerie, a maugréé mon voisin.

— Le mieux est encore de procéder à des fouilles officieuses, tout comme on a procédé à la vérification des casiers individuels des mineurs. J'ai la liste de tous les employés qui ont commis des actes de violence par le passé. Vous allez pouvoir nous aider à les interroger, tout en sachant que s'ils refusent de parler, on a les mains liées et aucun moyen de les arrêter.

— Quels sont les principaux suspects ? s'est enquis l'un des flics.

J'ai posé sur la table une photocopie de la carte d'identité de Lavacherie.

— Je n'aime pas beaucoup ce type, si bien que je ne suis pas objective, mais c'est un salopard de première auquel il serait bon de s'intéresser, si mon instinct ne me trompe pas.

Un silence pesant m'a répondu et je suis devenue toute rouge.

— OK, je sais ce que vous pensez : cette fille n'a pas beaucoup d'instinct, pour n'avoir pas vu que son frère était un prédateur sexuel. Eh bien vous voulez que je vous dise, les gars ? Jusqu'à preuve du contraire, la culpabilité de mon frère n'a pas été prouvée, alors rien ne vient invalider mon intuition.

— Je suis d'accord avec Harriet au sujet de ce type, a renchéri Whitt en tapotant de l'index la photo de Lavacherie. Il serait bon que deux d'entre nous le filent sans le lâcher d'une semelle.

J'ai étalé sur la table la photo floue du tueur prise par la caméra du campement des écolos.

— Cette photo m'a été fournie par des militants des Soldats de la Terre, installés un peu plus loin dans le désert. Leur leader, Océane Divine, ne me revient pas non plus.

— « Océane Divine » ? a éclaté de rire une jeune femme flic. Un nom pareil, ça ne s'invente pas !

— Cette cinglée porte sur elle le numéro matricule d'un agneau tué dans un abattoir, va savoir de quoi ces gens sont capables. Je doute qu'ils se trouvent derrière ces meurtres, mais je serais curieuse de savoir pourquoi ils refusent à ce point de coopérer à l'enquête.

— Richard Lee Machinna, a enchaîné Whitt en dévoilant une photo de Richie. Le dealer en chef du camp. Lui et ses hommes ont usé de violence par le passé avec les employés de la mine. Ils rançonnent les touristes de passage dans la région, ou encore les mineurs les plus fragiles.

— Comment un gang de dealers peut-il opérer ouvertement au sein de la mine ? s'est étonné l'un des flics. Ce Machinna est payé par la direction ?

J'ai soupiré.

— Mieux vaut éviter de se poser la question. Il fait partie des meubles.

— Pour la petite histoire, nous avons été assistés dans notre enquête par des prostituées, a souri Whitt. Cela dit, malgré leur aide, certaines d'entre elles se sont rendues coupables de violence envers les mineurs. On ne les a donc pas rayées de la liste des suspects.

— Bienvenue dans le Never-Never, a plaisanté l'un des présents. Tout est décidément possible dans le Plus-Jamais.

80

À la suite de leur virée dans les baraquements, les Bilbis m'avaient fourni des photos intéressantes. Ce n'étaient pas les armes de poing qui manquaient à l'intérieur du camp. Avec autant de mecs, rien d'étonnant à ce que certains éprouvent le besoin d'asseoir leur virilité en faisant des cartons sur des canettes dans le désert.

Les filles avaient également découvert quelques fusils, mais uniquement des modèles de base, sans lunette, comme ceux dont se servent les gamins des fermes pour éloigner les lapins. Les mineurs ne prenaient pas vraiment la peine de cacher leurs armes, à en juger par les photos montrant des fusils posés dans un coin et des pistolets sur les tables de nuit.

Ce jour-là, Whitt et moi avons reçu la visite de plusieurs mineurs désireux de nous fournir des tuyaux ou de nous rapporter des conversations surprises par hasard.

L'un d'eux avait vu un éclair jaillir d'un baraquement pendant que le tueur tirait sur Lenny.

Un autre avait entendu dire que les meurtres étaient liés à un trafic sexuel.

Un troisième connaissait un armurier à Perth récemment dévalisé par un type en costume qui lui avait raflé tout son stock de balles de calibre .50.

Chacune de ces nouvelles pistes me plongeait dans les affres. J'étais sûre que des dénonciations similaires circulaient à Sydney, à présent que le nom du suspect des meurtres de la Georges River avait été publié dans la presse. On aurait entendu mon frère raconter dans un bar ce qu'il avait fait subir à sa dernière victime, quelqu'un l'aurait aperçu en train de se débarrasser d'indices compromettants derrière un entrepôt quelconque, l'ami d'un ami lui aurait échappé de justesse après avoir accepté de l'aider à déménager des objets dans une cave…

Les gens éprouvent le besoin de participer à la terreur et aux expériences traumatiques. Je ne sais pas s'il s'agit pour eux de donner un sens au tragique, de se rassurer, ou bien si c'est un moyen pervers de transformer leurs fantasmes en réalité par le biais du mensonge.

On sentait les employés de la mine nerveux et agités. Certains d'entre eux avaient choisi de rester pour les raisons exposées par Gabe, mais j'étais convaincue que beaucoup s'accrochaient par peur de perdre leur boulot. Tous venaient de milieux difficiles et ils bénéficiaient ici d'une sécurité de l'emploi jamais connue ailleurs. Ils restaient à cause de l'argent, parce qu'ils avaient un toit et de quoi se nourrir. Ils restaient parce que des maris, des femmes ou des parents sans états d'âme les attendaient à la maison.

La plupart avaient les mêmes réserves que moi. On m'avait expliqué comment Richie traitait ceux qui apportaient de la drogue au camp au lieu de lui en acheter. Les filles en particulier craignaient comme la peste le dealer et ses sbires.

À mesure que se remplissait notre liste de suspects, Whitt et moi faisions le tour des plus violents. Nous n'avions aucun moyen de les forcer à nous laisser entrer dans leurs baraquements humides et malodorants, mais ils savaient à quoi ils s'exposaient en refusant. La rumeur de leur culpabilité ferait le tour de la mine en moins d'une heure, alors ils nous laissaient à contrecœur fouiller leurs placards et regarder sous leurs lits.

En milieu de journée, les journalistes parqués à l'entrée par des patrons qui se refusaient toujours à la moindre déclaration avaient fini par longer la clôture jusqu'aux baraquements, dans l'espoir d'interviewer les mineurs à travers le grillage. Si aucun n'avait accepté, plusieurs avaient empoché les cartes tendues par les reporters. De mon côté, je faisais profil bas, de peur d'être reconnue.

— Je me demande si les journalistes vont jusqu'à leur proposer du fric.

— Si les mineurs sont malins, m'a répondu Whitt, ils attendront quinze heures, quand les envoyés spéciaux commenceront à sentir la pression, à quelques heures du JT.

Deux journalistes, constatant que nous ne portions pas la combinaison des mineurs, se sont mis à nous pister le long de la clôture. Je me suis empressée d'enfoncer ma casquette noire sur les yeux.

— Holà ! Vous êtes flics ?

Whitt a froncé les sourcils.

— Comment ont-ils deviné ? C'est à cause de toi, tu respires le flic à cent lieues.

— Quoi ?!! Jamais de la vie. Notre tandem les intrigue, ils se demandent ce que peut bien fabriquer une fille normale comme moi avec un antiquaire.

Whitt m'a répondu par un petit rire fatigué que j'ai trouvé très agréable. J'aurais aimé le savourer un peu plus longtemps, mais nous avons été interrompus par l'écho d'une fusillade.

81

Les premiers coups de feu ont éclaté au moment où nous approchions de la cantine. Plusieurs détonations rapprochées ont fendu l'air. Whitt et moi nous sommes collés contre le local accueillant les réserves. En me retournant, j'ai constaté que les deux journalistes filmaient la scène, bientôt rejoints par des collègues.

J'ai sorti mon arme en leur faisant signe de se mettre à l'abri.

— Bande d'idiots… Baissez-vous !

En rejoignant la cantine au pas de course, nous avons croisé de nombreux mineurs qui en sortaient précipitamment. Une fille très jeune s'est cognée à la porte avec une telle force que le verre a volé en éclats. Un bruit de tables et de chaises renversées nous est parvenu.

Les coups de feu ont cessé. Il flottait dans l'air une forte odeur de poudre, soulignée par une odeur d'œuf pourri qui m'a rappelé les nuits d'été de mon enfance et les soirs de Saint-Sylvestre.

Nous nous sommes avancés dans la salle déserte. Au pied du buffet, j'ai retrouvé des restes de pétards. J'ai relevé la tête en entendant des ricanements s'élever du côté de la fenêtre la plus éloignée. J'ai reconnu Richie et trois membres de sa bande en train de filmer la scène à l'aide d'un portable pendant que je restais là comme une idiote, l'arme à la main.

— Ils sont tombés bien bas, a constaté Whitt.

Un inconnu en civil a traversé la salle à toute vitesse, une énorme caméra sur l'épaule. J'étais dans un tel état de nerf que son arrivée a déclenché chez moi un réflexe animal. Sans même m'en apercevoir, je l'ai mis en joue.

— Holà ! s'est-il défendu. Je suis désolé, j'ai sauté par-dessus la clôture pour aller voir…

J'ai rangé le pistolet dans le creux de mes reins.

— Vous avez franchi le grillage ? Très bien. Posez tout de suite cette caméra et montrez-moi vos papiers. Je vous dresse un PV pour violation de propriété privée.

— Vous me dressez quoi ? a ri le type. Vous plaisantez, j'espère.

J'avais bien conscience de réagir de façon ridicule et mesquine, mais à défaut de pourchasser Richie et ses complices, je me défoulais sur ce cameraman à la façon d'une institutrice en colère contre une bande de garnements. J'ai attrapé ce type par le bras avec une telle force qu'il a laissé échapper un cri.

— Vous n'êtes pas obligé de vous exprimer, mais tout ce que vous dites pourra être retenu contre vous. Je vous demanderai de me suivre jusqu'à l'entrée de ce camp, vous recevrez une convocation au tribunal.

Whitt en a profité pour effacer la carte mémoire de la caméra et je suis sortie de la cantine avec son propriétaire sous le regard de ceux qui se trouvaient sur place quand avaient éclaté les pétards. Il y avait également là une douzaine de journalistes. J'éprouvais une rage telle que je ne pensais plus à rien, incapable de recouvrer la raison. De toute façon, il était trop tard pour que je fasse machine arrière.

Comme de juste, tous les objectifs se sont braqués sur moi : j'avais réussi à attirer l'attention sur ma personne de la pire des façons.

— Harriet ? Harriet Blue ? a crié un reporter. Vous avez vu ? Je crois que c'est l'inspecteur Blue.

82

« Des équipes de télévision couvrant les meurtres de plusieurs salariés d'une mine isolée d'Australie-Occidentale ont encouru les foudres de la police cet après-midi. L'inspecteur Harriet Jupiter Blue, chargée de l'enquête, a procédé à l'arrestation d'un cameraman accusé de s'être introduit illégalement sur une propriété privée. Simon Windell, de la chaîne Seven Network, s'est ainsi vu contraint de quitter la mine à la suite d'un incident dont les envoyés spéciaux présents sur place ont été témoins. »

Gabe, qui regardait les infos à côté de moi dans le lit, un bras passé autour de mes épaules, a tiqué.

— Qu'est-ce qu'il a dit ?

J'ai soufflé la fumée de ma cigarette en direction de la fenêtre ouverte.

— Que j'avais arrêté ce cameraman. Ce qui est vrai.

— Pas ça. Le présentateur a parlé de Harriet Jupiter…

Je l'ai coupé.

— C'est comme ça que je m'appelle.

Gabe a posé sur moi un regard qui pétillait dans la pénombre.

— *Jupiter ?*

— Ma mère était une toxico qui faisait le trottoir, à quoi voulais-tu t'attendre de sa part ?

J'ai ponctué ma réponse d'un coup de poing dans les côtes de ce gros malin.

Je suis apparue à l'écran en train de sortir le cameraman de force de la cantine.

« Les journalistes présents sur place ont appris avec stupéfaction que l'inspecteur Blue n'était autre que la sœur de Samuel Jacob Blue, incarcéré plus tôt ce mois-ci pour les meurtres de la Georges River. »

On me voyait repoussant la meute des journalistes après avoir raccompagné Simon Windell jusqu'à l'extérieur. Violemment prise à partie par les représentants des médias, je franchissais l'entrée de la mine, la tête rentrée dans les épaules. Une photo de Sam s'est affichée à l'écran, prise avec moi dans un jardin ensoleillé.

« Samuel Jacob Blue n'a pas encore avoué les meurtres, et la police refuse de préciser si l'enquête que mène actuellement sa sœur en Australie-Occidentale pourrait être en lien avec l'affaire de la Georges River. »

J'ai arraché la télécommande des mains de Gabe et éteint le poste.

— C'est la meilleure ! S'il existe un lien entre les meurtres de la Georges River et ceux d'ici, comment veulent-ils que Sam soit coupable, puisqu'il dort en prison ?

— Le goût du sensationnel, rien d'autre, a bâillé Gabe. C'est toujours plus juteux, pour les médias, quand les crimes sont reliés entre eux.

Son rang de contremaître valait à Gabe un vieux donga pour lui tout seul. Il avait installé son lit près de la fenêtre aux carreaux poussiéreux, contre le mur, de façon à pouvoir s'y adosser le matin en buvant son café. La tête sur sa poitrine, je regardais distraitement les lumières clignotantes de l'immense grue installée au centre du camp tout en fumant une cigarette bien méritée dont je jetais les cendres par la fenêtre.

— Comment ai-je pu être aussi conne? Ma couverture est fichue, à présent.

— Ne sois pas trop dure avec toi-même, m'a-t-il rassurée en caressant les petits cheveux de ma nuque. Tu as bien fait comprendre à tous ces journalistes que tu ne te laisserais pas malmener.

— Ils étaient venus filmer l'arrestation d'un tueur et ils sont repartis avec les images d'une flic virant l'un des leurs manu militari. Ça la fout mal, autant pour mon frère à Sydney que pour l'enquête.

— Harry, tu…

— Tueur. Sombre. Chasseur. Vengeance.

— Pardon?

J'ai répété les quatre mots tout en triturant machinalement les poils qui couvraient sa poitrine.

— Ce sont les quatre mots écrits par Danny Stanton dans l'un de ses carnets. À défaut de trouver le fusil, il me faut découvrir un lien entre les victimes. Ces mots ont-ils une signification? J'en arrive à me demander s'il ne s'agit pas d'une pièce essentielle du puzzle.

— Aïe! s'est écrié Gabe en repoussant ma main. Tu m'arraches les poils.

— Oh, désolée.

Les draps étaient frais sur notre peau, la nuit achevait de dissiper la chaleur de la journée écoulée.

Dès mon premier contact avec Gabe, lorsque je lui avais serré la main, sa peau m'avait aidée à repousser la terrible pensée de ce qui se passait à Sydney. Ce sentiment de réconfort semblait s'être évanoui, à présent. J'ai voulu m'écarter de lui, mais il m'a retenue prisonnière de son bras, posant ses lèvres sur mon oreille.

— Arrête de réfléchir à ton frère. On t'a envoyée ici pour que tu t'éloignes de tout ça.

— Tu lis dans mes pensées, maintenant ?

Il a repoussé une mèche noire derrière mon oreille.

— Si tu fais l'effort, tu es capable d'oublier ton frère. Tu ne peux rien pour lui à l'heure qu'il est. Concentre-toi sur ce qui se passe ici.

J'ai fermé les yeux en essayant de me persuader que cette mine en plein désert était une planète de sable, quelque part dans l'univers. L'espace de quelques instants, je me suis cramponnée à ce mensonge et l'enfer dans lequel je me débattais m'a paru légèrement moins pénible.

83

À vingt-deux heures ce soir-là, Gabe s'était endormi à côté de moi, son horloge interne calée sur le rythme de ses horaires à la mine. Je me suis glissée silencieusement hors des draps et j'ai rejoint mon donga, dans lequel je pensais voir Whitt. Un petit mot posé sur ma couchette me signalait qu'il s'était rendu à Bandya. Prise de panique, je me suis pétrifiée dans la pénombre à l'idée que tous les flics affectés à l'enquête se retrouvent face aux journalistes, logés à l'unique hôtel du coin. Ils ne manqueraient pas de mettre la pression sur Whitt et les autres pour qu'ils leur fournissent des détails. Le mieux était encore de les rejoindre, s'il n'était pas trop tard.

Je me suis dirigée vers la voiture en m'efforçant de calmer ma respiration. Comme à mon habitude, je doutais des autres, m'estimant seule capable de résister aux assauts de la presse. J'aurais dû pourtant savoir que jamais Whitt ni les autres ne trahiraient les secrets de l'enquête. C'était tous d'excellents professionnels.

J'ai tout de suite repéré Whitt, en compagnie de deux des femmes flics dans un coin du pub.

— C'est vrai ? m'a-t-il demandé.

J'ai senti mes cheveux se hérisser au niveau de la nuque.

— Qu'est-ce qui est vrai ?

— Que tu t'appelles Jupiter ? a-t-il précisé en gardant difficilement son sérieux.

J'ai poussé un grand soupir. Les deux filles ont pouffé de rire. Je me suis installée à leur table, avant de me verser un grand verre de vin que j'ai vidé en trois gorgées.

— Quoi de neuf ce soir ?

— Figurez-vous que l'une de vos petites mains nous a apporté une trouvaille très intéressante, a répondu l'une des deux flics, une dénommée Beckett à en croire le badge épinglé à sa veste d'uniforme.

Elle m'a tendu son téléphone, sur l'écran duquel s'affichait la photo d'une caisse en plastique noir dissimulée sous le lit défait d'un mineur.

— La photo a été prise dans le donga d'un certain Ethan Formosa. Un collègue de Hon à l'intendance, avec quelques condamnations pour coups et blessures à son actif.

— Vous êtes allés vérifier ?

— Absolument, m'a répondu Whitt avec ce sourire carnassier qui ne le quittait plus. Formosa a fait de la résistance, il refusait qu'on ouvre la caisse en présence des autres mineurs qui se trouvaient là.

— De quoi s'agissait-il ? D'un fusil ?

Ils se sont tous regardés, autour de la table.

— Bordel, Whitt ! Crache le morceau !

— Eh bien, c'était… une combinaison en latex.

Shae, l'autre femme flic, a ri en se couvrant la bouche de la main.

— Il y avait même un masque à fermeture Éclair, a poursuivi Whitt qui peinait à garder son sérieux, avec toutes sortes de gadgets : des lanières, des boucles, et une sorte de pompe.

— C'est bon, je vois le tableau.

Je me suis servi un autre verre de vin pour la peine.

— Les filles ont découvert quatre autres étuis au cours de leurs recherches, a précisé Beckett. Ils renfermaient deux flûtes, un saxophone et un basson. Je n'aurais jamais pensé que ce camp renfermait autant d'artistes. Pour un peu, on pourrait former un orchestre.

— Les Mineurs Poussiéreux, avec Latex Masqué en invité.

Ils ont éclaté de rire. Whitt commençait enfin à se dérider, après la tension de ces derniers jours. Son visage paraissait plus détendu, et ces deux filles n'y étaient pas pour rien. Dans notre métier, il faut savoir lâcher prise par moments, si on ne veut pas y laisser sa peau. Personnellement, je n'en étais pas encore au stade de certains collègues plus âgés qui ont fini par épuiser leur réserve de rire, même lorsque tout va bien. J'avais encore de l'humour à revendre, mais il était trop tôt pour lâcher la bride. À ce stade, me réfugier dans les bras de Gabe était le seul remède auquel j'avais recours.

Je me suis levée sans un mot, avec l'intention de commander une autre bouteille de vin au bar. Ce côté mal élevé est habituel chez moi au plus fort d'une enquête. Le Vieux, qui me connaît bien, dit que je suis en mode « femme d'action ». Il me manquait terriblement, d'un seul coup. J'avais si bien la tête ailleurs que je n'ai pas vu le bras émerger de la pénombre ambiante.

C'est seulement en sentant une main me bâillonner et un autre bras m'enserrer la taille que j'ai compris. L'instant d'après, on me tirait en arrière.

84

La musique à l'intérieur du pub gueulait si fort que je n'ai pas entendu mon propre cri. Mes ravisseurs m'ont entraînée vers un petit escalier et conduite jusqu'à l'étage avant de me jeter sur le plancher d'une pièce qui sentait le renfermé.

Mes réflexes de défense se sont réveillés lorsque s'est allumée la lumière de la salle de bains. Les voix des dizaines de victimes de viol dont je m'étais occupée au cours de ma carrière ont résonné simultanément dans ma tête. Celles qui s'étaient défendues comme celles qui n'en avaient pas eu la force, mon imagination comblant le vide de ce moment crucial où elles avaient basculé dans l'impuissance.

Vas-y ! Mords, griffe, débats-toi, donne des coups de pied, arrache-leur les yeux. Tout ce que tu peux tenter. Empêche-les de t'emmener dans une voiture, une chambre, une cave.

Un type m'a poussée brutalement et je me suis affalée dans le bac de douche. Le pommeau au-dessus de ma tête fuyait, l'émail humide détrempait mon jean.

J'ai découvert la silhouette de Richie sur le seuil de la salle de bains. Il jouait avec mon arme de service, récupérée dans le creux de mes reins au moment de mon enlèvement. Deux de ses complices observaient la scène, leur forte odeur de mâle emplissant la petite pièce. Ses deux autres sbires devaient monter la garde dans le couloir. La sono du pub faisait vibrer le sol, personne ne m'entendrait si je criais. Personne ne viendrait à ma rescousse. J'étais désarmée et pas en position de force. À cet instant précis, j'ai connu la terreur à l'état pur.

— Ne dis rien, m'a ordonné Richie, comme si j'en avais été capable. Réfléchis plutôt à ce qui pourrait t'arriver. Sers-toi de ton imagination. Ne te contente pas de croire qu'on va te traîner de force sur le lit. Pense à la baignoire, qu'il me suffirait de remplir à moitié pour te noyer. À tous les accessoires dont je pourrais me servir. Tu vois un peu le tableau, ma belle ?

J'ai puisé de l'air tout au fond de mes poumons en voyant Richie tendre un doigt vers moi, le regard vide.

— Tu me compliques l'existence depuis que tu es là, a-t-il poursuivi. Tu m'emmerdes dans les grandes largeurs. Les affaires n'étaient déjà pas au top depuis ton arrivée, ça ne s'est pas arrangé quand tes petits copains ont débarqué hier. On a déjà vu partir une flopée de gars qui ne reviendront pas. Sans compter qu'ils se sont caltés sans régler les frais de péage, tout ça parce que j'ai deux connards de flics sur le dos.

Il s'est accroupi face à moi. L'un de ses hommes, un grand blond aux mains tatouées, m'a adressé un sourire en me voyant croiser son regard.

— À l'heure qu'il est, je suis au chômage technique. Il faut bien que quelqu'un m'offre un petit dédommagement.

— Whitt va me chercher partout.

— C'est ça qu'on vous conseille de dire, en pareil cas ? a murmuré Richie. *Dites-leur que vous avez une maladie, ou alors que vous êtes enceinte, que votre petit ami sera là dans une minute.* Je vois le tableau d'ici. Ensuite, on passe à la psychologie de base : *Parlez-leur de vous. Mettez en avant votre humanité, pour éviter qu'ils vous tuent quand ils en auront terminé avec vous.*

Il a éclaté de rire.

— Tu veux que je te dise, ma belle ? Ton petit ami ne risque pas de venir et je ne te vois pas du tout comme un être humain, mais je ne te ferai rien. Mes gars non plus. Tu sais pourquoi ? Parce que ce serait inutile. Tu as compris que tout ton cinoche de boxeuse ne t'a finalement servi à rien. Tu parades en jouant à la tigresse qui n'a peur de rien, et tu vois où ça t'a menée ? T'es foutue. Pour une fille dans ton genre, c'est le pire qu'il puisse t'arriver.

Richie s'est relevé et m'a toisée de toute sa hauteur.

— Voilà ce qui va se passer, ma belle. Pete et Andy, ici présents, vont t'emmener à Perth, où tu expliqueras à tes patrons que ton enquête se poursuit en ville parce que tout indique que le tueur a quitté la mine. Tu passeras un coup de fil à ce petit pédé de Whittacker pour lui demander de te rejoindre et de renvoyer dans leurs foyers les équipes arrivées en renfort. Quand tu auras fait tout ça, je réfléchirai à la possibilité de te rendre ton arme de service, ce qui t'évitera de passer pour la reine des connes en expliquant à ta hiérarchie qu'on te l'a piquée.

Il a empoché le pistolet et m'a tourné le dos. Ses deux sbires se sont avancés.

— Inutile de te préciser ce qui t'arrivera si tu te fous de ma gueule, inspecteur de mes deux. Tu vois bien que c'était pas très compliqué de t'enlever et de t'emmener ici.

— Sauf qu'il y a un petit problème.

Pete et Andy ont reculé machinalement en me voyant me relever. Ils ont lancé un coup d'œil interrogateur en direction de leur boss, qui s'est figé à l'entrée de la salle de bains.

— Je ne me contente pas de *jouer* à la tigresse qui n'a peur de rien.

85

Il est toujours préférable d'économiser son énergie quand on se bat pour sa survie. On commence calmement, on frappe avec précision, sans effets inutiles. Comme le dénommé Pete, tout sourire, avançait le bras pour m'attraper dans le bac de douche, je lui ai souri de retour en repoussant sa main d'une tape.

Il a voulu réagir, mais je lui ai tordu le bras en l'envoyant voler bruyamment contre la porte de la douche. Sans le lâcher, j'ai levé le genou et abaissé son avant-bras de toutes mes forces. Le radius s'est brisé avec un bruit sec et il a poussé un hurlement. Andy s'est précipité et m'a enfermé le cou dans le creux de son coude, mais je l'ai déstabilisé en reculant violemment. Son bras a glissé et s'est retrouvé à portée de ma bouche, ce qui m'a permis de le mordre jusqu'au sang.

Le cri qu'il a poussé m'a vrillé les tympans. Profitant de son impuissance, je me suis jetée sur lui et il s'est écroulé sur Pete au fond du bac de douche. Avant que j'aie pu me ruer sur Richie, Andy s'était relevé et s'efforçait de me maîtriser en refermant ses bras autour de mon torse.

Il a eu le tort de me soulever de terre, j'en ai profité pour enfoncer mes doigts dans son cou tout en enroulant mes jambes autour de sa taille. Nous sommes tombés ensemble et le robinet de douche m'a déchiré les chairs sous mon jean, ce qui ne m'a pas empêchée d'agripper mon adversaire par les cheveux et de le gratifier d'un coup de boule. Il s'est effondré au pied des toilettes. Je me suis assise sur le rebord du bac en émail, le temps d'essuyer mon menton taché du sang de Pete, sous le regard ébahi de Richie.

J'avais perdu une chaussure dans la bagarre, ma chemise était déchirée au niveau de l'épaule et mes cheveux étaient un vrai champ de bataille, mais l'adrénaline s'était chargée de repousser la peur, au point de générer chez moi une rage terrible.

Richie, mon pistolet au poing, a visé et appuyé sur la détente. Le chien est retombé à vide et j'ai sorti de ma poche le chargeur que j'avais pris la précaution de retirer.

— J'évite de me balader avec une arme chargée quand je bois. Allez, Richie ! Viens chercher ce chargeur, je ne vais pas te manger.

Il s'est empressé de poser mon pistolet sur le carrelage et de reculer.

86

— Tu as un crâne en acier trempé, ce n'est pas possible autrement ! s'est exclamé Whitt. Tu n'attends même pas qu'on t'ait retiré les points de suture pour t'en servir comme bélier.

J'avais droit à la même infirmière qui m'avait recousue quelques jours auparavant. Cette fois, elle effectuait des travaux d'aiguille au niveau de ma hanche, ouverte en deux par le robinet de douche.

— Vous donnez souvent des coups de boule ? m'a-t-elle demandé.

— Pas plus de trois fois par semaine, en règle générale.

— Ce genre de choc provoque des lésions au cerveau, vous savez.

J'ai haussé les épaules et elle a poursuivi son travail.

— Le lobe frontal abrite les neurones responsables des émotions. À force de plaisanter de cette façon-là, vous pourriez bien hériter d'un tempérament violent.

— Si je comprends bien, vous me recommandez d'arrêter les coups de boule au prétexte que ça pourrait me donner envie de donner des coups de boule.

Elle m'a jeté un regard assassin.

— On va pouvoir rayer le nom de Richard Lee Machinna de notre liste de suspects, a regretté Whitt. Pourquoi s'évertuer à t'expédier à Perth si c'était lui le tueur ? Il lui suffisait de t'abattre à distance comme ses cibles précédentes.

— Peut-être qu'il nous apprécie, ce qui le pousse à vouloir se débarrasser de nous sans nous tuer.

— Personne ne vous apprécie, par ici, a rétorqué l'infirmière.

— Je n'ai pas envie de le blanchir trop vite, Whitt. Autant être sûr qu'il n'a aucune raison de figurer sur notre liste avant de l'exonérer. Je propose qu'on aille s'intéresser de plus près à ses affaires pour savoir ce qu'il a réellement dans le ventre.

— Ses gars et lui vivent dans des caravanes à une dizaine de kilomètres d'ici, a répliqué Whitt. Je te fiche mon billet qu'on aura toutes les peines du monde à obtenir un mandat, pour les mêmes raisons que pour la mine. Je te propose d'en rediscuter tranquillement demain matin.

— Qu'en est-il d'Aaron Levacher ? Tu as reçu son casier judiciaire ?

— Pas encore. Je vérifierai tout à l'heure en regagnant notre donga.

Il s'est étiré sur son siège en faisant craquer les os de son cou. J'étais moi-même sur les nerfs. Un état habituel chez moi, même avant d'entrer dans la police. Richie n'avait pas tort. J'étais une vraie tigresse.

Je me suis tournée vers Whitt.

— Va te coucher. J'en ai encore pour un petit moment.

Il a accepté à regret et s'est éclipsé. Pendant que ma charmante infirmière se mettait en quête d'un antalgique dans la pièce voisine, j'ai repensé à Danny Stanton.

Tueur. Sombre. Chasseur. Vengeance…

Je sentais bien que je brûlais. Je savais aussi que le tueur représentait une menace autrement plus sérieuse que Richie et ses gros bras. Mes chances de survie étaient limitées.

87

— Trop génial. Il n'y a pas âme qui vive. On va pouvoir opérer en toute tranquillité sans avoir besoin de les éloigner.

J'avais toutes les raisons d'être satisfaite en observant le repaire de Richie à l'aide de jumelles, allongée sur une crête à côté de Whitt sous un soleil impitoyable. En tout et pour tout, le refuge de mon dealer préféré se limitait à deux vieilles caravanes blanches à bandes grises, un 4 × 4, et une berline Hyundai Sonata des années 1980 sur cales, à l'ombre de laquelle poussaient des lantaniers et des broussailles. Depuis une demi-heure que nous étions en surveillance, rien n'avait bougé. Richie et ses hommes devaient encore moisir dans une cellule à Perth en attendant qu'on les libère sous caution. Je me demandais s'il avait été soulagé en constatant que je l'accusais uniquement de « voies de fait sur un agent de la force publique », sachant que j'aurais aisément pu le faire tomber pour tentative de meurtre.

Whitt avait été horrifié quand je lui avais expliqué le matin même que Richie avait voulu m'abattre. De toute façon, j'aurais eu le plus grand mal à prouver qu'il y avait eu tentative de meurtre. N'importe quel bon avocat aurait prétendu qu'il était conscient de pointer sur moi une arme non chargée et qu'il avait uniquement voulu m'effrayer. Quoi qu'il en soit, il serait libre avant la fin de la journée, mais cela nous laissait le temps de fouiller tranquillement ses affaires.

J'étais curieuse de savoir si Richie conservait par-devers lui un fusil à lunette, une tenue camouflage, ou tout autre indice parlant.

Le temps de nous relever, Whitt et moi avons couru jusqu'au camp des dealers, l'arme au poing, en surveillant les alentours du coin de l'œil. J'ai repensé à ce que m'avait expliqué Gabe à propos des capacités d'adaptation du corps humain, lors de notre virée nocturne dans le désert. Il avait comparé notre faculté de résistance à celle des animaux. Le soleil avait fini par me tanner la peau et la poussière omniprésente du désert m'obligeait à plisser les paupières. J'avais la plante des pieds dure comme de la pierre à force de me rendre pieds nus jusqu'au bloc de douches. La couleur de mes vêtements trempés de sueur était passée, mes cheveux collés par le sel. J'étais en train de me métamorphoser en créature du désert.

88

Nous avons commencé par nous approcher du 4 × 4 garé à côté de la caravane la plus proche. Les portières n'étaient pas verrouillées, mais la clé ne se trouvait pas à l'intérieur. J'ai soulevé les tapis de sol à l'arrière, passé mes doigts le long du châssis, à la recherche du moindre indice. La console centrale débordait de mégots. Whitt, qui fouillait l'avant, a bien failli m'écraser en reculant le siège conducteur.

— Hé ! Fais gaffe !

— Regarde-moi ça ! a-t-il ri en brandissant un énorme revolver chromé.

Je suis descendue du véhicule afin de m'approcher de sa portière ouverte et de lui prendre l'arme des mains.

— Putain, ce truc-là pèse une tonne ! Un Smith & Wesson 500, capable d'abattre une vache.

— Nous n'avons qu'à le confisquer pour nous amuser un peu avec, a suggéré Whitt.

— Les coups de feu porteront jusqu'à la mine.

J'ai remis le revolver dans sa cachette.

— En plus, je ne serais pas surprise qu'il ait un permis de port d'arme.

La première caravane était verrouillée, mais nous n'avons eu aucun mal à nous glisser à l'intérieur en passant par une fenêtre qui fermait mal. Il régnait une forte odeur de bourbon et de déodorant à l'intérieur. Les serviettes humides qui traînaient par terre, l'évier débordant de vaisselle sale, tout trahissait la présence de célibataires endurcis. Je me suis intéressée aux placards de la cuisine avant de fouiller les cartons, les espaces sous l'évier, et d'examiner le contenu de la petite table. Rien. Rien non plus sous le lit, ou sur les rayonnages. Whitt m'a laissée terminer pendant qu'il passait à la seconde caravane. Il ne cachait pas sa déception au moment où je l'ai rejoint, un peu plus tard.

J'ai voulu voir si les cloisons sonnaient creux.

— Avec toute la drogue qu'ils vendent au personnel de la mine, jamais ils ne laisseraient leur stock sans surveillance, à moins de disposer d'une planque imparable. Mais où ? Normalement, il devrait y en avoir partout.

J'ai regardé machinalement par la fenêtre et sursauté en distinguant deux silhouettes à l'horizon.

— Merde, on a de la visite.

J'ai sorti mon arme. Whitt a observé le désert à son tour à travers les rideaux de dentelle crasseux avant de porter les jumelles à ses yeux.

— Tiens, regarde, m'a-t-il enjoint en me tendant les jumelles.

Deux énormes émeus arpentaient l'immensité en inspectant le sol sablonneux.

Rassurés, nous avons repris nos recherches sans découvrir d'arme. La fouille terminée, nous avons refermé la porte de la seconde caravane.

— Je suis déçue.

— Tu as peut-être tort, a réagi Whitt en s'approchant de la carcasse de la Hyundai.

Un grand lézard couleur de sable s'est enfui à notre approche.

Les broussailles avaient été dégagées d'un seul côté de l'épave, de façon à ce que quelqu'un puisse se glisser en dessous. Whitt s'est mis à plat ventre et je l'ai vu creuser furieusement le sable.

— J'entre ! s'est-il écrié sur un ton joyeux.

J'ai entendu un grincement et ses jambes ont disparu à l'intérieur d'une ouverture : il venait de découvrir une cachette enfouie dans la dune.

J'ai écarté à mon tour la trappe et découvert Whitt debout dans un réduit de trois mètres de hauteur aux parois couvertes de rayonnages artisanaux. Il m'a adressé un sourire lumineux.

— Viens me rejoindre.

89

Une fois descendus les barreaux d'une échelle minuscule, je me suis retrouvée face à Whitt. C'est tout juste si nos torses ne se touchaient pas. Les rayonnages débordaient de drogue. Les deux rangées inférieures accueillaient des briques tassées de ce qui devait être de la cocaïne et de l'héroïne. Sur les rangées supérieures s'alignaient des boîtes de médicaments.

J'en ai prélevé quelques-unes afin de m'intéresser à leur contenu précis.

— Des stéroïdes et des antidépresseurs ?

— Oui, a acquiescé Whitt. Je vois mal les employés de la mine se plaindre de dépression au dispensaire. Il est plus facile pour eux de se fournir auprès de Richie. Il pose moins de questions.

— Il y a aussi des antalgiques. Et même de l'Oxy. Tu as vu ça ? Il doit y avoir des centaines de boîtes.

— Oh, merde ! s'est exclamé Whitt avec un petit rire en brandissant un énorme sachet en plastique rempli d'herbe, découvert sur l'étagère supérieure. Ce truc-là pèse le poids d'un gros bébé.

Les rayonnages du haut étaient réservés aux produits les plus demandés. Il suffisait aux dealers de soulever la trappe et de se servir en tendant la main. J'ai découvert un peu à l'écart des paquets entiers de billets de banque. Nous les avons soupesés en souriant. Tout ce fric nous rendait gâteux. Je lui ai fourré une liasse sous le nez avant d'en respirer l'odeur à mon tour. Je n'avais jamais vu autant d'argent à la fois, pas même lors des descentes effectuées avec les Stups à mes débuts dans la police. Il était à la fois amusant, et choquant, de constater que certains individus pouvaient mener grand train en entassant des briques d'héroïne dans un bunker souterrain en toute impunité.

Notre joie n'a pas duré. Un crissement à l'extérieur de la capsule nous a rappelés à la réalité. Nous avons échangé un regard, et j'ai vu l'ombre de la trappe glisser sur son visage.

— Non ! a hurlé Whitt d'un air affolé en levant la tête.

90

Dans l'obscurité, prise de panique, je me suis cognée contre les étagères, ce qui n'a pas fait de bien aux points de suture de ma plaie à la hanche, et une pluie de boîtes de médicaments m'est tombée sur la tête.

— Putain de merde ! a hurlé Whitt.

— Arrête de crier, tu me casses les oreilles.

— C'est *toi* qui me casses les oreilles !

Je l'ai poussé vers la trappe.

— Vite ! Monte à l'échelle.

Il a pesé de toutes ses forces sur l'ouverture sans que celle-ci bouge d'un millimètre. J'ai deviné, au bruit, qu'il faisait courir ses doigts sur le joint de caoutchouc assurant l'étanchéité de la trappe. Ma respiration saccadée était assourdissante dans cet espace confiné. La planque de Richie avait beau être enterrée, et donc plus fraîche que l'air du désert, je transpirais abondamment.

— Au secours ! Au secours ! a crié Whitt en frappant la trappe du poing.

J'ai aussitôt refroidi son ardeur.

— N'espère pas recevoir de l'aide de celui qui a fait ça. S'il nous voulait du bien, il ne nous aurait pas enfermés.

— Tu crois que c'est lui ? m'a demandé Whitt en redescendant de l'échelle.

— Probablement. Qui d'autre se serait amusé à nous surveiller ?

J'ai regardé l'écran de mon téléphone. Ainsi que je m'en doutais, il n'y avait pas de réseau. J'ai frappé la paroi de la planque derrière les rayonnages.

— Il s'agit très certainement d'une vieille citerne, ce qui veut dire qu'elle est étanche. On risque de mourir dans ce trou.

— J'adore ton esprit positif, Harry, a grincé Whitt.

J'ai froncé les sourcils dans le noir.

— C'est un côté sombre d'Edward Whittacker que je ne connaissais pas. Tu ne serais pas claustrophobe, par hasard ?

— C'est possible, a-t-il répondu d'une petite voix.

— Dans ce cas, je te conseille de t'asseoir et de te boucher les oreilles, ça peut aider.

Sans attendre, j'ai sorti mon arme et tiré dans la trappe. Deux petits cercles lumineux ont troué l'obscurité et le visage grave de Whitt m'est apparu. J'ai gravi les quelques échelons de l'échelle et poussé la trappe, dans l'espoir que les balles l'aient fragilisée, mais la fibre de verre avait plusieurs centimètres d'épaisseur.

Je suis redescendue m'asseoir en face de Whitt, nos jambes entrecroisées. Sa chemise, trempée de sueur, lui collait à la peau. J'ai pris une boîte sur l'étagère du bas.

— Tu veux du valium ?

Whitt en a croqué un comprimé en enchaînant les grandes respirations. Nous sommes restés un moment sans parler, bien décidés à ne pas céder à la panique. Le risque d'asphyxie s'était éloigné grâce aux deux trous dans la trappe, mais Richie et ses hommes risquaient fort de nous abattre à leur retour, si la déshydratation et la chaleur n'étaient pas venues à bout de notre résistance d'ici là. La cache des dealers ne contenait rien de liquide, à part le fric, en quantité suffisante pour s'acheter une petite île privée, et assez de dope pour nous aider à oublier nos malheurs.

— Je te préviens, Whitt. Si la situation ne s'améliore pas rapidement, j'ai la ferme intention de me rouler un joint.

91

Nous nous sommes relayés au sommet de l'échelle, à l'affût du moindre bruit, en appelant régulièrement à l'aide. Une heure plus tard, nous dégoulinions littéralement. L'air qui s'infiltrait à travers les trous de la trappe était chaud et les parois de la citerne se sont mises à ruisseler sous l'effet de la condensation. Le vent, en soufflant du sable rouge à travers les ouvertures, ajoutait à notre inconfort.

Contrairement à Whitt, j'étais convaincue que nous finirions par trouver un moyen de nous échapper. Je me suis d'abord évertuée à faire pivoter la trappe, mais elle était bloquée et c'est tout juste si j'ai réussi à la déplacer de quelques millimètres. Grâce au couteau déniché sur l'un des rayonnages du haut, je me suis ensuite escrimée sur le joint de caoutchouc dont les débris ont commencé à pleuvoir sur un équipier à la mauvaise humeur croissante.

— Jamais je ne me suis retrouvé dans une situation aussi imbécile, a-t-il grondé en s'épongeant le visage. Pourquoi ne pas nous avoir tués ?

— Sans doute parce que c'était moins drôle.

Ce n'étaient pas les occasions qui lui avaient manqué depuis notre arrivée à Bandya. Je ne voyais guère que deux raisons à sa décision de nous laisser en vie : primo, il ne tuait que des victimes soigneusement sélectionnées par ses soins, à l'exception de toute autre; secundo, notre survie donnait davantage de piment à son petit jeu.

— Essayons de réfléchir au lien qui peut unir les victimes entre elles. Nous savons déjà que ce n'est pas une question d'âge, de sexe, ou d'origine ethnique. Où travaillait Danny Stanton, par exemple ?

— Il faisait partie des équipes de Gabe Carter à la construction, a répondu Whitt.

— Et Hon travaillait à l'intendance. Tori et Amy changeaient les ampoules, Lenny et Mick foraient des galeries. Ce ne sont donc pas leurs fonctions qui les rapprochent.

— Non, a approuvé Whitt, heureux de cette diversion. Hon était célibataire et draguait des filles sur le Net, Tori avait un petit ami et Danny sortait plus ou moins avec cette fille aux dreads mauves. Il ne s'agit pas non plus d'un triangle amoureux.

Sa réflexion m'a laissée songeuse.

— Danny et Shamma… Pour que Danny en pince pour elle, il fallait qu'il la croise régulièrement dans le campement écolo. Amy nous a expliqué que Tori s'y rendait fréquemment, elle aussi. Voilà déjà un point commun.

— Sauf que les autres victimes n'avaient aucun lien avec les Soldats de la Terre. Hon ne fumait pas de pétards, c'était un type sans histoire. Quant à Mick et Lenny, ils n'avaient pas non plus le profil.

— Alors continuons de chercher. L'âge des victimes varie de dix-neuf à cinquante ans. Comment ont-ils pu croiser la route du tueur ? Quelle activité pouvait bien les unir ?

— La mine, a répliqué Whitt.

J'ai poussé un soupir agacé, avachie contre le mur de la citerne. Le silence s'est éternisé pendant plus d'une heure, jusqu'à ce qu'un bip nous fasse sursauter, signalant l'arrivée d'un mail sur mon téléphone.

— Tu reçois des mails ? s'est écrié Whitt en m'arrachant l'appareil des mains. Pourquoi tu ne disais rien ?

— Parce que je n'en savais foutre rien ! Rends-moi ce téléphone.

Nous nous sommes battus comme des abrutis dans la pénombre.

Un coup d'œil m'a confirmé qu'il n'y avait toujours pas de réseau. Comment diable avais-je pu recevoir un mail ? Je me suis empressée d'en rédiger un à l'intention du Vieux, en tapant « URGENT ! AU SECOURS ! » dans l'objet. Je lui ai décrit notre situation d'une main tremblante avant d'appuyer sur *envoi*. Un message s'est affiché à l'écran.

— « Pas de réseau ». C'est quoi ce bordel ?

— Ton téléphone aura accroché le signal par hasard pendant quelques secondes.

Je me suis rabattue sur le mail que je venais de recevoir. Il émanait d'une journaliste qui m'envoyait la une du *Herald*. « Nous aimerions être les premiers à recueillir votre témoignage, Harry », écrivait-elle.

Le visage aux traits tirés de mon frère s'affichait en première page, surmonté d'un titre en grosses lettres : « BLUE AVOUE ! »

— Une nouvelle importante ? s'est enquis Whitt entre deux bâillements.

J'ai fourré le téléphone au fond de ma poche.

— Non, rien.

Prostrée dans le noir au cœur de ce qui risquait fort de devenir mon tombeau, je me suis demandé un instant si j'étais enfin prête à pleurer.

92

La nuit était tombée lorsque j'ai entendu un bruit. Je me suis empressée de calmer les ardeurs de Whitt, qui fredonnait dans l'espoir d'oublier à quel point il avait envie de pisser.

— Tais-toi ! Écoute !

— Holà ! a fait une voix apportée par le vent. Holà !

— Au secours !

Je suis montée à l'échelle à toute vitesse, en dépit de mes membres ankylosés, et j'ai cogné de toutes mes forces contre la trappe.

— Au secours ! On est là !

Whitt s'est relevé et il a secoué l'échelle.

— Et si c'était eux ?

— Je m'en fous, tant que quelqu'un nous sort de ce trou. Au secours ! Au secours !

Dehors, le silence était retombé. J'ai continué de hurler dans l'espoir d'être entendue, tout en continuant de m'acharner sur la trappe, d'où ruisselaient des filets de sable à travers les trous.

— Vous êtes où ? a fini par me répondre une voix féminine.

— Sous la voiture !

Quelqu'un a repoussé le bloc de roche qui immobilisait la trappe et dégagé le sable qui s'était accumulé sur le haut de la citerne en quantité surprenante. Le battant s'est soulevé et un œil bleu est apparu, qui m'a observé longuement. Shamma.

Je me suis précipitée à l'air libre.

— Mon Dieu, merci ! Merci infiniment ! Vous êtes géniale.

Je me suis affalée sur le sable.

— Qu'est-ce que vous fichiez là-dedans ? s'est étonnée Shamma. Où se trouve Richie ?

— Il a été placé en détention, mais il ne devrait pas tarder à rentrer. On était en train de fouiller sa cachette quand quelqu'un nous a piégés. Et vous, qu'est-ce que vous fabriquez dans le coin ?

Shamma a éclaté de rire.

— À votre avis ? J'étais venue acheter de l'herbe. Pas moyen de s'en procurer à la mine, le camp est bouclé.

— Que s'est-il passé ?

— Je sais pas, m'a-t-elle répondu en coinçant une dread violette derrière son oreille. On a entendu sonner les alarmes tout l'après-midi.

93

Le monospace brinquebalait dans tous les sens à travers le désert tandis que nous regagnions le camp. La nuit achevait de tomber, le vol de petits oiseaux dessinait des traînées sombres dans le ciel rouge sang parsemé de nuages. Whitt, assis à côté de moi, consultait ses mails ainsi que la liste des appels en absence. L'entrée du camp est apparue dans le lointain, éclairée par une débauche de projecteurs, signe que la présence des médias s'était encore renforcée.

— J'ai reçu le casier judiciaire de Lavacherie, m'a signalé Whitt. Pas une seule condamnation.

— Je suis prête à parier que ce n'est pas le cas de son casier militaire. On te l'a envoyé ?

— Pas encore.

Une nuée de journalistes s'est abattue sur notre véhicule, essentiellement des bimbos incongrues aux coiffures sculpturales décoiffées par le vent du désert, leurs chemisiers de soie collés à la peau sous l'effet de la chaleur. Les grilles s'étaient à peine refermées derrière le 4 × 4 que nous parvenait un message diffusé par haut-parleur dans l'ensemble du camp.

« Harriet Blue et Edward Whittacker, Valerie Beckett et Julia Shae, merci de contacter de toute urgence l'administration. »

Je me suis tournée vers Whitt.

— Beckett et Shae ? Les deux flics…

— Les deux collègues à qui nous avons demandé de surveiller Lavacherie, a coupé Whitt, le visage tendu.

Je me garais devant le bâtiment abritant les bureaux lorsque David Burns en est sorti précipitamment. J'étais presque contente de le voir aussi défait, pour une fois.

— Où étiez-vous ? Deux de vos collègues ont disparu. Les quatre autres sont hors d'eux.

Je n'ai pas perdu de temps à lui narrer notre mésaventure, le sort des deux femmes flics me préoccupait davantage. À l'intérieur du bâtiment, nous avons retrouvé les collègues de Perth (trois hommes et une femme) auxquels Burns venait de faire allusion. Le premier, Hellier, s'est précipité vers moi en m'apercevant.

— Où sont Beckett et Shae ? s'est-il écrié.

— Vous avez essayé de les joindre sur leurs radios ?

— Nous n'avons plus aucun contact avec elles, par radio ni par téléphone, depuis midi, m'a répondu Doyle, la femme. Elles devaient assurer la surveillance de Levacher. Mitch et Sully, qui ont conduit à Perth votre agresseur d'hier soir, sont sur le chemin du retour, nous les avons eus tout à l'heure.

— Beckett et Shae n'ont rien signalé de particulier avant de disparaître ?

— Je les ai eues vers onze heures et demie, a repris Hellier. Elles m'ont dit que tout était normal, que

Levacher effectuait sa ronde. Où étiez-vous ? On vous a cherchés partout.

— Vous n'auriez jamais dû quitter le camp, m'a apostrophée Burns en bombant le torse. Si jamais il est arrivé quoi que ce soit à ces fonctionnaires, c'est votre tête qui sautera, inspecteur. Pas la mienne.

94

Les derniers développements compliquaient sérieusement la donne, mais l'issue d'un combat est toujours incertaine. Le Soldat sortait éprouvé de l'épreuve à bien des égards, il lui fallait savoir à quel sacrifice il était prêt avant de passer à l'étape suivante. La moindre hésitation pouvait lui être fatale. Le mieux était encore d'éviter de trop penser, afin d'agir avec toute l'efficacité requise le moment venu.

Pour avoir prêté une oreille attentive aux discussions de ses adversaires la veille, il connaissait leurs faiblesses. Blue et son collègue une fois enfermés dans la citerne, le Soldat rentra à la mine, où il se mit en chasse de Beckett et Shae. En attendant la prochaine phase de sa mission, il lui fallait les éliminer. Si elles ne représentaient aucun danger à ses yeux, leur disparition ne pourrait que déstabiliser Blue. À l'heure du combat, le mental est décisif.

L'opération ne présentait pas la moindre difficulté. Il repéra les deux femmes, occupées à une mission de surveillance à l'ombre d'un camion. Ces deux imbéciles plaisantaient tranquillement, l'une d'elles avait même les yeux rivés sur son portable.

Le Soldat se hissa en silence sur le toit du camion afin d'écouter ses victimes tout en respirant l'odeur de leurs cigarettes.

— Tu imagines un peu ? déclara Beckett. Tu te réveilles un matin, tu ouvres le journal et *boum !* Tu découvres que ton frère est un tueur en série.

— J'ai pas de frère.

— Alors ta sœur, insista Beckett. Ton copain, ta mère, n'importe quel proche, putain !

— Ça doit être dur. En même temps, c'est pas vraiment mieux de croire que ton mari t'aime et de découvrir un beau jour qu'il a trois autres femmes dans sa vie.

— Ou qu'il est homo, plaisanta Beckett. Tu es mariée avec lui depuis vingt ans, vous avez trois gosses, et il t'avoue un beau jour qu'il aime les mecs. Oups ! Désolé, j'avais oublié de te prévenir !

— On est tous persuadés de connaître nos proches, mais quand on y réfléchit bien, personne ne connaît jamais personne.

— T'as raison, approuva Beckett. Tu trouves pas que ça fait peur ?

Le Soldat sortit de la poche de son pantalon un filin d'acier qu'il déroula. L'extrémité du fil était gainée de plastique afin d'épargner ses mains gantées. Il commença par réaliser une boucle assez large pour une tête humaine, puis il se pencha légèrement au-dessus du toit du camion, juste au-dessus des deux femmes.

Avec leurs cheveux blonds parfaitement coiffés, elles ressemblaient à deux petits anges. L'espace d'un instant, il faillit se laisser attendrir avant de se reprendre, conscient de mener une guerre sans pitié.

Le Soldat descendit la boucle à quelques centimètres de la tête de Beckett sans que celle-ci se doute de rien. Tout en tenant l'extrémité du filin d'une main, il suspendit de l'autre un couteau de chasse à la verticale du crâne de Shae, lame vers le bas.

Il ferma les yeux, compta jusqu'à trois, et lâcha le couteau dont la pointe acérée se ficha profondément dans la tête de Shae.

À côté d'elle, Beckett continuait de parler. Au moment où le corps de Shae s'écroula sur le sable, le Soldat passa la boucle autour du cou de sa seconde proie et tira sur le filin.

95

Burns ne nous lâchait pas d'une semelle, sa cravate flottant au vent, en nous reprochant notre incompétence. Sourds à ses récriminations, nous avons traversé le camp en veillant à rester le plus loin possible de la clôture, histoire d'éviter les caméras de la presse, de l'autre côté du grillage. Les haut-parleurs de la mine continuaient de diffuser des annonces à intervalles réguliers.

Mon portable était noyé sous les messages et les appels manqués depuis notre retour. Tout en marchant, je faisais défiler les SMS sur l'écran. Pour une fois, il n'était pas question de Sam, les journalistes cherchaient désespérément à savoir où nous étions avant le JT.

La Neuf annonce votre disparition. Est-ce le cas?

Harry Blue, où êtes-vous? De retour à Sydney? Répondez svp.

Harry, le tueur de la mine s'est-il attaqué à vous? À défaut de réponse, j'en déduirai que c'est le cas. Joe @ The Enquirer.

Nous avons trouvé Lavacherie dans son bureau, occupé à remplir des formulaires d'un air affairé. Il s'est rapproché machinalement de son fusil de service en nous voyant approcher. Whitt a tenté de me freiner en me voyant me précipiter.

— Harriet, pas de réaction inconsidérée…

J'ai arraché le bloc à pince et le stylo des mains de Lavacherie avant de l'attraper par la chemise et de l'entraîner hors de son cabanon. Son visage a viré au cramoisi.

— Où se trouvent mes collègues ?

Lavacherie a craché à mes pieds.

— Alors, fliquette de mes deux ? Tu t'en prends à moi quand tu fais une connerie, pour pas changer ? J'aurais dû m'en douter.

Je lui ai mis le canon de mon arme sous le nez. David Burns a levé les mains en l'air comme les otages dans les films d'action.

— Mon Dieu ! a-t-il gémi en jetant autour de lui un regard apeuré. Je vous en supplie, ne le tuez pas !

— Dites-moi où sont mes collègues, Levacher, ou je tire !

— Abus de pouvoir caractérisé, m'a rétorqué Lavacherie en me pointant du doigt. Au secours ! Au secours !

Il a reculé de quelques pas de façon à se trouver dans le champ des caméras, au bout de la ruelle séparant les baraquements.

— Je ne suis pas armé et un officier de police me menace avec son pistolet !

— Je vous accorde cinq secondes avant de vous envoyer une balle dans le ventre.

— Au secours ! a continué de crier Lavacherie à l'intention des journalistes.

J'ai armé le pistolet.

— Cinq…

— Harry, pour l'amour du Ciel, baisse ton arme, m'a enjoint Whitt.

— Quatre…

— Harry, je ne peux pas te laisser commettre un acte pareil !

Il a sorti son arme.

— Trois…

— À l'aide !

— Je t'en prie, ne fais pas ça !

— Deux…

— Harry !

— Un…

96

Un cri a traversé l'air, si aigu que j'ai bien failli appuyer sur la détente. En me retournant, j'ai vu que Whitt braquait le canon de son arme sur moi. J'ai rangé la mienne dans son étui et je me suis précipitée dans la direction du cri, Whitt dans mon sillage. Les mineurs qui avaient assisté de loin à ma confrontation avec Lavacherie se sont écartés sur notre passage.

Nous avons trouvé l'agent Doyle agenouillée entre deux baraquements, pétrifiée par le spectacle qu'elle venait de découvrir : Julia Shae gisait à plat ventre, le sommet du crâne traversé par un énorme couteau dont seul dépassait le manche de cuir sombre, telle une antenne. Aucune trace de sang n'était visible, mais j'ai compris que Shae était morte en reconnaissant la crispation des doigts caractéristique des victimes d'un traumatisme majeur au cerveau.

Sa collègue Beckett était recroquevillée sur le flanc à ses côtés. La malheureuse n'avait pas connu une mort aussi rapide. Apparemment étranglée à l'aide d'un filin d'acier, elle s'était débattue en silence tandis que le garrot s'enfonçait dans la trachée en laissant tout autour de son cou une méchante traînée rouge vif.

En examinant les toits des camions qui nous entouraient, j'ai remarqué des éraflures et des bosses sur la carrosserie du poids lourd le plus proche, provoquées par les chaussures de Beckett lorsqu'elle s'était débattue. L'aspect général des cadavres confirmait que les deux femmes étaient mortes depuis au moins trois heures, quatre au plus. Le drame était survenu pendant que Whitt et moi étions prisonniers de la citerne.

L'abondance d'empreintes sur le sable signalait la présence à cet endroit de nombreux mineurs. Ceux qui étaient passés par là, en apercevant les corps, avaient choisi de ne pas donner l'alerte par peur de se trouver impliqués dans l'enquête.

Whitt, visiblement désemparé, a fini par emmener à l'écart notre collègue en larmes. Aux deux extrémités de l'espace entre les camions où Beckett et Shae avaient trouvé la mort étaient massés de petits groupes de mineurs. Ils observaient la scène, la mine grave, avant de s'éloigner en laissant la place à d'autres.

Je n'ai pu m'empêcher de les apostropher.

— Regardez bien, les gars ! Profitez du spectacle, bande de malades !

J'ai relevé le col de chemise de Beckett afin de cacher son visage à la foule des curieux. La souffrance et la peur qui avaient marqué ses ultimes instants de vie étaient restées imprimées sur ses traits.

Whitt m'a rejointe et s'est accroupi à côté de moi.

— Tu crois qu'il faut l'arrêter tout de suite ? a-t-il suggéré.

Je me suis frotté les yeux.

— Non, elles sont mortes depuis trop longtemps, il a eu tout le loisir de prendre une douche, de se débarrasser du filin, de se passer des glaçons sur les mains pour que les traces du garrot disparaissent. Je n'ai aucune envie de le boucler pour qu'il soit libéré au bout de six heures.

Je me suis relevée.

— Je crois que j'ai une idée.

97

Aaron Levacher observait les journalistes massés de l'autre côté de la clôture à travers les lattes des stores de son donga. Les éclairages apportés par les cameramen n'étaient pas sans évoquer les torches de ces foules haineuses prêtes à lyncher leur proie. Il but une gorgée du café préparé sur sa machine personnelle en attardant son regard sur les deux militants des Soldats de la Terre en pleine discussion avec des reporters.

— Bande de terroristes, gronda-t-il.

Les muscles de ses épaules se tendirent au niveau de ses vieilles blessures, faisant naître une onde douloureuse. Le souvenir des combats d'autrefois n'était jamais loin, ses doigts commençaient déjà à trembler.

— Espèce de rats séditieux.

Les journalistes étaient agglutinés autour des deux sales terroristes dont les visages brillaient à la lueur des projecteurs.

Levacher effectuait une mission en Afghanistan le jour du 11 Septembre. Il se souvenait des cris des Afghans se précipitant dans les moquées cette nuit-là, à l'appel d'une sirène qui ne s'était jamais tue dans sa tête, pas même pendant son sommeil.

Avant même les attentats, il avait senti monter la tension dans les rues. Il avait vu les traîtres au cœur sombre sortir de leur trou, la rébellion prendre son essor. Levacher avait appris à reconnaître certains signes. Il avait bien tenté d'alerter ceux qui ne voulaient rien voir, mais personne n'avait daigné l'écouter. Il était trop vieux et, pire encore, son métier de soldat lui interdisait d'exprimer la moindre opinion. De façon paradoxale, ceux qui savaient de quoi ils parlaient n'avaient pas droit à la parole, alors qu'ils avaient combattu sur place, subi les explosions, côtoyé les terroristes. Les soldats ne seraient jamais que de vulgaires pions dont l'opinion n'intéressait personne.

— Conneries, maugréa Levacher en serrant les poings. Rien que des conneries.

Pour avoir senti l'odeur de la poudre et vu les ombres qui traversaient la nuit, il savait que l'histoire se répétait. On interviewait les terroristes à la télévision et dans les journaux, on les croisait dans les gares et les magasins. Des centaines de terroristes. Ils étaient différents, bien sûr. Les barbus d'autrefois avaient cédé la place à des grands-mères aux cheveux blancs. Leur terrain de chasse n'était plus le même, les terroristes actuels œuvraient sur les campus universitaires ou les forêts de Tasmanie, soigneusement déguisés sous un habit de respectabilité afin de mieux dissimuler leur but réel.

On parlait désormais de féminisme, de capitalisme, d'environnement, mais le résultat serait le même à terme. Demain, la souffrance surgirait de plus belle et de nouvelles tours jumelles s'écrouleraient.

Aaron était prêt. Tant pis si personne n'acceptait de se joindre à lui. Il avait toujours vécu seul, même au milieu des autres, il n'aurait aucun mal à survivre sans eux.

— Bandes de terroristes, marmonna-t-il en rapportant sa tasse de café dans la kitchenette du donga.

Comme pour lui donner raison, il releva la tête et remarqua la présence de deux silhouettes noires immobiles entre les camions.

Des Soldats de la Terre.

À un signal invisible, les inconnus s'évanouirent dans la nuit.

Levacher se débarrassa prestement de sa tasse dans l'évier et se rua dehors.

98

Nous avons traversé le camp au pas de course et Whitt me suivait de si près qu'il a failli me rentrer dedans lorsque je me suis arrêtée au pied de l'immense grue. La structure métallique rouge de quatorze étages nous toisait de toute sa masse en grinçant son étrange berceuse sous l'effet du vent. La cagoule de laine épaisse empruntée à une militante écolo m'irritait déjà les joues et le front. J'ai agrippé les premiers barreaux de l'échelle de mes mains gantées avant de me tourner vers mon équipier, masqué lui aussi.

— Tu crois qu'il aura mordu à l'hameçon, ou bien il est préférable de l'attendre ?

— Monte, a répondu Whitt en me poussant dans le dos. Il ne va pas tarder.

Je me suis hissée tout en haut de la première échelle, en m'efforçant de museler ma peur. À force de trembler, je risquais de lâcher prise et de tomber, au risque d'entraîner mon équipier dans ma chute. Parvenue au niveau des toits des baraquements, j'ai osé un coup d'œil en contrebas. La hauteur était déjà terrifiante.

Nous avons franchi le premier palier d'un bond et entamé l'ascension de l'échelle suivante. Cette fois, j'ai laissé Whitt m'ouvrir la voie. Après tout, l'idée d'escalader la grue était la sienne. Il y voyait le meilleur moyen d'attirer le tueur loin de victimes potentielles, en évitant ce désert dans lequel il se sentait parfaitement à l'aise.

Je me suis immobilisée à mi-hauteur de la troisième échelle afin de tendre l'oreille. Quelqu'un traversait le premier palier. Un éclair de peur a vibré dans ma poitrine. J'ai tendu la main et touché la cheville de Whitt.

— Vite ! Il arrive.

99

Levacher coula un regard au sommet de l'échelle et balaya des yeux le troisième palier de quelques mètres carrés que ceignait un garde-corps. Personne. Les intrus avaient poursuivi leur ascension. Il reconnut un bruit de semelles sur des échelons métalliques. Il posa son fusil sur la plate-forme avant de s'y hisser.

— Les mains en l'air, fit une voix dans la nuit.

Il se pétrifia, les doigts à quelques centimètres de l'arme.

Ils l'attendaient là, deux silhouettes cagoulées qui le menaçaient de leurs pistolets. Il perdit un temps précieux à prendre la mesure de la situation et ses mains recommencèrent à trembler.

L'intrus le plus proche arracha sa cagoule et la jeta à ses pieds.

— Contrairement à tous ces putain de hippies, fit une voix de femme, je n'hésiterai pas un instant à vous abattre.

Levacher se redressa en reconnaissant Harriet Blue, vêtue d'une combinaison noire de cambrioleur. Il avait deviné que cette fille-là était une traîtresse la première fois qu'il l'avait vue. Son espèce de pédé de coéquipier retira à son tour son passe-montagne.

— Vous avez bien failli nous filer entre les doigts, reprit Blue. J'en arrivais à me demander si on parviendrait à vous coincer un jour.

— De quoi parlez-vous, espèce d'idiote? réagit Levacher d'une voix haineuse dont il fut le premier surpris. *Ce n'est pas le moment de perdre ton sang-froid, lieutenant.*

— Votre casier judiciaire était vierge, poursuivit Harriet. Pas même un PV pour excès de vitesse, et vos états de service dans l'armée étaient impeccables. C'est seulement en fouinant dans votre dossier médical qu'on a découvert ce qui vous était arrivé en Afghanistan. Vous avez été démobilisé à la suite d'un incident survenu dans un village de montagne. Restait à comprendre ce qui s'était réellement passé. Le rapport psychiatrique nous a fourni la clé de l'énigme. J'imagine que votre hiérarchie s'est arrangée pour expurger votre dossier officiel.

Levacher laissa échapper un ricanement, muet de fureur. C'est tout juste si un sentiment de tristesse ne l'envahissait pas. Toute cette histoire était parfaitement ridicule. Infantile.

— Un village minuscule qui n'avait même pas de nom, enchaîna Blue. Quarante-huit habitants. Vous aviez reçu l'ordre de débarrasser le lieu des terroristes qu'il abritait, sauf que vous ne saviez finalement plus qui était terroriste. Vous les avez tous alignés de dos, afin de ne pas voir leur visage.

Tout en feignant d'écouter, il se rapprocha du fusil.

— Je ne vous le conseille pas, l'avertit Whittacker. Vraiment pas.

— Vous avez expliqué au psy que vous rêviez de ces gens. De leur nuque. Vous êtes terrorisé à l'idée de voir leur visage. Dans vos cauchemars, ils se retournent et vous vous réveillez en hurlant.

— Pauvres petites merdes, cracha Levacher. Vous croyez peut-être que je ne vous ai pas tués parce que je n'en ai pas les moyens ? Grave erreur. J'ai simplement envie d'écouter votre petite histoire jusqu'au bout. Allez-y. Je vous mets au défi de continuer.

— Vous ne quittez plus la mine, reprit Blue. Même lorsqu'on vous propose de rentrer chez vous. Vous restez dans le désert. Vous êtes incapable de vous en échapper. Vous ne connaissez rien d'autre. Les dunes de sable, les ennemis qui s'y cachent. Votre imagination s'emballe, et vous abattez vos victimes.

Levacher tremblait de tous ses membres à présent.

— Une militante des Soldats de la Terre m'a expliqué que quelqu'un de la mine lui avait craché dessus, tout comme vous m'avez craché dessus cet après-midi. Elle a cru vous entendre dire : « Archi. » Il s'agissait en fait du mot *hajji*, qui désigne ceux qui ont effectué le pèlerinage à La Mecque. Les soldats de la coalition ne manquent pas de termes péjoratifs pour désigner les autochtones, mais *hajji* est le plus courant.

Levacher manifesta son dégoût d'un mouvement de tête.

— La mine vous convenait à merveille, ce camp ressemble en tout point à une base militaire en plein désert. Et puis votre mission consiste à assurer la sécurité des mineurs, de maintenir les *hajji* à distance. Alors vous éliminez tous ceux qui menacent la sécurité du personnel. Hon, qui laissait les Soldats de la Terre se servir dans les réserves de l'intendance. Danny qui fraternisait avec eux, Tori qui faisait du troc avec les écolos. Amy, enfin, qui avait pris parti contre vous en acceptant de nous parler.

— Comment peut-on être aveugle à ce point ? grinça Levacher.

— Lenny et Mick étaient de simples cibles, histoire de vous entraîner. Je me trompe ? Une sorte d'exercice en situation réelle. Vous assurez la protection de ce lieu, Aaron, et c'est bien tout ce qui vous reste.

— Vous avez raison, répliqua le vétéran en esquissant un sourire. C'est tout ce qui me reste. Et ce n'est pas vous qui allez me l'enlever.

100

Levacher avait d'excellents réflexes. C'était même la seule raison qui lui avait valu d'accéder au rang de lieutenant. Il était capable de réagir au quart de tour, sans se poser de question. Tout en tendant la main vers son fusil de façon à attirer leur attention, il puisa dans sa poche la poignée de sable dont il avait pris la précaution de se munir avant de partir à l'assaut de la grue. Le vent soufflait dans le bon sens et le sable qui jaillissait de ses doigts aveugla ses adversaires. Il en profita pour saisir son fusil et l'armer.

Ce fut sa dernière action sur terre, la balle qui le faucha se chargea d'éteindre définitivement les lumières de l'univers froid et belliqueux dans lequel il se débattait.

101

J'ai cru un instant que Lavacherie avait été tué par la balle que j'avais voulu tirer. Mon index s'était bien crispé sur la détente, mais pas à fond, et le pistolet n'avait pas tressauté dans mon poing. Aucun éclair n'était sorti non plus du canon de l'arme de Whitt, aucune détonation n'avait retenti, un sifflement avait traversé l'air, suivi d'un choc, et la tête de Levacher avait explosé.

Le vétéran s'est écroulé sur la plate-forme, le crâne éclaté, en m'arrosant d'une pluie de sang tiède.

— Seigneur ! a murmuré Whitt. Ce n'était pas lui !

— Comment ?

J'ai titubé, complètement perdue.

Une gerbe d'étincelles a jailli au-dessus de nos têtes avec un bruit métallique. J'ai cru un instant qu'il s'agissait d'un court-circuit. La lumière du troisième palier, en explosant, s'est chargée de me détromper. Nous nous sommes aplatis sur le sol couvert de sang.

— Ce n'était pas lui ! a répété Whitt. Ce n'était pas lui !

J'ai été prise de nausée en réalisant que nous étions à plusieurs dizaines de mètres du sol et que le tueur n'était pas le mort gisant à quelques centimètres de moi. Une pluie de projectiles s'est abattue sur les poutrelles de la grue. Le véritable tueur ne plaisantait plus.

En contrebas, les gens s'éparpillaient dans tous les sens, en quête d'un abri. Un cri a résonné, une voiture a démarré sur les chapeaux de roues.

— Nous sommes piégés ! Il nous a piégés comme des bleus !

— Ne panique pas, a voulu me rassurer Whitt en me prenant la main. Il n'est pas en position de nous abattre, sinon il l'aurait déjà fait. Il va devoir changer de place pour nous avoir dans sa ligne de mire. On en profitera pour se mettre à l'abri.

La peur laissait au fond de ma gorge un goût amer.

— On s'est trompés sur toute la ligne !

— Il sera toujours temps de battre notre coulpe plus tard, a réagi Whitt en s'aplatissant alors qu'une balle s'écrasait contre le garde-corps. À l'heure qu'il est, il va falloir trouver le moyen de sortir vivants de ce guêpier.

102

À travers le sol grillagé de la plate-forme, j'ai vu nos collègues prendre position au sol. L'un d'eux a tenté de calmer les employés de la mine qui poussaient des hurlements dans un donga voisin avant de se poster dans le renfoncement d'une fenêtre, l'arme à la main. Deux autres se sont engouffrés dans la partie inférieure de la grue. Whitt et moi continuions de tressaillir à chaque nouvelle détonation, sous les pluies d'étincelles provoquées par les balles qui s'écrasaient contre la structure métallique. Whitt réagissait mieux à la situation que moi. J'étais en état de choc, je claquais des dents et mes jambes tremblaient, mais il serrait ma main trop fort dans la sienne pour que je sois dupe de son calme apparent.

— Il va changer de position incessamment.

Il avait à peine achevé sa phrase que les tirs cessaient. Whitt a bondi sur ses jambes, plié en deux.

— Allez, Harriet !

J'aurais dû me douter qu'il était trop vieux jeu pour ne pas prendre tous les risques à ma place, et j'avoue que sa réaction m'a surprise. Comment être sûr que le tueur avait effectivement décidé de changer de position, ou bien alors qu'il était à court de munitions, comme nous l'espérions ? En cas d'erreur de notre part, Whitt se sacrifiait.

Il s'est précipité vers l'échelle.

— C'est bon ! a-t-il crié en m'adressant un coup d'œil. Suis-moi !

La balle l'a atteint en plein dos, il a été plaqué contre les barreaux avant de disparaître de mon champ de vision.

Je me suis jetée en avant dans l'espoir de le retenir, trop tard. J'ai entendu son corps rebondir sur la plate-forme inférieure et s'écraser sur le sable au pied de la grue.

103

J'ai rampé le long de l'échelle plus que je ne l'ai descendue. Mes bras refusaient de m'obéir. Sans vraiment savoir comment, inconsciente du danger qui me guettait, j'ai fini par atteindre le pied de la grue. Le bourdonnement qui résonnait dans ma tête me rendait sourde à tout le reste, j'aurais été bien incapable de dire si le tueur tirait toujours. Whitt gisait sur le sable, immobile, bras et jambes écartés. J'étais comme ivre.

Personne ne s'était précipité au secours de mon équipier, les coups de feu avaient fait le vide autour de nous. Ils devaient être nombreux à observer la scène depuis les dongas en se demandant si Whitt était mort et si je resterais longtemps en vie.

Pour ma part, je n'avais pas l'intention d'abandonner Whitt.

104

Je tentais vainement de remuer les lèvres afin de prononcer le nom de Whitt quand Gabe s'est jeté sur moi de toute sa masse afin de m'écarter du danger.

— Non ! Je dois m'occuper de Whitt !

Je ne savais plus vraiment si le jeune homme baignant dans son sang sur le sable était mon équipier ou mon frère. Je savais uniquement qu'il était de mon devoir de le protéger, qu'il avait besoin de moi. Je me suis débattue en voulant me libérer.

— Je t'en prie, je dois le sauver !

— C'est hors de question, tu serais abattue par le tueur, a grondé Gabe en m'entraînant de force.

Il m'a poussée sous les néons aveuglants de la salle de loisirs et je me suis écroulée sur le canapé, face à l'écran de télévision géant, figé sur une scène de jeu vidéo. Je ne me reconnaissais plus. Jamais je n'avais fui le combat. J'ai tenté de me relever en cherchant mon arme des doigts, en vain.

— Ne bouge pas, m'a ordonné Gabe. Les tirs se sont arrêtés, je vais aux nouvelles.

Je ne parvenais plus à respirer. J'ai balayé la pièce du regard, enregistrant machinalement le grand poster d'une fille nue couchée sur le flanc, une jambe en l'air, son poignet fin perdu au milieu de ses cheveux. Elle marquait le territoire exclusivement masculin des amateurs de jeux vidéo. À côté du poster, sur des pages de carnet scotchées au mur, s'étalait une suite de noms accompagnés de nombres barrés rageusement ou soulignés triomphalement.

SergentLamort

Tireurd'élite99

Laisse-Tomber-les-Corps

ChasseurdeHajji71

LeVengeur

En changeant de position sur le canapé, mes doigts se sont posés sur un étui en plastique en piteux état. Un boîtier de jeu vidéo sur la pochette duquel on découvrait deux soldats dans une tranchée pleine de boue, avec un champignon atomique à l'horizon.

Honneur et Devoir III.

J'ai saisi le boîtier d'une main tremblante et lu au dos la description du jeu tout en enregistrant les illustrations : une arme dirigée vers un paysage désertique, une mire ciblant des barbus, des femmes voilées avec des enfants stylisés se mettant à couvert dans un souk.

Le boîtier contenait d'autres illustrations du même acabit. Des barbus la bouche grande ouverte sous le feu ennemi, sur fond de slogans écrits en lettres de sang : *Protège ta base. Élimine les terroristes. Bats-toi pour l'honneur.*

J'ai lu les instructions d'une voix tremblante :

« La guerre est un jeu. On la gagne en étant fort mentalement, physiquement et stratégiquement. Avec

Devoir et Honneur III*, il ne s'agit pas uniquement d'affronter l'ennemi dans les déserts afghans, les champs de glace russes et les jungles africaines. L'ennemi se trouve aussi au sein de ton unité!»*

J'ai saisi la télécommande d'une main de plomb et il m'a fallu maîtriser le tremblement qui agitait mes doigts pour activer le menu affiché à l'écran. J'ai fait apparaître la liste des meilleurs joueurs, illustrée par un soldat équipé de lunettes de soleil, les bras croisés sur une poitrine ridiculement développée. Tous les pseudos affichés au mur se trouvaient là. Le score le plus élevé revenait à SergentLamort, qui dominait ses adversaires de plusieurs dizaines de points. En cliquant sur son profil, j'ai vu s'afficher à l'écran une photo webcam de Gabe.

Au même moment, ses mains puissantes m'ont emprisonné les épaules et soulevée du canapé.

— Il faut y aller, Harry, a-t-il déclaré en me poussant vers la porte. On va suivre l'ambulance qui emporte Whitt à Bandya.

Tout en me laissant entraîner par Gabe, je ne quittais pas des yeux le livret que j'avais gardé serré entre mes doigts.

«Avec le personnage que tu te seras composé, tu pourras suivre l'entraînement avant de rallier les champs de bataille. Tu suivras ton commandant tout au long d'une série de missions difficiles qui te permettront d'engranger des points et de prendre du galon. Tu auras ainsi l'occasion de pourchasser et de manipuler des ennemis d'un réalisme inouï jusqu'à devenir commandant et diriger ta propre unité! La guerre comme tu ne l'as jamais vécue!»

Gabe m'a poussée dans une camionnette, dont il a pris le volant.

Cramponnée à ma portière, j'ai vu défiler de l'autre côté de la vitre les visages des journalistes massés devant le camp. Avant d'avoir pu me ressaisir, nous étions déjà loin.

105

La camionnette s'est enfoncée au milieu des dunes en franchissant des plateaux rocheux qui faisaient trembler la carrosserie. Mes membres recouvraient progressivement leur capacité d'action sans que je sorte pour autant de mon mutisme. Au loin, la ligne d'horizon traçait une frontière entre l'immensité étoilée et le vide du désert, tandis qu'achevaient de s'effacer dans le rétroviseur les lumières de la mine.

Gabe regardait fixement la route, mais son profil n'avait plus rien de commun avec celui de l'homme que j'avais regardé dormir. On le sentait tout entier tourné vers une mission mystérieuse. Il a croisé mon regard après avoir remarqué la présence du livret entre mes mains crispées.

— Alors tu as compris.

— Je ne sais pas, mais je ne me sens pas bien. Dis-moi que je me trompe, Gabe. Dis-moi que… que ce n'est pas toi.

J'ai tendu dans sa direction le livret ouvert sur le dessin d'un soldat mitraillant des civils, leur bouche trop grande, leurs yeux trop blancs.

Tout faisait sens, soudainement. Gabe qui ne quittait jamais la mine. Gabe qui m'avait affirmé que s'enfermer dans un fantasme était le seul moyen d'oublier le quotidien à l'intérieur du camp. Jamais il n'aurait pu atteindre un tel score s'il ne s'était pas totalement identifié à son personnage.

— Je suis désolé, m'a-t-il répondu.

J'en avais la nausée. Quand avais-je perdu ma capacité à reconnaître les monstres derrière leur masque ? Mon instinct m'avait trahie. J'avais partagé la couche d'un déséquilibré, je lui avais confié mes secrets, j'avais ri avec lui, je l'avais serré contre moi sous le regard de la lune, j'avais caressé son corps d'assassin. Cette absence de jugement dans le cas de Gabe signifiait-elle que je m'étais également trompée sur le compte de mon frère ? *Comment pouvais-je être aussi nulle ?*

Gabe a posé sur moi un regard vide en me voyant perdue dans mes pensées.

— Cette nuit-là, quand je t'ai parlé de ma femme, j'ai tenté de t'expliquer, s'est-il justifié, le visage tendu à la lueur du tableau de bord. J'ai voulu te dire que cet endroit était un monde à part, dans lequel on se crée son propre horizon en comprenant que tout le reste a disparu.

Le désert s'étendait à l'infini de l'autre côté du pare-brise, un tapis rocheux parsemé d'herbes sèches sous les pneus de la camionnette. Une forme a bondi à la lumière des phares. Un lapin, peut-être.

— J'ai pris le contrôle de tout ça, a poursuivi Gabe en me montrant le paysage désolé que nous traversions. Dans le jeu comme dans le Never-Never. Tu n'imagines pas à quel point c'est jouissif. Tu me comprends forcément, toi qui cherches à contrôler ta vie à chaque instant. Je l'ai compris à l'instant où je t'ai vue pour la première fois.

— Tu as vraiment des enfants, Gabe ? L'absence de photos d'eux dans ton donga aurait dû me mettre la puce à l'oreille.

Pourquoi ma voix sonnait-elle aussi faux ? Et pourquoi était-ce la première question qui me venait à l'esprit ?

— Des enfants ? Non, bien sûr que non. Ça fait partie du jeu. Je me suis inventé un profil. Je me doutais que tu éprouverais de l'empathie en découvrant chez moi un divorcé vulnérable. Quelqu'un à qui ses gamins manquent terriblement et qui les voit rarement depuis que son couple a volé en éclats. Simple question de stratégie.

Il en paraissait presque gêné.

— Pourquoi, Gabe ?

— Le jeu déborde sur moi, a-t-il répondu d'une petite voix presque paniquée. Il m'arrive de ne plus voir les frontières. La nuit, je rêve du jeu au point de ne plus savoir qui je suis au réveil. SergentLamort ou Gabe Carter.

Il a laissé échapper une ébauche de rire en se passant la main dans les cheveux.

— J'en arrive à me demander qui j'ai envie d'être, qui me donne le plus la sensation d'être en vie.

— Gabe, je…

— Je ne fais plus la différence entre les deux.

Nous étions loin de la mine, désormais. Il a arrêté la camionnette et s'est tourné vers moi, les yeux exorbités. J'ai fait un bond en le voyant tendre les mains.

— Tu comprends ?

Il a donné un grand coup de poing dans le tableau de bord.

— Où est-on ? Dans le jeu ou dans la vie ?

Je lui ai répondu d'une voix qui tremblait.

— Dans la vie. Il ne s'agit pas d'un jeu, Gabe. Tu as tué de vraies gens. Tu as assassiné des hommes et des femmes de chair et d'os. Edward Whittacker n'est pas un personnage de fiction, il est peut-être mort à l'heure qu'il est. Je suis une personne réelle.

— Ouais, peut-être, a-t-il réagi d'un air sceptique en fixant la ligne noire de l'horizon. Peut-être. En attendant, dépêche-toi de descendre. On n'a pas toute la nuit.

106

Il a ouvert ma portière.

— Regarde-moi, Gabe. Regarde-moi dans les yeux. Tu sais que tu peux avoir confiance en moi, non ?

— Ils disent tous ça, a-t-il ricané en m'emprisonnant le poignet. Tu peux avoir confiance. Je fais partie de l'équipe. Je fais partie des bons. Ouais, ouais ! Sauf qu'ils finissent toujours par nous trahir. Regarde Danny, par exemple. Il passait plus de temps avec les Soldats de la Terre qu'avec les gens de la mine. J'aurais dû m'en douter à la façon dont il accomplissait ses missions. Un putain de traître.

Gabe a verrouillé la camionnette et s'est approché des portes arrière, qu'il a ouvertes d'un air agacé.

Je me suis figée sur place, hébétée, le livret dans la main. *Tueur. Sombre. Chasseur. Vengeance… Il se cherchait un pseudo pour le jeu !*

— LeVengeur, a ricané Gabe en fouillant l'arrière de la camionnette.

— Mais ce n'est pas lui que tu as tué en premier.

— Non.

— C'est Hon. Tu pistais les Soldats de la Terre sans parvenir à les approcher, à cause des caméras de surveillance. La mine était le camp militaire, les Soldats de la Terre figuraient l'ennemi. En les autorisant à puiser dans les réserves du camp, Hon trahissait.

— Tu es douée, Harry, m'a complimentée Gabe d'un air triste.

— Grâce à Hon, tu as trouvé le défi qui te manquait jusqu'alors. Danny a pris la suite. Tu as poursuivi Hon dans les galeries, alors que tu as entraîné Danny dans le désert.

Gabe a soupiré en levant les yeux vers les étoiles.

— Nous avions combattu ensemble dans le désert afghan. On avait nettoyé des villages ensemble, je m'étais dit qu'il serait dans son élément, ici. En fait, c'était un lâche doublé d'un crétin. Tout ça à cause de cette connasse de Shamma. C'est elle qui l'a perverti. Comme Tori. Elle avait pourtant du cran, j'ai pensé qu'elle saurait se défendre, mais ce n'était qu'une lame émoussée. Elle passait son temps chez l'ennemi, pour se procurer de l'herbe. J'aurais dû m'en douter.

Je lui ai agrippé le bras.

— Gabe ! Gabe, écoute-moi. La mine n'est pas un camp militaire, tu m'entends ? Nous ne sommes pas en Afghanistan, et je ne suis pas ton ennemie. Jamais de la vie !

J'en avais les larmes aux yeux, mais le pire aurait été d'afficher ma faiblesse. C'était une question de survie. Je sentais son envie d'expulser la colère qui bourgeonnait dans sa tête. À la perspective de la chasse qui s'annonçait, l'adrénaline montait en lui. À condition de le calmer, j'avais peut-être une chance.

— Tu n'as pas besoin d'en arriver là, Gabe.

— Tu sais, Harry, je trouverai peut-être le temps de comprendre par la suite, de déterminer en qui je peux avoir confiance, mais pas maintenant.

J'ai serré son bras de toutes mes forces, il m'a brutalement repoussée.

— Tu es douée, mais pas à ce point. J'ai compris tout de suite que vous me fourniriez une mission de choix, inspecteur Blue. Une mission difficile qu'il me faudrait préparer longuement. À un moment, j'ai même pensé que tu étais trop forte pour moi, mais j'ai fini par te coincer. Je suis désolé d'en arriver là, mais le moment de vérité est arrivé.

Il a glissé autour de sa tête un gadget dont j'ai compris qu'il s'agissait de lunettes de vision nocturne en voyant s'allumer deux yeux verts dignes d'un extraterrestre.

— Tu trouveras une arme à 1 910 mètres d'ici au cap 051, m'a-t-il annoncé froidement en désignant l'horizon derrière moi avant de se retourner et de tendre l'index en direction du nord-ouest. La mienne m'attend à 1 870 mètres au cap 328. Le camp se trouve plein nord.

— Gabe, je t'en supplie.

J'ai cru un instant que le robot cédait la place à l'être humain en voyant ses yeux verts se poser sur moi. Ses lèvres ont dessiné un sourire ravi.

— Comme tu es une mission bien particulière, Harry, je vais rétablir un peu la balance, ce que je n'ai pas fait avec les autres. Mais tu es différente.

Avant que j'aie pu réagir, il m'a enfoncé son poing dans le ventre. Pliée en deux, le souffle coupé, je me suis écroulée dans le sable sans même avoir pu enregistrer la douleur.

— On a le feu vert, soldat, m'a annoncé Gabe en me toisant de toute sa hauteur. Vas-y !

107

Réveille-toi, tigresse !

Les poings serrés dans le sable, j'ai tenté de reprendre mon souffle, avec l'impression d'avoir les poumons enfoncés. Et lorsque j'ai enfin réussi à inspirer, c'est du sable qui a franchi la barrière de mes lèvres. Il m'avait frappée sans pitié aucune, mais j'avais encaissé pire.

Lève-toi donc ! Le Vieux était là avec moi, il m'admonestait, il écumait de rage et me donnait des coups de pied alors que j'étais au tapis. *Ce n'est que le deuxième round !*

Les yeux tournés vers les étoiles, je me suis efforcée de chasser le vertige qui transformait la terre en tourbillon. Je me suis relevée en titubant et j'ai commencé à courir, sans but précis, sinon celui d'échapper à cet endroit.

Mains levées, tête baissée. N'oublie jamais de respirer, tigresse.

Tout en courant, je restais fidèle aux étoiles, et elles finissaient par me parler. Je n'avais pas oublié les conseils de Gabe lorsqu'il avait pris ma main dans la sienne pour me montrer du doigt la carte géante du ciel.

Voici Vénus, et voilà Saturne. Et là, le Grand Carré de Pégase.

Alors j'ai baissé la tête et je me suis enfoncée dans la nuit.

108

Gabe volait sur la plaine rocailleuse, son trajet rythmé par le bruit sourd de ses rangers entre les épineux, veillant soigneusement à éviter les crevasses. Le désert était son terrain de chasse, il le connaissait intimement. Le fusil dansait contre sa poitrine, conformément à une chorégraphie longuement peaufinée à mesure que les mois s'écoulaient et que son corps se métamorphosait en machine de mort.

Le chemin avait été long. Il avait connu bien des échecs lors de ses équipées nocturnes. Jamais il n'aurait dû enterrer le corps de Danny. Il s'y était résolu par paresse, par forfanterie aussi, au terme d'une mission pénible.

L'essentiel était de progresser toujours et encore, de ne jamais cesser d'apprendre et de s'améliorer. Il lui fallait débusquer les traîtres, réussir les missions essentielles et se montrer plus malin que les idiots qui commandaient actuellement son unité.

Le jour viendrait bientôt où il serait prêt pour la campagne finale : l'éradication du camp des Soldats de la Terre. Il n'en avait pas encore les moyens, mais le moment venu, il leur ferait connaître l'enfer. Les missions de reconnaissance effectuées sur place lui avaient montré qu'ils étaient les seuls capables de lui tenir tête. Ils avaient les moyens de détruire sa base et ils avaient souvent menacé les siens. Ils avaient montré leur capacité de résistance mentale et physique en survivant aux tempêtes de sable et à la canicule sans jamais faiblir.

Il aurait eu tort de sous-estimer les Soldats de la Terre. Ils étaient rusés et seule une attaque savamment planifiée permettrait de les éliminer.

Il remplit ses poumons et les vida lentement en franchissant une crête. Il lui fallait veiller à ne pas se laisser distraire par ses rêves. Il devait rester concentré alors qu'un seul obstacle se dressait encore sur sa route. Un obstacle qu'il apercevait enfin, sous forme d'une silhouette à l'horizon.

Harriet Blue était le test ultime de sa loyauté, de la fidélité à sa mission. Dans une autre vie, il n'aurait pas dédaigné être une femme comme elle. À l'instar des Soldats de la Terre, elle faisait preuve d'une grande capacité de résistance. Elle refusait de courber l'échine face aux difficultés. Mais n'était-ce pas ce qui la rendait aussi dangereuse ?

Harry était l'ennemi, et Gabe ne pouvait se payer le luxe de tomber dans son piège.

Le Soldat vit Harriet longer le vallon à l'extrémité duquel se trouvait son arme, posée contre un rocher, bien en vue sous le regard de la lune.

Il s'immobilisa et se mit en position accroupie. La silhouette d'un vert luminescent révélée par ses lunettes de vision nocturne ralentit brièvement, saisit l'arme au passage, et changea légèrement de cap.

Un pli barra le front de Gabe. Il leva son fusil, posa une lentille des jumelles contre la lunette et vit Harriet se précipiter vers le sud, dans la mauvaise direction.

Loin de se diriger vers le camp, elle s'enfonçait dans le désert.

109

Chaque bouffée d'oxygène envoyait des éclairs de douleur dans mon ventre. Le fusil était énorme, je le tenais à deux mains, manquant de tomber chaque fois que je butais dans les cailloux.

Un sifflement est passé au-dessus de ma tête. La chasse était ouverte.

Je me suis ruée tête baissée entre deux rochers sous une pluie de balles. J'ai poussé un cri et roulé sur moi-même avant de me relever au milieu d'une gerbe de geysers de sable.

Il avait décidé de me blesser dans un premier temps. M'arracher un pied, m'exploser un genou. Je reconnaissais bien là sa tactique. Il commencerait par ralentir ma fuite avant de suivre ma piste sanglante, en attendant de m'achever à sa guise le moment venu.

Je ne lui laisserais pas l'occasion d'accomplir son plan.

Il était hors de question de l'attirer vers le camp tant qu'il serait aussi déconnecté de la réalité, et donc capable de prendre des gens ordinaires pour des ennemis. Je savais que rien ne l'arrêterait, qu'il abattrait tous ceux qui feraient mine de vouloir me porter assistance. J'allais devoir lui échapper par mes propres moyens si je ne voulais pas tomber sous ses balles.

Le lourd fusil calé contre mon épaule, je me suis évertuée à dévisser le silencieux tout en continuant de courir. Quitte à livrer bataille, autant que des Soldats de la Terre en vadrouille dans le coin ne fassent pas les frais de l'affrontement.

Une balle m'a frôlé le bras de si près que j'ai chuté, déstabilisée.

Je me suis aussitôt promis de ne pas mourir aussi bêtement. Le silencieux enfin détaché du canon, je m'en suis débarrassée sans véritablement alléger le fusil que je serrais contre moi comme un enfant trop lourd pour qu'il ne m'échappe pas des mains. La lueur que j'apercevais à l'horizon s'amplifiait à vue d'œil. J'ai visé dans la direction générale de Gabe.

L'arme a tressauté dans mes bras et le sable s'est brièvement illuminé à mes pieds. J'ai tiré de plus belle, dans un vacarme étourdissant qui s'est répercuté longuement dans le désert.

Le mieux était encore de l'obliger à se terrer dans une cachette quelconque, et d'aviser ensuite. À condition de mettre de la distance entre nous, j'avais une petite chance de survivre.

110

Dans ses lunettes de vision nocturne, Gabe vit la silhouette verte de son adversaire tirer en visant trop à gauche. Elle s'était débarrassée du silencieux et voilà que cette idiote gâchait ses munitions en voulant l'obliger à se cacher.

Il accéléra sans cesser de tirer épisodiquement, histoire de lui rappeler qu'il n'avait en rien renoncé à la poursuivre. La mine se trouvait à moins de trois kilomètres, on distinguait encore la lumière clignotante de l'immense grue dans la nuit. Elle aurait pu atteindre le camp, si elle s'était donné la peine de courir, mais non. L'inspecteur Blue refusait de mettre en danger les occupants de la mine, quitte à y laisser sa peau ! Un sourire éclaira le visage du Soldat. Décidément, Blue méritait amplement le bonus qu'il engrangerait en l'abattant. Il prendrait un plaisir décuplé à tuer une cible aussi valeureuse, prête à se sacrifier pour les siens.

Son sourire s'effaça lorsqu'il vit brusquement apparaître des lumières au sommet d'une dune.

111

Richie et sa bande. Gabe poussa un rugissement et s'immobilisa. Loin d'effrayer les dealers, les coups de feu de Harry les attiraient comme des mouches. Un coup d'œil en direction des étoiles confirma au Soldat que les caravanes des voyous se trouvaient un peu plus au sud. À peine sortis de la prison de Perth, ils avaient choisi de regagner leur antre.

Le Soldat en aurait presque ri. Il avait toujours su que Harry serait une adversaire redoutable, elle lui en apportait la preuve. Après avoir cru un instant qu'elle lui facilitait la tâche, voilà qu'elle compliquait la donne. Une fois morte, il la regretterait.

En attendant, il allait devoir la ralentir en attendant de s'occuper des nouveaux arrivants. À travers la lunette du fusil, il la vit battre frénétiquement des bras en essayant d'alerter les nouveaux venus. Il visa, tira, et la regarda tomber dans le sable en poussant un cri que le vent se chargea de lui transmettre.

Les phares du véhicule de Richie se tournèrent vers Harry, à cent mètres de là. Elle se releva péniblement et le lourd fusil lui échappa des mains. Le ramasser aurait été trop dangereux, elle n'avait pas une seconde à perdre. Gabe l'entoura d'une pluie de balles tandis qu'elle courait de toutes ses forces en direction de la voiture.

— Ne vous arrêtez pas ! hurla-t-elle en agitant les bras. Ne vous arrêtez pas !

Les occupants du véhicule, la voyant blessée, crurent qu'elle les appelait à l'aide.

Le conducteur s'arrêta et Gabe en profita pour tirer sur l'auto.

112

Je me suis jetée derrière le 4 × 4 au moment où les vitres et les pneus explosaient sous une pluie de balles. Des cris se sont élevés du véhicule, qui me sont parvenus comme étouffés alors que je me roulais en boule, la tête dans les mains.

— Putain de bordel !

— Richie ! Démarre ! Vite ! Démarre !

Le dealer et sa bande se sont recroquevillés sur eux-mêmes sous une nouvelle volée de projectiles. J'en ai profité pour tâter l'arrière de mon biceps droit, là où la balle de Gabe avait emporté un morceau de chair gros comme le poing. Je me suis mise à vomir en croyant sentir l'os. À moitié étouffée par la nausée, je n'arrivais plus à respirer. Et puis les coups de feu ont cessé et le silence est retombé sur le 4 × 4.

Je me suis relevée d'un bond et j'ai ouvert la portière du conducteur. Richie s'est jeté à terre avec un bruit sourd.

— Sa… saloperie, a-t-il bredouillé, paralysé par la peur.

Il paraissait indemne et je l'ai obligé à s'aplatir sur le sable.

— Fais le mort, espèce d'idiot.

Tout en l'invectivant, je m'efforçais de reculer le siège conducteur, où je savais trouver une arme. Des semelles ont crissé sur le sol rocailleux et l'un des occupants du véhicule a poussé un gémissement pitoyable.

113

Gabe s'approcha du 4×4 et contempla les corps de ses occupants, sanglants et entremêlés. Leurs blessures étaient superficielles, un doigt emporté ici, un lambeau de chair arraché là, mais ils se serraient les uns contre les autres, paralysés par la peur. Le passager le plus proche fixait d'un regard vide le siège devant lui. Gabe connaissait bien sa réaction, pour l'avoir vue dans tant de massacres auxquels il avait participé. Il leva le canon de son arme et le posa sur la joue du jeune homme en se demandant si son geste produirait un effet quelconque sur le blessé. Une forte odeur de pisse flottait à l'intérieur de l'habitacle, l'un des hommes de Richie s'était oublié.

— Quel spectacle pathétique, laissa-t-il tomber avec mépris.

Il fit le tour du véhicule et s'arrêta au niveau de la mare de sang échappée de la blessure de Blue. Richie gisait là, tout près, à plat ventre, la tête tournée vers la crête. Apparemment mort. Gabe suivit le sillage sanglant de Harry dans le sable et aperçut la pointe dressée de l'une de ses chaussures derrière le pneu avant droit. Elle reposait manifestement sur le dos.

Un pincement de déception traversa Gabe, qui s'empressa de recharger son fusil.

— Debout, Harry ! Lève-toi et regarde-moi.

114

Tapie derrière le 4 × 4, j'ai vu Gabe se pencher au-dessus de Richie avant d'examiner longuement mon sang figé sur le sable. J'ai fermé les yeux, inquiète à l'idée qu'il puisse tirer sur Richie. À bout portant, le dealer n'avait aucune chance d'y réchapper. Il me restait à espérer que Richie soit bon acteur. J'ai reconnu le cliquetis caractéristique d'un chargeur que l'on enclenche et su que Richie passerait à travers les gouttes en voyant le regard de Gabe se poser sur ma chaussure, à l'avant de l'auto.

— Debout, Harry ! Lève-toi et regarde-moi.

Je me suis avancée tant bien que mal avec la chaussure qui me restait et je me suis plantée derrière ce type à qui j'avais fait confiance, à côté duquel j'avais dormi, qui avait été ma seule et unique consolation dans ce désert impitoyable. J'ai pointé le revolver Smith & Wesson de Richie en direction de sa tête.

— Alors, SergentLamort ?

Il s'est tétanisé au son de ma voix.

J'ai attendu qu'il tourne la tête et croise mon regard en lui adressant un sourire forcé.

— Game over.

Et je l'ai abattu.

115

Mon regard s'est posé sur le repose-pieds recouvert de cuir fixé derrière les bancs du premier rang. J'avais été obligée d'emprunter des chaussures à talon à ma voisine, faute d'en posséder une paire, et leur extrémité pointue m'écrasait les orteils. Comment les femmes pouvaient-elles s'imposer un tel supplice ?

Un coup d'œil à la ronde m'a confirmé que tous les regards étaient fixés sur moi. *Tu ferais mieux de te concentrer sur tes escarpins, Harry.* Le mieux était encore d'oublier que la salle d'audience était pleine à craquer. Les murmures des journalistes me parvenaient depuis les tribunes. Les proches des victimes, serrées les unes contre les autres, sanglotaient en silence de l'autre côté de la salle en m'adressant régulièrement des regards haineux. Le reste de l'assistance, essentiellement composée d'étudiants en droit et de retraités qui n'avaient rien de mieux à faire, assistait au procès debout au fond de la salle.

Jamais de toute mon existence je ne m'étais sentie aussi mal. Pas même dans le désert. J'avais été mal inspirée de choisir cette tenue. Par souci de sérieux, j'avais renoncé au jean et au tee-shirt habituels pour enfiler une jupe étroite et un chemisier sans manche, oubliant les cicatrices encore fraîches qui dessinaient des éclairs rouges sur mon bras droit.

Eh oui. On m'a pris un morceau de mollet pour réparer mon biceps. Mais si la forme convient, la couleur est nettement moins réussie. Sans compter que ça me fait toujours un mal de chien, alors que j'ai été blessée il y a cinq semaines déjà. Mais comment aurais-je pu me plaindre, après ce qui était arrivé à mon équipier ?

J'ai frotté machinalement ma cicatrice, mal à l'aise, en attendant l'arrivée de mon frère. J'avais toujours envie de pleurer, sans avoir trouvé le moyen de m'y autoriser depuis mon retour en ville. Après tout, c'était peut-être le lieu et le moment, au vu et au su du couple de curieux qui murmuraient dans mon dos depuis que j'avais pris place dans la salle.

— Qu'est-ce qu'elle fiche ici ?

— Je la trouve drôlement bronzée, en tout cas.

— Tu crois qu'elle savait, pour son frère ?

— Tu plaisantes, j'espère ? Comment aurait-elle pu ne pas être au courant ?

La salle s'est levée d'un bloc au son du maillet, dans le froufrou des robes et le frottement des semelles sur le plancher. Un juge massif à la mine soucieuse a gravi lentement les quelques marches de l'estrade sur laquelle il siégeait. Une porte latérale s'est écartée au milieu d'un silence de mort et un flic baraqué a fait son entrée dans la salle en compagnie de mon frère. Vêtu du survêtement vert bouteille réglementaire du centre de détention de Silverwater, il paraissait fatigué. Son regard a brièvement croisé le mien et j'ai cru un instant qu'il ne me reconnaissait pas.

Avant de savoir ce que je faisais, je me suis glissée entre les bancs du public, menaçant de renverser la seule personne qui avait osé s'installer près de moi, avant de me jeter dans les bras de mon frère enchaîné. Après tout ce temps, il avait toujours la même odeur.

— Sam, Sam, Sam…

— Mon Dieu, Harry. Tu dois me croire, ce n'est pas moi.

J'ai pris sa tête dans mes mains pendant que le flic s'efforçait de nous détacher en évitant de me malmener devant les centaines de personnes présentes.

— Mais…

Je peinais à trouver ma respiration, les yeux rivés à ceux de mon frère.

— Les journaux affirment que tu as av…

— Ce n'est pas moi, a répété Sam en tendant vers moi ses mains menottées.

Des murmures d'excitation se sont élevés dans la salle. J'ai brusquement tourné le dos à Sam avant de quitter précipitamment la salle d'audience, en apnée.

Une fois dans le couloir, je me suis appuyée contre le grès froid du mur pour ne pas tomber, incapable de respirer.

— Je ne peux pas, je ne peux pas, je ne peux pas…

— Harry ? a fait une voix derrière moi.

Je me suis retournée.

Edward Whittacker était là, qui me regardait. Son épaule gauche était emprisonnée dans un énorme bandage bleu foncé, là où la balle avait réduit en miette les os et les muscles. La dernière fois que je l'avais vu, il n'était pas en état de marcher et se trouvait sous sédatif dans un hôpital de Perth.

J'ai essuyé mes larmes.

— Putain de merde, Edward ! Qu'est-ce que tu…

— Désolé d'être en retard. L'audience a déjà commencé ?

Jamais nous ne nous étions étreints, mais son bras valide s'est enroulé tout naturellement autour de moi et je me suis abandonnée contre lui. J'ai pris la mesure de son étonnement en le sentant sursauter lorsque j'ai enfoui mon visage dans sa poitrine.

Alors, cachée dans sa chemise afin d'échapper au regard impitoyable du monde, je me suis sentie si bien en sécurité que j'ai enfin réussi à verser les larmes contenues depuis si longtemps.

Du même auteur
aux éditions de l'Archipel :

Tu mens? Tu meurs! 2021.
Diamants de sang, 2021.
Pile ou face, 2020.
Instinct, 2020.
Alerte rouge, 2020.
Jeu de massacres, 2019.
Incontrôlables, 2018.
Lettres de sang, 2018.
La Villa rouge, 2017.
Tue-moi si tu peux, 2017.
Menace sur Rio, 2016.
Invisible, 2016.
Lune pourpre, 2015.
Le Sang de mon ennemi, 2015.
Un si beau soleil pour mourir, 2015.
Week-end en enfer, 2014.
Tapis rouge, 2014.
Moi, Michael Bennett, 2014.
Zoo, 2013.

Dans le pire des cas, 2013.
Les Griffes du mensonge, 2013.
Copycat, 2012.
Private Londres, 2012.
Œil pour œil, 2012.
Private Los Angeles, 2011.
Qui a tué Toutankhamon ?, 2011.
Bons Baisers du tueur, 2011.
Une ombre sur la ville, 2010.
Dernière Escale, 2010.
Rendez-vous chez Tiffany, 2010.
On t'aura prévenue, 2009.
Une nuit de trop, 2009.
Crise d'otages, 2008.
Promesse de sang, 2008.
Garde rapprochée, 2007.
Lune de miel, 2006.
L'amour ne meurt jamais, 2006.
La Maison au bord du lac, 2005.
Pour toi, Nicolas, 2004.
La Dernière Prophétie, 2001.

PAPIER À BASE DE FIBRES CERTIFIÉES

Le Livre de Poche s'engage pour l'environnement en réduisant l'empreinte carbone de ses livres. Celle de cet exemplaire est de :
250 g éq. CO_2
Rendez-vous sur www.livredepoche-durable.fr

Composition réalisée par Lumina Datamatics, Inc.

Achevé d'imprimer en France par
CPI BRODARD & TAUPIN (72200 La Flèche)
en août 2021
N° d'impression : 3044444
Dépôt légal 1re publication : août 2021
LIBRAIRIE GÉNÉRALE FRANÇAISE
21, rue du Montparnasse – 75298 Paris Cedex 06

38/2359/7